如果生命的意义值得去歌唱，那么陪伴我的学术之旅就是一支金曲，
献给我的学术起点！

本书为湖北省教育厅人文社科重点项目（课题批准号：19D004）结项成果，获得湖北大学文学院一级学科建设经费资助。

哈代小说中的
音乐书写

A STUDY OF MUSICAL WRITING
IN HARDY'S NOVELS

王希翀

著

社会科学文献出版社
SOCIAL SCIENCES ACADEMIC PRESS (CHINA)

哈代作品名称缩写
（Abbreviation of Works' Name）

为了方便叙述，本书在引用哈代小说原文时将使用其作品名的缩写。作品全称及其缩写名如下：

UGWT   *Under the Greenwood Tree*（《绿荫下》）

PBE   *A Pair of Blue Eyes*（《一双蓝色的眼睛》）

FFMC   *Far from the Madding Crowd*（《远离尘嚣》）

HE   *The Hand of Ethelberta*（《贝姐的婚姻》）

RN   *Return to the Native*（《还乡》）

TM   *The Trumpet-Major*（《司号长》）

TT   *Two on a Tower*（《塔中恋人》）

MC   *The Mayor of Casterbridge*（《卡斯特桥市长》）

W   *The Woodlanders*（《林地居民》）

TD   *Tess of the d'Urbervilles*（《德伯家的苔丝》）

JO   *Jude the Obscure*（《无名的裘德》）

WB   *The Well-beloved*（《意中人》）

SS   *The Short Stories of Hardy*（《哈代短篇小说选》

序一 文学的"跨学科"与"跨媒介" 新路径与新探索

希翀跟随我攻读博士学位，毕业后应聘至湖北大学工作。在教学和创作之余，经过多次修改，他终于在博士学位论文的基础之上完成了《哈代小说中的音乐书写》一书。他请我为这本即将付梓的新书作序，作为他的博士生导师，我自然十分乐意。

希翀生于音乐世家，自幼耳濡目染，受到音乐的熏陶。他弹得一手好钢琴，对音乐很敏感，想来应该在音乐领域发展，但他对文学也有浓厚的兴趣，机缘巧合让他跟随我走上了文学研究的道路。记得第一次见到希翀时，从他那双灵动的眼睛里，我看到了求知的渴望。随着了解的加深，我觉得希翀对于文学的热爱不亚于对音乐的热爱。几番交流之后，他表达了想要继续深造、报考我的博士研究生的愿望。对于这个抱负远大、满是期待的青年，我鼓励他去努力，去竞争。希翀认真准备，顺利地通过了博士研究生招生考试，进入博士研究生学习阶段。

在课堂上，他思维敏捷，善于思考，敢于提问，并在讨论中表现出跨学科的思维特点。他常常从音乐的角度出发，对文学作品和作家创作思想进行思考，并提出问题同大家讨论。当然，学习中他的薄弱之处也暴露无遗，那就是他的文学理论基础薄弱，学术表达能力需要提高。他的思维跳跃、充满想象，但少了严谨，缺乏逻辑。我知道他的症结所在：他把学术研究混同于文学创作，把想象性虚构混同于严谨的理性论证。我不止一次对他重锤敲打，告诉他学术研究不是文学创作，学术语言不是音乐旋律，嘱咐他加强逻辑思维训练，提升学术写作能力。我给他布置了大量的学术阅读资料，督促他在学术研究中通过学术论文的写作锻炼自己。

为了更好地激发希翀学术研究的潜力，我不断地给他布置阅读任务。考虑到他在音乐方面的才能，我建议他好好读一读乔恩·格朗迪（Joan Grundy）的《哈代与姊妹艺术》（*Hardy & the Sister Art*）这本书。这是一本从跨学科角度研究哈代小说的书，我曾经反复阅读并从中得到深刻启发。我相信，这本书的跨学科研究方法，尤其是其中关于哈代与音乐的研究章节，必然会给希翀带来启发，或许会对他的博士论文写作产生重要的引导作用。我告诉希翀，这本书有关哈代同音乐关系的讨论，就是对你研究哈代的学术指引。这本书的确发挥了作用，不仅激发了希翀的研究热情，而且打开了他通过音乐研究哈代小说的思路。此后的见面中，他经常与我讨论哈代同音乐相关的问题，一些观点让人耳目一新。在学习过程中，希翀进步很快，通过自己的努力奠定了在音乐与文学之间展开跨学科研究的基础，不仅发表了一篇运用文学伦理学批评方法研究小说与音乐的学术论文《论〈德伯家的苔丝〉中歌唱文本的伦理表达》，而且顺利地完成了颇具特色的博士学位论文《哈代小说中的音乐元素书写研究》。

毕业后，希翀在湖北大学文学院任教。除在线下的学术会议见面之外，他和我一直通过邮件进行交流。每当他有一点感悟或者在学术研究中取得突破，都会迫不及待地告诉我，同我分享。在每一次邮件交流中，他都会毫无保留地把心中的一些疑惑告诉我，希望听取我的意见。从他的思想中，我可以看出他对学术研究的执着、深入思考以及对取得新的进展的期待。他的自主思考能力、谦虚态度和勤奋努力，对于促进他的学术能力提高非常重要。希翀是幸运的，他从踏入学术研究之门开始，就找到了一条既符合自身特色又能顾及自己兴趣的学术研究之路。正是因为努力，他一步步成长起来，取得了可喜的成就。他先后在《文学跨学科研究》、《外国文学研究》、《湖北大学学报》（哲学社会科学版）、《外国语文研究》、《北方音乐》等期刊上发表一系列学术研究论文，获得了湖北省教育厅重点项目、湖北省社科基金后期项目的资助。2022年，他又喜获国家社科基金青年项目资助，在学术研究道路上取得新的突破。无论是课题研究还是论文发表，他都能坚持文学与音乐的跨学科研究，逐渐形成自己的研究方法，建构自己的理论话语。看到他逐渐成长为一名有成就的青年学者，我感到由衷的高兴。

希翀的这本《哈代小说中的音乐书写》是在其博士学位论文基础上进一步深入、扩展而成，也可以说是国内在音乐与文学领域开展跨学科研究的开拓性专著。他以哈代的小说为研究对象，运用跨学科研究的方法，凝练出一个专门的学术概念"音乐书写"（Musical Writing），用于解释小说叙述中对音乐内容和形式直接或间接的描述与模仿。哈代的小说叙事并非音乐艺术，但是哈代巧妙地运用文学语言对音乐的形式和内容进行模仿，激发跨媒介叙事的音乐联想，使小说文本达到了音乐艺术的效果。阅读哈代的小说，读者虽不能通过阅读小说中的音乐书写听到由音响材料构成的真实音乐，但能产生音乐联想，感受到音乐艺术的魅力。希翀聚焦于音乐书写的概念，认真探讨哈代小说中的歌词书写、歌唱书写、乐器书写、自然音响书写等音乐元素书写，把哈代小说的音乐书写同伦理表达结合起来研究，彰显出自己的研究特色。

希翀通过哈代小说中大量的音乐书写实例，充分探讨音乐书写的跨媒介叙事特征和成因，挖掘哈代小说音乐书写的构建过程与人物感受音乐审美的机制。音乐书写并不是音乐，而是文学文本中由音乐的内容与形式构成的文本，因此读者不是凭借听觉器官去感受音乐，而是通过视觉器官阅读文本去感悟音乐。由于人物出现在叙事者所叙述的音乐场景与情节中，因此人物可以感受音乐和理解音乐。希翀运用音乐叙事的分析方法对存在于叙事进程中的音乐元素进行提取与分析，以此揭示人物的心理状态与情感变化。哈代的小说除了模仿音乐作品的外部结构如复调、序曲等，还诉诸句法与诗歌语言以激发读者的音乐联想，在小说文本中制造出一种音乐叙事的场景，最终让文字获得音乐叙事的跨媒介艺术效果。

希翀在讨论哈代小说的音乐书写时，还把音乐书写研究同文学伦理学批评的研究结合在一起，提升了音乐书写的伦理价值。他运用文学伦理学批评的方法，对小说中的音乐书写进行伦理阐释的批评实践，全面探究音乐书写与伦理环境建构、音乐书写与伦理情感表达、音乐书写与伦理选择、音乐书写与道德教诲等伦理问题，从对哈代小说音乐书写伦理价值的个案研究上，找到一条用文学伦理学批评方法阐释小说音乐书写伦理价值的新途径。这种路径对于同类型的音乐书写的研究具有重要启发意义。

希翀的这部学术专著将哈代置于英国近代小说的承继关系中，对哈代小说的音乐书写进行整体性、系统性考察，全面探讨音乐书写在哈代小说叙事中的艺术、哲学与伦理价值，强调音乐书写研究之于跨媒介叙事的重要意义，探寻音乐书写在当代小说批评理论中的理论价值，不仅对于哈代小说的研究，而且对于整个英国小说的研究，将产生新的启示和推动。近年来，国内学界在新文科学科思维的引导下，大力提倡学术研究的跨学科、跨文化、跨媒介性，而希翀的这部著作正是对新文科思想的实践。这部专著是希翀开启文学跨学科研究的新起点，我希望他能够再接再厉，坚持用跨学科的思维思考问题，为我国的文学与音乐研究做出新的贡献！

广东外语外贸大学教授、云山工作室首席专家　聂珍钊
2023 年 1 月 12 日

序二　从"连接"到"联结"

——外国文学的音乐书写

　　与希翀博士相识，源于 2021 年北京科技大学召开的第十届文学伦理学批评国际学术研讨会的"外国文学中的音乐（化）叙事与文学伦理学"分论坛。当时，他从伦理责任的建构、伦理困境的重构以及创作伦理的建构方面探讨了麦克尤恩小说《阿姆斯特丹》中《千禧年交响曲》的伦理表达。他对各种文学批评与音乐批评术语的自如使用，他充满自信与朝气的帅气形象，都让人印象深刻。更让我特别意外与惊喜的是，他博士学位论文（这本专著的前身）的选题——"哈代小说中的音乐元素书写研究"竟然曾受到拙著《肯认与焦虑——乔治·爱略特小说中音乐文化的意识形态研究》的部分影响。这种种缘分似乎注定我们要成为外国文学与音乐跨学科研究苦旅上抱团取暖的同路人。

　　希翀的这一选题，在很大程度上源于他独特的家学渊源与学术追求。出身音乐世家的他，从小便沉浸于音乐的世界之中，也从父母那里接受了作曲、演奏等方面的专业训练。有趣的是，他虽然热爱音乐，却有着一种类似于著名华裔大提琴家马友友一般的视野与情怀：他不想仅仅做一个演奏家、作曲人，甚至不甘于仅仅做一个音乐家，而是希望做一个更加全面、更具有包容性的"大"文科研究学者。因此，与一般的文学学者相比，他系统的音乐知识与素养让他在论证"文学的音乐化"时可以提供专业的曲式分析。与一般的音乐学者相比，他深厚的文学批评功底、文本细读能力又使他不至于流于浅层、简单的互文性辨识。

不论是从个案研究还是研究范式建构的角度，这本专著都做了许多有益的尝试。哈代研究虽然在国内外都趋近饱和，甚至呈现某种疲态，但这位作家作品中的音乐性或音乐元素确实还未得到充分的挖掘。因此，以音乐书写这个角度来重读哈代，发现其作品中更多的新意，让21世纪的读者更好地理解其人其作，绝对是功劳一件。同时，作为维多利亚晚期作家，哈代不仅仅代表他自己，还是广泛受到音乐艺术影响的19世纪作家群体的一个重要代表。所以，从哈代延伸到整个19世纪的音乐文学史，是一个非常有意义的尝试。虽然希㴕在本书中还是基本聚焦于单个作家的音乐书写，但在每个章节中都有令人惊喜的"溢出"之处：每个章节的设计都既具有特殊性，亦具有普遍性。换句话说，读者既可以把这本书当成个案研究，也完全可以把它当成一本19世纪音乐小说研究，或者干脆是音乐小说研究的导读之作。

当然，这一跨学科领域本身的难度，再加上希㴕对这一领域尚属首次正式探索，本书中的部分观点与论证也有一些值得商榷之处，未尽合理或未有足够的说服力。譬如，作者似乎是要以哈代的音乐书写为例，同时影响、推进文学与音乐两个学科的发展，这有些类似于这个领域的开山鼻祖凯文·布朗（Calvin Brown）。其中的豪情壮志自不待言，但也多少体现出作者在定位上的某种模糊性。顾名思义，跨学科研究中的"跨"字已经充分说明了两个学科必然的交叉性，但这并不意味着研究者能够，或者应该在两个学科之间自由摇摆。事实上，当我们在进行跨学科研究时，还是要有一个定位的倾斜。换句话说，作为跨学科的文学学者，我们首先、最后都是文学学者。因此，在思考文学的音乐书写时，最重要的目的还是扩展文学学科的外延，让音乐来帮助我们思考文学性，思考文学叙事的新的可能性，而不是像个音乐学者一样，以文学作品作为案例来探讨音乐美学问题。另外，鱼和熊掌其实很难兼得，如果试图两边都侧重，必然会造成两边都很难真正深入。即使如开路人布朗本人一般的尝试，也未必算是完全成功的。若想建构真正意义上的、对两边都适用的有效范式，还需要更加不懈的甚至可能会令人无比沮丧的一次次巨大努力。

当然，对于一个年轻的学者来说，敢于做出这样的尝试，而且能够基本上自圆其说地完成这本专著的全部论证，已经难能可贵。"路漫漫其修远兮"，希翀博士必然会上下而求索。跨学科研究的开放性、流动性与不确定性也使得这一研究变成了某种危险的愉悦。以本书作为起点，相信他在未来一定会在这个领域取得更多的成绩，将两个学科从"连接"一直发展到最终的完美"联结"。让我们拭目以待。

中国政法大学教授、钱端升青年学者　张　磊

2023 年 1 月 23 日

目 录
CONTENTS

导　言

音乐和文学是人类精神文化的重要组成部分。它们产生于人们的社会实践，反映出人们对社会生产生活的看法。

在艺术发展的轨迹中，诗、舞、乐相互作用且相辅相成。在我国古代典籍中，《诗经》里的"风""雅""颂"与《乐府诗集》中的"鼓吹曲辞""横吹曲辞"皆是遵循乐律的规律而划分的。"诗歌"一词本身便印证了中国文化发展史上诗与歌间由来已久的紧密联系。在西方文化中，古希腊时期"就是海德格尔所谓的'大艺术'（the Great Art）阶段，具有历史整体性的艺术包孕于其历史母体之中，真与美、技与艺、知与行浑然未分而同一"，①因此，那时的艺术类型融合了多种艺术形式，具体表现为以下三种类型：悲剧（Tragedy）、抒情诗（Lyric）与史诗（Epic）。首先，古希腊悲剧起源于古希腊先民的酒神祭祀。在祭祀酒神狄俄尼索斯的仪式上，他们会组织萨提尔歌队进行表演。尼采认为，"酒神信徒结队游荡，纵情狂欢，沉浸在某种心情和认识之中，它的力量使他们在自己眼前发生了变化，以致他们在想象中看到自己是再造的自然精灵，是萨提尔。悲剧歌队后来的结构是对这一自然现象的艺术模仿"。②悲剧歌队的模仿对象正是萨提尔歌队。在祭祀活动中，歌队装扮成酒神的仆役——森林之神萨提尔的形象，以载歌载舞的形式传递对酒神的崇敬之情。通过承继酒神颂歌中载歌载舞的艺术形式，悲剧成为一种综合音乐、舞蹈、诗歌、戏剧表演的艺术形式。其次，"抒情诗是为

---

① 陶东风：《文学理论基本问题》（修订版），北京大学出版社，2012，第113页。

② 《悲剧的诞生：尼采美学文选》，周国平译，上海人民出版社，2009，第114页。

歌唱而写的诗"，① "专指用里拉琴伴奏的歌曲"。② 抒情诗的古希腊文词源为"λύρα"，即里拉琴。抒情诗人"λυρικος"等一系列名词也都是从该乐器词源演变而来。由此，无论从词源还是表演形式来看，抒情诗都是一种融合了音乐与文学的艺术形式。最后，史诗从荷马与赫西俄德时期开始，同样以里拉琴为伴奏乐器。荷马史诗中如阿喀琉斯这样的人物也被描述为用属于里拉琴族中的乐器吟唱抒情诗，"当时名字并不叫里拉，而叫佛尔敏克斯琴和基塔里斯琴"。③

随着古希腊文明的终结，"大艺术"阶段进入尾声。此后文学和音乐逐渐从诗歌、歌唱、舞蹈三位一体的形式中分离出来，演变为相对完整独立、较为封闭且各具特色的文化与学科类别。在自律性演变中，文学和音乐这两种文化类型的研究界限不断扩大。研究者因缺乏明晰的概念和研究方法，在面对介乎音乐和文学中间地带的批评对象时，常常陷入困境。莱辛在《拉奥孔笔记》中对这种学科分野进行了深入思考，并在遗稿中呼吁："过去确实有一个时代，诗和音乐合在一起形成一种艺术。我并不因此就否认诗和音乐后来划分开来是自然的结果……但是我仍然感到惋惜，由于这种划分，人们就几乎完全不再回想到它们原先的结合；纵使回想到，人们也只把这一种艺术看作只是另一种艺术的助手，不再认识到双方对所产生的综合的效果都有同等的功劳。"④ 这无疑提醒了世人再次建立音乐与文学之间关联的必要性。

本书的研究对象音乐书写就体现了音乐与文学的学科间性问题。音乐书写特指小说叙述中对音乐内容和形式直接或间接的表述与模仿。其所依赖的媒介本位不是音乐艺术，而体现了一种运用文学语言从内容与形式上直接模仿音乐艺术或间接激发音乐联想的跨媒介叙事技巧。在这

---

① 〔英〕理查德·詹金斯：《古典文学》，王晨译，上海文艺出版社，2016，第 43 页。

② 〔德〕恩斯特·狄尔编《古希腊抒情诗集》（全四卷），王扬译注，上海人民出版社，2018，第 839 页。

③ 〔德〕恩斯特·狄尔编《古希腊抒情诗集》（全四卷），王扬译注，上海人民出版社，2018，第 842 页。

④ 〔德〕莱辛：《拉奥孔笔记》，朱光潜译，商务印书馆，2013，第 208 页。

种美学效果的影响下，读者虽不能通过阅读小说中的音乐书写听到由音响材料构成的真实音乐，却能对叙述语言产生音乐联觉或联想，感受到音乐的叙事效果。

从 19 世纪的现实主义文学开始，简·奥斯汀、查尔斯·狄更斯、乔治·爱略特（George Eliot）、托马斯·哈代等文学家们便开始在小说中进行音乐书写。在张磊看来，他们的这种艺术尝试为音乐与文学这两种文化类型的再度碰撞创造了前提。这是因为"两者的融合和互文的指涉可以更好地发挥各自的优势，达到最大程度的合力，更加动态地与社会文化进行对话"。[①]可见，研究这一类文学作品时，评论家需要从文学文本中包含的音乐书写里提取相关信息，探讨音乐艺术形式对文本叙事的影响，寻求文本表达之外的含义。音乐美学家伦纳德·迈尔（Leonard Meyer）指出："音乐具有意义，可能是因其指涉音乐之外的事物，引发了关涉观念、情感和物质世界的联想和含义。"[②]研究文学文本中的音乐书写的目的，就是通过审视与理解文本中的音乐书写，探究其所指涉的音乐之外的信息。

音乐书写研究于 20 世纪中期被纳入文学批评范畴。[③]其后，一些研究者开始通过对小说的个案研究，持续发掘音乐在文本中的特殊功能与价值，为后期的理论性开掘提供了具有代表性的研究思路、范例以及方法，代表成果有威廉姆·弗里德曼（William Freedman）的《劳伦斯·斯特恩与音乐小说的缘起》（*Laurence Sterne and the Origins of the Musical Novel*），[④]乔恩·格朗迪（Joan Grundy，1928-2008）的《哈代

[①] 张磊：《肯认与焦虑——乔治·爱略特小说中音乐文化的意识形态研究》，中国国际广播出版社，2012，第 2 页。

[②] 〔美〕伦纳德·迈尔：《音乐、艺术与观念——二十世纪文化中的模式与指向》，刘丹露译，华东师范大学出版社，2014，第 6 页。

[③] Calvin Sybron Brown, *Music and Literature: A Comparison of the Arts*, U of Georgia P, 1948.

[④] William Freedman, *Lawrence Sterne and the Origins of the Musical Novel*, Athens, GA: University of Georgia Press, 1978.

与姊妹艺术》(*Hardy & the Sister Arts*)。[①]国内相关研究始于 2000 年后，早期同样以个案研究为主。以托马斯·哈代的小说研究为例，代表成果有马弦、刘飞兵的《论哈代"性格与环境"小说的民谣艺术》、[②]吴笛的《哈代新论》。[③]

1980 年后，正如莫兰（Moran）所言，"文化研究"引发了文字和音乐在该时期的跨学科关注。此时，国内外围绕英国现代主义小说与音乐的跨学科研究主要集中在三个领域：性别研究、媒介研究和叙事学研究。就性别研究而言，国外的学者聚焦维多利亚时期英国小说音乐书写中的性别与权力隐喻，代表成果有帕特里西亚·英格汉姆（Patricia Ingham）的《性别和阶级的语言：维多利亚小说的转型》(*The Language of Gender and Class: Transformation in the Victorian Novel*)，[④]索菲·富勒（Sophie Fuller）、妮基·罗瑟夫（Nicky Losseff）的《维多利亚小说中的音乐理念》(*The Idea of Music in Victorian Fiction*)。[⑤]国内该部分研究起步较晚，学者们更多聚焦于古典时期及维多利亚时期小说和诗歌中的音乐书写，寻求音乐书写在参与意识形态建构过程中凸显的现代性问题，代表成果有张磊的《肯认与焦虑——乔治·爱略特小说中音乐文化的意识形态研究》。[⑥]就媒介研究而言，国外的学者则以媒介间性理论为出发点，提出"小说的音乐化"（The Musicalization of Fiction）概念，选取《弦乐四重奏》《尤利西斯》等作品，初步建构了音乐书写批评的批评方法，以寻求音乐在该阶段小说中的表征及功能，代表成果有维尔纳·沃

---

① Joan Grundy, *Hardy & the Sister Arts*, New York: Harper & Row Publishers, inc., 1979.

② 马弦、刘飞兵：《论哈代"性格与环境"小说的民谣艺术》，《外国文学研究》2007 年第 2 期，第 110—116 页。

③ 吴笛：《哈代新论》，浙江大学出版社，2009。

④ Patricia Ingham, *The Language of Gender and Class: Transformation in the Victorian Novel*, New York: Routledge, 1996.

⑤ Sophie Fuller & Nicky Losseff, *The Idea of Music in Victorian Fiction*, New York: Routledge, 2004.

⑥ 张磊：《肯认与焦虑——乔治·爱略特小说中音乐文化的意识形态研究》，中国国际广播出版社，2012。

尔夫（Werner Wolf）的《小说的音乐化：媒介间性的理论和历史研究》（The *Musicalization of Fiction: A Study in the Theory and History of Intermediality*），[①]沃尔特·伯恩哈特（Walter Bernhart）、史蒂文·谢尔（Steven Scher）和沃纳·沃尔夫（Werner Wolf）所编的《单词和音乐研究：定义领域》（*Word and Music Studies: Defining the Fields*）。[②]受到媒介间性理论的启发，国内学者们从西方小说中寻求相应的理论依据及研究方法，比照中国现代主义文学。代表成果有李雪梅著的《中国现代小说的音乐性研究》[③]和翻译的《小说的音乐化：媒介间性的理论和历史研究》。[④]21世纪以来叙事学研究进入后经典阶段，体现了两个复数性意义：一是叙事媒介上的复数性，即超越经典叙事学的文学叙事，走向文学之外的叙事媒介。二是研究方法上的复数性，即超越单一的结构主义研究范式，走向多样化的研究方法。音乐与文学在该批评场域中进一步融合。以玛丽-劳尔·瑞安（Marie-Laure Ryan）为代表的跨媒介叙事学派，在音乐与文学的跨媒介叙事研究方面，展现了现代小说家的跨媒介范式探索，代表成果有玛丽-劳尔·瑞安的《跨媒介叙事》（*Narrative Across Media*）[⑤]和《故事的变身》（*Avatars of Stories*）。[⑥]中国学者除了接受西方跨学科研究的思想资源，还立足国内批评语境开启听觉叙事的相关研究。其中，跨媒介叙事研究涉及现代主义小说中的音乐书写分析，寻求其跨媒介内因，代表成果有张新军的《数字时代的叙事学——玛丽-劳尔·瑞安叙事理论研究》、[⑦]《龙迪

[①] Werner Wolf, *The Musicalization of Fiction: A Study in The Theory and History of Intermediality*, Amsterdam: Rodopi Bv Editions, 1999.

[②] Walter Bernhart & Steven Scher & Werner Wolf (eds.)*, Word and Music Studies: Defining the Fields,* Amsterdam: Rodopi Bv Editions, 1999.

[③] 李雪梅：《中国现代小说的音乐性研究》，中国社会科学出版社，2019。

[④] 〔德〕维尔纳·沃尔夫：《小说的音乐化：媒介间性的理论和历史研究》，李雪梅译，华东师范大学出版社，2022。

[⑤] Marie-Laure Ryan (ed.), *Narrative Across Media: The Languages of Storytelling (Frontiers of Narrative)*, Lincoln: University of Nebraska Press, 2004.

[⑥] Marie-Laure Ryan, *Avatars of Stories*, Minneapolis: University of Minnesota Press, 2006.

[⑦] 张新军：《数字时代的叙事学——玛丽-劳尔·瑞安叙事理论研究》，四川大学出版社，2017。

勇学术代表作》、[①] 沈安妮的《跨媒介的审美现代性：石黑一雄三部小说与电影的关联》；[②] 听觉叙事研究则寻求与听觉事件（包含音乐书写）相关的叙事策略，拓展文学研究的感知渠道与反思空间，代表成果有傅修延的《听觉叙事研究》。[③]

近些年音乐书写研究已由个案、主题研究，进入到理论架构与谱系研究的成熟阶段。这一时期的研究特色体现为，全面梳理小说中音乐书写的承继关系及思想资源。代表成果有威廉·E. 格林（William E. Grim）的《音乐形式是文学批评中的一个问题》（Musical Form as a Problem in Literary Criticism），[④] 格里·史密斯（Gerry Smyth）的《当代英国小说中的音乐：聆听小说》（*Music in Contemporary British Fiction: Listening to the Novel*）。[⑤] 正是在这样的学术背景之下，本书尝试以哈代小说中的音乐书写为切入点，发掘音乐书写研究的批评话语体系与理论谱系。

一 本书的选题意义

以往以哈代小说文本与音乐之间的关联为主题的研究存在两个普遍问题：其一，学界大多停留在挖掘哈代与其音乐逸事的关联中，或者在音乐中寻找一个参照类型，以建立它和哈代小说创作的关联。其二，研究方法陷入固定模式。大多数研究者还是借助文学相关批评的方法，并未从音乐学或音乐美学的视角出发，寻求文学与音乐的互文性。本书在吸收已有批评成果的基础上，具有以下五点重要意义。

---

① 《龙迪勇学术代表作》，东南大学出版社，2019。

② 沈安妮:《跨媒介的审美现代性：石黑一雄三部小说与电影的关联》，中国社会科学出版社，2020。

③ 傅修延:《听觉叙事研究》，北京大学出版社，2021。

④ William E. Grim, "Musical Form as a Problem in Literary Criticism," *Word and Music Studies: Defining the Fields*, Walter Bernhart & Steven Scher & Werner Wolf (eds.), Amsterdam: Rodopi Bv Editions, 1999, pp.237-248.

⑤ Gerry Smyth, *Music in Contemporary British Fiction: Listening to the Novel*, Basingstoke: Palgrave Macmillan, 2008.

　　第一，对哈代研究的重要意义在于，本书是国内首次对哈代小说中音乐书写的专题研究。在吸收已有批评成果的基础上，本书将系统梳理哈代小说音乐书写中的音乐元素类型，分析其征候，发掘其文本价值、情感价值等。同时，本书将寻求哈代进行此类跨媒介模仿的哲学内涵与伦理动因，同时还将尝试溯源此类跨媒介叙事方法，发掘哈代小说的独特美学价值。

　　第二，对叙事学研究的意义在于，本书聚焦于音乐元素书写这一跨媒介叙事征候，充分探讨音乐元素书写的跨媒介叙事特征、成因及其对哈代小说叙事效果的构建过程与审美价值。音乐元素书写属于玛丽-劳尔·瑞安在《跨媒介叙事》中对"再媒介化"的两种诠释类型："一个媒介模仿另一媒介的技法"与"一个媒介在另一个媒介里通过机械或描述手段进行表征"。[①]前者在叙事中的应用为小说中的音乐技法借鉴，后者则表征为文学中对音乐的言说。小说中的音乐并非音乐本身，而是直接或间接模仿音乐形式与内容的小说文本。与音乐叙事不同，阅读音乐书写的读者并不能听到由音响材料构成的真实的音乐，他们只能通过联觉产生对于叙述语言的音乐联想。然而，音乐书写中的人物却不同。由于出现在叙事者所叙述的音乐场景与情节中，人物可以听到音乐。研究者需运用音乐叙事的分析方法对存在于叙事进程中的音乐元素进行提取与分析，以揭示人物的情感状态与变化。同时，除模仿音乐作品的外部结构（如复调、序曲等），哈代小说中的音乐书写还诉诸句法与诗意语言等小说叙述技巧，激发读者的音乐联觉，给小说文本制造出一种音乐叙事之感，最终让文字获得了音乐叙事般的跨媒介艺术效果。

　　第三，对音乐研究的意义在于，以往针对哈代小说的音乐学研究皆以小说再媒介化后的文本作为研究对象，即对部分改编自哈代小说的歌剧、舞台剧剧本的研究。比如艾默根·霍尔斯特（Imogen Holst）、拉特兰德·包顿（Rutland Boughton）等作曲家的相关研究。此类研究只关注音乐文本而忽略小说源文本中的音乐书写，这对于音乐研究而言是

---

① 〔美〕玛丽-劳尔·瑞安编《跨媒介叙事》，张新军等译，四川大学出版社，2019。

一个缺憾。对小说中的音乐书写进行研究无疑为音乐研究提供了新的批评维度。例如，此类研究中研究者可对音乐书写中的"聆听者"进行研究。音乐书写中人物成为文本所述音乐的实际接收者，即聆听者。在音乐的刺激下，人物会随着音乐制造的情绪，产生丰富的联想与想象。这一部分内容可能存在于叙述文本中，也可能被叙述者省略。研究者可对音乐书写中的音乐展开叙事性分析，获得叙述潜文本中的情感信息，剖析音乐书写中人物的情感内核与变化。由此，获取小说人物的深层情感信息，即研究者进行音乐书写分析时，需要借助音乐叙事的分析方法。

第四，对跨学科研究的批评方法的探索意义在于，本书将音乐研究中的曲式分析方法、音乐叙事分析、音乐美学相关批评方法，叙事学中的跨媒介叙事研究、听觉叙事研究，以及文学伦理学的批评方法运用到文学批评中来。芮塔·菲尔斯基（Rita Felski）在《文学之用》（*Uses of Literature*）中提出，"如果文学研究想要在二十一世纪生存下去，它需要重新唤起它的志向，重塑它的方法。为达到此目的，文学研究必须与对其他媒体的研究建立更紧密的联系，而不是紧紧抓着文学地位的特殊性不放。当然，这种联系与合作需要学者审慎关注诸多美学形态中不同媒介的特性"。[①] 针对小说中音乐书写的研究，属于此类跨学科研究的范式之一，不仅打破了以往研究方法的单一性，也提供了新的批评视域与思路。

第五，有助于进一步厘清音乐与文学的研究盲点，建立音乐与文学的跨学科研究的批评范式。通过对哈代小说中音乐书写的个案研究，梳理此类范式研究的批评路径，规划研究方向。目前可从以下三种路径展开：其一，作为阐释策略的文学，如在文学中探讨音乐问题，或在音乐中运用文学研究方法探讨音乐问题；其二，作为阐释策略的音乐，如在音乐中探讨文学问题，或在文学中运用音乐的批评方法探讨文学问题；其三，音乐与文学的影响交互研究，如探讨音乐与文学的再媒介化问题、跨媒介或多媒介叙事问题等。

---

① 〔美〕芮塔·菲尔斯基：《文学之用》，刘洋译，南京大学出版社，2019，第33页。

二　哈代小说研究现状

托马斯·哈代的作品以融合了现代意识的现实主义文风著称。其中,《德伯家的苔丝》被认为是哈代晚期"最富艺术性或最接近完美"[①]的作品。该作品以其"具有社会文献的特点"[②]成为百年以来中外哈代研究学者关注和研究的重点。学者们从不同的文学批评视域,不断阐释哈代小说的创作思想和主题,内容涉及文本的形式与结构特色,其隐含的生态意义和伦理价值,以及小说与哈代生平之间的关系等。以上研究都为我们重新研究哈代作品提供了范例:一方面,不断更新的研究视角有助于我们在分析哈代及其小说的过程中实现不同的研究目的;另一方面,正如著名哈代研究学者彼得·伍多森(Peter Widdowson)在《历史中的哈代:文学社会学研究》(*Hardy in History: A Study in Literary Sociology*)里所言,重新讨论哈代,使其文学作品的面貌和价值在历史背景的变化发展和学界流变中,获得可供解读的新的意义空间。[③]

1. 国外研究现状分析

早在 19 世纪末,西方学者便开始了对哈代作品的全面研究。1894年,英国学者里昂纳尔·约翰逊(Lionel Johnson)出版了第一部哈代研究专著《论哈代的艺术》(*The Art of Thomas Hardy*)。[④]其后,20 世纪 30 年代,学界对于哈代作品的争议和褒贬不一的态度——无论是伍尔夫、劳伦斯(D. H. Lawrence)对哈代小说的偏爱,还是 F. R. 李维斯对哈代的漠视,最终都帮助确立了哈代经典作家的地位。值得一提的是,作家劳伦斯在一战期间完成的《哈代研究及其他散文》(*Study of Thomas Hardy and Other Essays*)从创作论的角度,为哈代的小说创

---

① Carl Weber, *Hardy of Wessex: His Life and Literary Career*, New York: Columbia University Press, 1965, p.131.

② Arnold Kettle, *Tess as a Moral Fable in Tess of the d'Urbervilles*, London: W. W. Norton & Company, 1965, p.437.

③ Peter Widdowson, *Hardy in History: A Study in Literary Sociology*, London: Routledge, 2017.

④ Lionel Johnson, *The Art of Thomas Hardy*, London: Mathews & Lane, 1894.

作打上了现代主义初探的印迹，具有一定的理论价值。①

1940 年时值哈代百年诞辰，《南方评论》（*Southern Review*）出版纪念专刊，W. H. 奥登等在专刊中撰文肯定哈代在文学领域的非凡成就，哈代研究开始蓬勃发展。在相继出版的多部专著和传记中，影响深远的主要有阿尔伯特·J. 杰拉尔德（Albert J. Guerard）的《托马斯·哈代：小说与故事研究》（*Thomas Hardy: The Novels and Stories*）②和詹姆斯·索斯沃斯（James G. Southworth）的《论托马斯·哈代的诗歌》（*The Poetry of Thomas Hardy*）。③与劳伦斯观点相近，杰拉尔德认为哈代的作品蕴含着对现实主义的反叛和对现代主义的探索。索斯沃斯则细致全面地整理了哈代的诗歌创作，并给出了整体性的评价。20 世纪 50 年代，哈代研究形成了两个重要的流派。第一个流派是以约翰·派特森（John Petterson）、朱利安·莫拉翰（Jullian Morahan）、诺曼·霍兰德（Norman Holland）等学者为核心的英美新批评派，专注于对文本的解析，发掘其隐含的意义空间。其中具有代表性的成果包括约翰·派特森对《卡斯特桥市长》的悲剧性质探究，④诺曼·霍兰德对《无名的裘德》中象征手法运用的分析等。⑤英美新批评派的研究方法遭到以道格拉斯·布朗（Douglas Brown）为核心的批评家的诟病：与过分依托文本解读而忽略其社会历史因素的前者不同，后者从社会历史的角度出发，用马克思主义的阶级批评方法研究哈代小说，如道格拉斯·布朗的专著《托马斯·哈代》（*Thomas Hardy*）。

六七十年代，西方在哈代的生平研究上取得重要突破。洛伊斯·迪肯（Loisand Deacon）和特里·科尔曼（Terry Coleman）出版的《天

---

① D. H. Lawrence, *Study of Thomas Hardy and Other Essays* (The Cambridge Edition of the Works of D. H. Lawrence), Cambridge: Cambridge University Press, 1985.

② Albert J. Guerard, *Thomas Hardy: The Novels and Stories,* Cambridge: Harvard UP, 1949.

③ James Granville Southworth, *The Poetry of Thomas Hardy*, New York: Columbia UP, 1947.

④ John Paterson, "The Mayor of Casterbridge as Tragedy," *Journal of Victorian Studies* 3(2), 1959, pp. 151-172.

⑤ Norman Holland, "Jude the Obscure": Hardy's Symbolic Indictment of Christianity," *Journal of Nineteenth-Century Fiction* 9(1), 1954, pp. 50–60.

意与哈代》（*Providence and Mr. Hardy*）让西方的哈代研究者意识到深入展开哈代生平研究之迫切性。[①] 由此，研究者们纷纷开始撰写哈代传记。哈代的私人书信、日记和文学笔记也陆续公开。其中，罗伯特·吉廷斯（Robert Gittings）的两卷本哈代传记《青年哈代》（*Young Thomas Hardy*）[②] 最具影响力。其客观翔实的资料与严谨的分析很大程度上深化了评论界对哈代生活和思想的认识。随着批评方法和派别的多样化，这一阶段也出现了一些具有代表性的重要批评家。其中 J. 希利斯·米勒（J. Hillis Miller）在《托马斯·哈代：距离与欲望》（*Thomas Hardy: Distance and Desire*）[③] 中运用结构主义批评方法提出，哈代小说中的人物都是在距离和欲望构成的双重结构中循环往复，最终走向悲剧性的自我毁灭的；伊安·格雷格（Ian Gregor）则在《伟大的网络：哈代主要小说的形式》（*The Great Web: The Form of Hardy's Major Fiction*）中，从形式主义的立场，提出应该构建对哈代小说中"人性之网"的整体认知；[④] 而戴尔·克莱默（Dale Kramar）、欧文·豪（Irving Howe）则尝试建立哈代小说中的悲剧性主题与西方传统悲剧的关联。[⑤] 稍晚出现的女性主义分析和跨艺术研究也颇具锋芒。伊莱恩·肖尔沃特（Elaine Showalter）在 1979 年发表的《卡斯特桥市长的非男性化》（"The Unmanning of the Mayor of Casterbridge"）一文中从女性主义的角度来阐释卡斯特桥市长的人物塑造。[⑥] 同年，乔恩·格朗迪（Joan Grundy）出版的《哈代与姊妹艺术》（*Hardy & the Sister Arts*），从哈代小说中的雕塑艺术、戏剧艺术、音乐和舞蹈等跨文化方面探讨其博大精深的文化性。[⑦]

① Loisand Deacon and Terry Coleman, *Providence and Mr. Hardy*, London: Hutchinson, 1966.

② Robert Gittings, *Young Thomas Hardy*, Harmondsworth: Penguin Books, 1978.

③ J. Hillis Miller, *Thomas Hardy: Distance and Desire*, Harvard: Harvard University Press, 1970.

④ Ian Gregor, *The Great Web: The Form of Hardy's Major Fiction*, London: Faber and Faber, 1974.

⑤ Irving Howe, *Thomas Hardy, Masters of World Literature Series*, Louis Kronenberger (edit.), London: Cillier-Macmillan Limited, 1967.

⑥ Elaine Showalter, "The Unmanning of the Mayor of Casterbridge," ed. *Thomas Hardy's the Mayor of Casterbridge*, Harold Bloom, New York: Chelsea House, 1988, pp. 53-68.

⑦ Joan Grundy: *Hardy & the Sister Arts*, New York: Harper & Row Publishers, inc., 1979.

20 世纪 80 年代以后，哈代研究进入了文学理论时代，心理分析、新历史主义、文化批评以及后结构主义也都相继应用于哈代研究。这一阶段对哈代研究影响力最大的理论方法是女性主义批评和西方马克思主义批评。自肖沃尔特之后，潘尼·波美尔汉（Penny Boumelha）将后结构主义和女性主义批评方法相结合。她在《托马斯·哈代和女性：性别意识形态和叙述形式》（*Thomas Hardy and Women: Sexual Ideology and Narrative Form*）中全面分析了哈代小说中的女性人物，探讨哈代创作中体现的"新女性"问题。[①]帕特里西亚·英格汉（Patricia Ingham）姆在《托马斯·哈代：一个女权主义者的阅读》（*Thomas Hardy: A Feminist Reading*）中则关注女性的社会角色是如何在小说的叙述语言中呈现并被强化或异化。[②]在运用西方马克思主义批评方法的文章中，乔治·沃顿（George Wotton）和约翰·古迪（John Goode）则重点探究，哈代小说中呈现出的维多利亚中后期的意识形态冲突。[③]此外，心理分析批评在这一时期的哈代研究领域独树一帜，罗丝玛丽·夏默纳（Rosemary Sumner）、T. R. 怀特（T. R. Wright）运用弗洛伊德、荣格和拉康的理论来解析哈代作品中的人物。[④]他们自成一派的分析视角和研究结论，促使其成为哈代研究中的重要流派。

在哈代的生平研究中，麦克尔·米尔盖特（Michael Millgate）的《托马斯·哈代传记》（*Thomas Hardy: A Biography Revisited*），成为研究哈代生平的权威作品；[⑤]彼得·伍多森（Peter Widdowson）的《历

---

① Penny Boumelha, *Thomas Hardy and Women: Sexual Ideology and Narrative Form*, New Jersey: Barnes and Noble, 1982.

② Patricia Ingham, *Thomas Hardy: A Feminist Reading*, Brighton: Harvester, 1989.

③ George Wotton, *Thomas Hardy: Towards a Materialism Criticism*, Dublin: Gill and Macmillan Ltd., 1985.John Goode, *Thomas Hardy: The Offensive Truth (Re-reading Literature)*, Oxford:Blackwell Publishing Ltd., 1988.

④ Rosemary Sumner, *Thomas Hardy: Psychological Novelist*, London: Macmillan, 1981.T. R. Wright (ed.), *Thomas Hardy on the Screen*, Cambridge: Cambridge University Press, 2006.

⑤ Michael Millgate, *Thomas Hardy: A Biography Revisited*, Oxford: Oxford University Press, 2004.

史中的哈代》，则联动哈代文学批评发展、历史背景及作家创作三个方面影响因素，综合展现哈代生平。① 乔·费雪（Jeffrey Fischer）在《不为人知的哈代》（*Hardy: The Anonymous*）一书中继承了彼得·伍多森的批评观点，着重探讨了哈代对传统社会的叛逆。

从 20 世纪 80 年代到 90 年代中期，虽然西方的哈代研究在研究领域、研究方法、研究人员和成果的数量上都呈现迅速上升的势头，但并无太大突破。直到 1998 年，这一局面才有所改变。这一年对于哈代的生平研究有着重大的意义：四部哈代传记在此期间出版。值得一提的是詹姆斯·吉本森（James Gibson）的专著《托马斯·哈代：文学人生》（*Thomas Hardy: A Literary Life*）。② 在书中，他对罗伯特·吉廷斯《晚年哈代》③ 中的不少观点进行了辩驳，力图呈现一个更具亲和力的哈代形象。

进入 21 世纪，研究界的哈代资料更为完备，哈代生平研究再次成为热点，2004—2006 年有三部哈代生平研究出版，分别是麦克尔·米尔盖特（Michael Millgate）的《托马斯·哈代：再访传记》（*Thomas Hardy: A Biography Revisited*）、④ 拉尔夫·派特（Ralph Pite）的《托马斯·哈代生平》（*Thomas Hardy: The Guarded Life*）⑤ 和克莱尔·汤姆林（Claire Tomalin）的《托马斯·哈代：一个被时间撕裂的人》（*Thomas Hardy:The Time-Torn Man*）。⑥ 同时，跨学科研究趋势继续对哈代小说研究产生影响。马克·阿斯奎斯（Mark Asquith）将哈代的创作置于当时的社会文化整体背景中进行考量，重点研究了形而上哲学和音乐理论对哈代创作的影响。⑦ 鲁思·伯纳德·叶赛尔（Ruth Bernard Yeazell）则从美术的视域，指出哈代小说中的风景描写所呈现出的荷兰画派的风

---

① Peter Widdowson, *Hardy in History: A Study in Literary Sociology*, London: Routledge, 2017.

② James Gibson, *Thomas Hardy: A literary Life*, London: Macmillan London Ltd., 1976.

③ Robert Gittings, *Thomas Hardy's Later Years*, Boston: Little Brown, 1978.

④ Michael Millgate, *Thomas Hardy: A Biography Revisited*, Oxford: Oxford University Press, 2004.

⑤ Ralph Pite, *Thomas Hardy: The Guarded Life*, London: Macmillan (Picador paperback), 2007.

⑥ Claire Tomalin, *Thomas Hardy: The Time-Torn Man*, London: Penguin Books, 2007.

⑦ Mark Asquith, *Thomas Hardy, Metaphysics and Music*, London: Palgrave Macmillan, 2005.

格。①此时的新历史主义批评家们着重梳理了哈代小说中反映的社会形态和特色与维多利亚时期的社会特性的关系。例如，珍妮特·罗伯茨·舒麦克（Jeanette Roberts Schumike）认为哈代在短篇小说《格雷柏大宅的芭芭拉》中探讨了维多利亚社会中的逐弃与退化现象。②爱德华·尼尔（Edward Neill）则从文化研究的立场重点探讨了《绿荫下》的女主人公芬茜·戴。③他认为芬茜所代表的社会品质，对小说中反映出的带有公有精神的乡间社会是一种威胁。简·汤玛斯（Jane Thomas）在福柯理论的观照下解读《一双蓝色的眼睛》。她认为埃尔弗雷德一直挣扎在一种被建构起的无拘无束的行动、言语和文字的表达中，而正是这种表达使他成为一个被贴上退化标记的被抛弃的人。④迈克尔·欧文（Michael Irving）则从生态批评的角度对《林地居民》中的人与树木的关系予以阐释，提到小说中人物的命运与乔木命运的复杂联系。随着现代媒体的发展，不少哈代的作品被搬上荧幕。研究者们随之开始尝试运用文学理论来解析荧幕化的哈代。这一系列主题研究，以怀特的《荧幕上的哈代》（Thomas Hardy on the Screen）为典型。⑤

发展百余年的哈代研究历程几乎涵盖了西方现代文学批评研究各个时期、各个流派的重要作品和重要理论。该研究在近些年已由个案、主题研究进入到理论架构与谱系研究的成熟阶段。

2. 国内研究现状分析

早在 20 世纪 20 年代，哈代的小说作品就开始获得我国作家、翻译

---

① Ruth Bernard Yeazell, "The Lighting Design of Hardy's Novels," *Journal of Nine-teenth-Century Literature* 64(2), 2009, pp. 261-264.

② Jeanette Roberts Schumike, "Abjection and Degeneration in Thomas Hardy's '*Barbara of the House of Grebe*'," *Journal of College Literature* 26(2), 1999, pp. 1-17.

③ Edward Neill, *The Secret Life of Thomas Hardy: "Retaliatory Fiction"*, Aldershot: Ashgate Publishing Ltd., 2004.

④ Jane Thomas, *Thomas Hardy and Desire: Conceptions of the Self*, Basingstoke and New York: Palgrave Macmillan, 2013.

⑤ T. R. Wright (ed.), *Thomas Hardy on the Screen*, Cambridge: Cambridge University Press, 2006.

家们的关注。其中，徐志摩对哈代一直保持关注。傅东华、虚白、钱歌川等翻译了多部哈代短篇小说。吕天石翻译了《苔丝姑娘》《微贱的裘德》，张谷若翻译了《还乡》《德伯家的苔丝》等。1937 年，李田意编写了第一部评价哈代的著作《哈代评传》。该书作为首创具有不可忽视的研究价值，但因其缺乏相关理论支撑，研究欠缺深度。

新中国成立后，人民文学出版社于 1958 年率先推出题为《论哈代的〈苔丝〉、〈还乡〉和〈无名的裘德〉》的论文集。该文集由唐广钧编辑，收录论文 6 篇，是我国首部哈代论文集。之后，相继涌现出许多有关哈代的学术论文。比如，吴国瑞发表于 1958 年第 2 期《西方语文》上的《德伯家苔丝的书评》；唐广钧、张秀岐发表于 1959 年第 1期《世界文学》的《评〈德伯家的苔丝〉》等。由于受到苏联批评模式和意识形态的影响，这些批评文章往往只重视作品的社会历史价值，忽略其美学价值。而后，有关哈代小说的研究因为"大跃进""文化大革命"的影响一度停滞 20 年。直到 20 世纪 80 年代，改革开放打破了我国文学批评界的思想禁锢，为批评界带来了大量西方先进的批评理论，这种局面才有所改变。1980 年，郑启吟、和晴先后在《十月》《甘肃文艺》发表评论哈代短篇小说《彼特利克夫人》的文章，开启了改革开放后哈代研究的进程。除了张谷若先生等老一辈研究者的新作相继问世，一批哈代研究的后起之秀，如聂珍钊、张玲、祁寿华、吴笛等，开始在中国的哈代研究中崭露头角。其中，聂珍钊于 1982 年至 1984 年发表了 4 篇集中评述哈代早期小说创作的论文，张玲于 1987 年发表了关于《德伯家的苔丝》和《无名的裘德》的评述，颜学军在其 1989 年发表的文章中详细论述了哈代悲剧小说的现代精神等。1980 年至 1989 年这 10 年，各报刊发表的哈代小说述评论文总量超过 60 篇。这些论文无论从数量还是从研究水平上都远远超过新中国成立后的 30 年。值得一提的是，1987 年张中载出版了中国第一本哈代研究专著《托马斯·哈代——思想和创作》。[①] 它也是国内第一部探讨哈代创作思想及其作品

---

① 张中载：《托马斯·哈代——思想和创作》，外语教学与研究出版社，1987。

审美价值的研究专著。1990 年后，我国的哈代研究进入活跃期。其间
三部专著相继出版：聂珍钊的《托玛斯·哈代小说研究——悲戚而刚毅
的艺术家》、朱炯强的《哈代：跨世纪的文学巨人》和吴笛的《哈代研
究》。陈焘宇于 1992 年编选的《哈代创作论集》也顺利付梓。该书收录
了百年来英美学者的 25 篇论文。通过对这些论文的编译，陈焘宇将西
方哈代研究中具有重要学术价值的研究成果系统性地介绍到了中国，拓
宽了中国学者对于西方哈代小说研究的视界。①

可喜的是，经过 20 年的沉淀研究，哈代研究在 21 世纪头十年无
论在数量上还是在质量上都达到了鼎盛时期。21 世纪头三年的相关论
文数量分别为 101 篇、104 篇、122 篇，研究范围也从单部小说、人
物、主题等微观分析扩展至有关哈代小说的主题研究，包括对哈代小说
的创作思想、哲学思想、宗教思想、婚恋观、女性观、伦理道德观、生
态观、艺术特点、叙事技巧、结构分析、神话原型等诸多方面的深入
探讨。其中《论哈代的乡土精神》《哈代与中国》《哈代的小说创作与达
尔文主义》《论托马斯·哈代的宗教思想》《哈代与悲观主义》等研究
论文皆具代表性。另外，易淑琼于 2003 年 3 月在《暨南学报》发表的
《〈红楼梦〉与〈德伯家的苔丝〉女性人物肖像刻画的对比分析》，陶家
俊 2009 年于《外国文学研究》上发表的《论英中跨文化转化场中的哈
代与徐志摩》等论文，则另辟蹊径地从比较文学的视域展开研究，为哈
代研究釉上中国文化色彩。

根据王桂琴《国内哈代研究论文统计分析》、何宁《论哈代小说创
作的转折》和《当代西方哈代研究综述》的相关研究，这一时期产生了
专著 12 部、论文集 4 部、传记 3 部，其他相关研究著述 6 部、论文百
余篇。这类统计性的论文有助于我们掌握哈代小说研究的现状，同时也
宣告经过半个多世纪的发展，哈代研究已到了可做阶段性总结的时刻。
更为可喜的是，21 世纪头十年我国还出现了几部哈代研究的集大成专
著，如祁寿华与哈代研究会执行副主席威廉·摩根（William Morgan）

---

① 陈焘宇编选《哈代创作论集》，中国社会科学出版社，1992。

合作，于 2001 年由上海外语教育出版社出版的《回应悲剧缪斯的呼唤：托马斯·哈代小说和诗歌研究》文集，丁世忠于 2008 年出版的《哈代小说伦理思想研究》以及吴笛于 2009 年出版的从跨界批评视角初探哈代小说中的音乐特色的《哈代新论》等。

　　2010 年开始，在聂珍钊的主持下，哈代小说研究在中国呈现出归纳与总结的态势。2011 年南京大学教授何宁出版了专著《哈代研究史》，该作品从哈代生平、哈代作品以及哈代在中国的接受三部分为读者提供了中西哈代研究的整体风貌。[①] 2012 年，聂珍钊教授将其关于哈代文学研究的 5 篇论文收录于《文学伦理学批评及其它——聂珍钊自选集》中。这些论文不仅阶段性地总结了其个人有关哈代研究的学术成果，也在一定程度上归纳了哈代的哲学思想在中国的研究情况。[②] 2014 年由陈众议主持编纂、聂珍钊带队编选的《哈代研究文集》和《哈代学术史研究》两部批评著作应运而生。它们都在一定程度上对哈代小说研究予以了归纳总结。前者精选了西方哈代研究名家的 17 篇论文，内容翔实丰富，代表了哈代研究的最高成就；后者则从哈代学术史、哈代学术史研究两方面梳理了百年来中外学者对于哈代及其小说的整体研究情况。[③]

　　百余年来，尽管国内的哈代研究取得了卓然的成绩，总体来说，还是存在一些不足之处。第一，缺少原创性的研究。部分研究者依然热衷于生搬硬套西方批评理论来阐释哈代作品，关于哈代研究的中国式批评话语尚未形成。第二，学者们的研究和翻译对象集中在哈代的几部重点作品中，如《无名的裘德》《德伯家的苔丝》《还乡》《远离尘嚣》，忽略了哈代其他长篇作品及中短篇的批评价值，由此造成有关哈代作品的研究论文内容重复，缺乏亮点。第三，论文主题分布存在失衡现象，其中悲剧思想、艺术特色综述、人物形象分析的文章所占比例很大，关注作

---

① 何宁：《哈代研究史》，译林出版社，2011。

② 《文学伦理学批评及其它——聂珍钊自选集》，华中师范大学出版社，2012。

③ 聂珍钊、马弦编选《哈代研究文集》，译林出版社，2014。聂珍钊等：《哈代学术史研究》，译林出版社，2014。

品中婚恋观、女性观、现代意识、现代主义美学特征乃至跨学科特色的研究论文偏少。现有的这方面的论文与英美等国同类文章相比，数量、质量差距明显。

三　哈代小说与音乐

与维多利亚时期的其他作家相比，托马斯·哈代对音乐有着特殊的喜好乃至一生的追求。我们在其小说创作中可以发现他所积累的丰富音乐知识，以及大量表述"歌词""歌唱""乐器""自然音响"的音乐书写。作为跨媒介叙事策略存在的音乐书写扩充了文学语言的表述空间，从内容与形式上赋予了小说音乐特性。音乐书写"并不是小说家在创作小说时利用音乐艺术的基本语言——音符来进行叙事，而是说：小说家创作的基本工具仍是语词，但通过模仿和借鉴音乐艺术的某些特征，在'内容'或'形式'上追求并在很大程度上达到像音乐那样的美学效果"。① 在这种美学效果的影响下，读者并不能通过阅读哈代小说中的音乐书写听到由音响材料构成的真实的音乐，却能通过联觉产生对于叙述语言的音乐联想，产生交响配乐般的音乐叙事效果。

哈代从小就与音乐结缘，我们可以在哈代的各种传记中发现对他幼时音乐经历的描述。例如，米尔盖特和吉廷斯都认为，哈代丰富民间文学素材的积累得益于他幼时从父母和祖父母那儿听到的歌谣。在自传中，哈代也无不自豪地描写其家族的宗教音乐和世俗音乐的创作传统，并且特别提到他学习演奏小提琴的经历。在他的小说中，我们亦能发现大量关于小提琴演奏的音乐书写，这些书写充满狂热激情且具备极高的专业性。与此同时，"做礼拜使他与圣公会赞美诗创作有了广泛的接触"。② 这让他对无论是以《诗篇》（Psalms）为歌词的赞美诗，还是威塞克斯当地作曲家的圣咏都信手拈来。他同样热爱舞蹈，幼时常随其父

---

① 龙迪勇：《"出位之思"：试论西方小说的音乐叙事》，《外国文学研究》2018 年第 6 期，第115—131 页。

② 〔英〕诺曼·佩吉：《艺术与美学思想》，聂珍钊、马弦编选《哈代研究文集》，译林出版社，2014，第 129 页。

亲的乐队参加各种舞会并用小提琴演奏舞曲。很显然，其小说中激烈热
情的舞蹈场面描写与他童年的独特经历具有紧密的关系。

　　哈代涉猎广泛，熟悉各种音乐形式，同时善于将音乐感受诉诸笔
尖，写成乐评文章。他曾在雅阁的房间和克雷蒙欣赏流行的舞蹈，去柯
芬园观看意大利歌剧，又曾在伦敦的音乐厅接触芭蕾舞剧以及后来瓦格
纳的音乐戏剧。听音乐成为他闲暇时的主要娱乐方式之一。在聆听音乐
的过程中，他熟悉各种音乐流派及其风格特色，其中包括以莫扎特和贝
多芬为代表的"维也纳古典乐派"，以舒曼和门德尔松为代表的"德意
志浪漫主义"，以罗西尼、威尔第的作品为代表的意大利歌剧，以梅耶
贝尔的作品为代表的"大歌剧"，以瓦格纳的作品为代表的"音乐戏剧"
以及以柴可夫斯基和格里格的作品为代表的"民族乐派"交响乐作品
等。哈代会在每次音乐会结束后，在笔记本中记录自己的感受。例如，
他曾3次提到瓦格纳的音乐：1886年，他第一次接触瓦格纳音乐时就
认为它很前卫；1906年，他的感受明显和第一次不同——"一个男人
不满足于他现有的成就，而是不断尝试抵达不可能"；[①]同年，哈代还在
评价格里格交响乐时谈到瓦格纳的音乐。瓦格纳音乐戏剧中的整体艺术
观对哈代的小说乃至他的哲学思想都产生了重要影响。

　　哈代还积极参与音乐的收集与改编。例如，埃尔纳·西尔曼（Elna
Sherman）曾在《托马斯·哈代：抒情诗人，交响主义者》（"Thomas
Hardy: Lyricist，Symphonist"）一文中详细介绍了其用乐谱收集、记
录民间音乐过程的逸事。[②]除了收集民间音乐，他还积极参与到其作品
的歌剧改编上。例如，他曾给予作曲家拉特兰德·包顿改编自《康沃尔
女王的悲剧》（*The Famous Tragedy of the Queen of Cornwall*）的歌剧
《康沃尔女王》（*The Queen of Cornwall*）有关舞台装置的中肯建议；

---

① "a man not contented with the grounds of his success who goes on and on, and tries to
achieve the impossible" 段落转引并翻译自 F. E. Hardy, *The Life of Thomas Hardy*, United
States: Macmillan Publishers, 1965, p.329。

② Elna Sherman, "Thomas Hardy: Lyricist, Symphonist," *Music & Letters* 21.2, 1940,
pp.143–171.

他也曾以其广博的音乐知识给《爱敦荒原》作曲家埃莫根·霍尔斯特留下了深刻的印象。

四　哈代小说音乐批评史

从现有的国内外相关研究情况来看，哈代小说中的音乐主题研究尚处于起步阶段，暂时没有综合性、系统性的批评专著对其小说中独特的音乐价值进行提炼和归纳。尽管如此，现有的研究成果在一定程度上拓展出了一个具有开创性的学术视角，它对于本书乃至更多关于哈代小说中音乐文化的研究都具有启示意义。

从国外的研究情况看，有关哈代的小说与音乐相关的主题研究，主要涉及以下三方面关系。其一，音乐与哈代个人的关系。因为哈代在世时是一位民谣发烧友，部分学者在其论文和专著中从生平研究上把握哈代和音乐的关联，其中涉及对哈代的笔记、私人日记和乐评的解读和分析。1940 年的三篇研究文章开了这一研究的先河。伊娃·M. 格鲁尔（Eva Mary Grew）在论文《音乐家托马斯·哈代》（"Thomas Hardy as Musician"）中整理了音乐文化对哈代的不同人生阶段的影响，提出哈代除了作为一位小说家，还完全有资格被列入音乐家的行列。[1] 埃尔纳·西尔曼在《托马斯·哈代：抒情诗人，交响主义者》一文中首次公开呼吁评论界重视哈代的音乐激情。他认为对其音乐激情的重视将使"哈代作品研究进入一个全新的阶段"。[2] 该文一方面总结了此前亚瑟·西蒙斯（Arthur Symons）、查尔斯·威廉姆斯（Charles Williams）等研究者对于哈代与音乐的特殊关系的集锦式探讨；另一方面也通过整理哈代本人回忆录以及其亲人的回忆，全面分析了哈代本人对音乐的特殊情结——培养音乐爱好兴趣的过程、将民谣舞曲记录入册的经历以及用文字和艺术符号进行音乐书写的尝试。巧合的是，埃尔纳·西尔曼文章中的某些观点同美国作家唐纳德·戴维森（Donald

---

[1]　Eva Mary Grew, "Thomas Hardy as Musician," *Music & Letters* 21.2, 1940, pp.120–142.

[2]　Elna Sherman, "Thomas Hardy: Lyricist, Symphonist," *Music & Letters* 21.2, 1940, p.143.

Davidson）的观点不谋而合。后者在 1940 年发表了《托马斯·哈代小说的传统基础》一文，带领读者回顾了哈代幼时的音乐故事，并将其引入对文学作品的探讨中。戴维森认为，无论从文体特征还是从语言特色上来看，哈代小说在很大程度上受到民谣的影响，后者成为维系哈代小说写作存在的传统根基。[①]

正是这三篇文章将对哈代的纯粹生平研究导向关注音乐与哈代小说的关系。基于此，部分学者开始从哈代的小说创作和文本中寻找其同音乐的内在关联性。乔恩·格朗迪在《哈代与姊妹艺术》中，首次分主题探讨了哈代小说与其他姊妹艺术之间的关联，其中一章的主题为"哈代小说与音乐的关联"。通过对哈代独特音乐经历的回顾，格朗迪深入论述其文学文本中提到的民谣和歌剧，以文本细读的批评方法建立哈代的音乐经历和音乐感悟与其文学创作思想乃至其文学文本间的关系。他介绍分析了哈代在小说叙事中的自然音响、歌唱、音乐性譬喻等音乐书写。在此基础上，他继续探究了音乐书写在哈代小说文本中的作用，并将哈代对于音乐书写的使用上升为一种创作哲学加以考量。[②] 格朗迪将哈代小说文本置于音乐批评语境中的尝试，在很大程度上启发了笔者有关文学作品中音乐书写的思考。另外，马克·阿斯奎斯在专著《托马斯·哈代：形而上学与音乐》（*Thomas Hardy，Metaphysics and Music*）中，将哈代置于当时社会文化的整体背景中考察，分析其在小说创作中对形而上哲学以及音乐理论的吸收和借鉴。[③]

除以上两方面之外，哈代小说的音乐研究还延展深入研究音乐与哈代哲学思想的关联这一研究视野。早在 1920 年，哈代的哲学思想已成为批评界关注的焦点。学者们大多在讨论其作品中的悲观主义思想时，将其同叔本华的悲观主义、达尔文的进化论、穆勒的功利主义以及

① 〔美〕D. 戴维森：《托马斯·哈代的小说的传统基础》，陈焘宇编选《哈代创作论集》，中国社会科学出版社，1992，第 120—129 页。

② Joan Grundy: *Hardy & the Sister Arts*, New York: Harper & Row Publishers, inc., 1979, pp.134–176.

③ Mark Asquith, *Thomas Hardy, Metaphysics and Music*, London: Palgrave Macmillan, 2005.

孔德的实证哲学思想进行比较研究。从 20 世纪 40 年代开始，部分学者尝试从艺术思想的层面来剖析哈代的创作哲学。M. 扎贝尔在《哈代为其艺术辩护：不协调的美学》一书中提出哈代并未将叔本华的哲学思想教条化地摄入创作中，而是"使用诗的方法和他对隐喻价值的倾向"将其融入叙述。[①] 他指出哈代本人亦在其小品文中提到只有将展现宇宙知识和力量的作品自身放入新的艺术联合中去，才能提升作品的艺术说服力。对此我们可以在著名哈代评论家诺曼·佩吉（Norman Page）的论文《艺术与美学思想》（"Art and Aesthetics"）中听见扎贝尔观点的回声。[②] 她认为哈代的小说创作在很大程度上源于他的个人气质，因此，浸润其创作思想的正是他广博丰富的艺术见识。通过对《林地居民》《意中人》以及部分诗歌的分析，佩吉呼吁评论界应该更多关注哈代在作品中体现出的艺术内在统一性，其中包括音乐艺术。针对哈代音乐艺术思想哲学化的问题。乔恩·格朗迪在《哈代与姊妹艺术》[③] 以及尤吉尼·威廉姆森（Eugene Williamson）在《托马斯·哈代和弗雷德里希·尼采：理性》（"Thomas Hardy and Friedrich Nietzsche: The Reasons"）[④] 一文中都提出了这一领域开创性的观点。前者受到哈代的文学笔记中对瓦格纳评价的启发，将哈代在晚期写作中的整体艺术观同叔本华在《作为意志和表象的世界》（*The World as Will and Idea*）中的艺术哲学观联系到了一起。而威廉姆森则将尼采的《悲剧的诞生》和《无名的裘德》以及诗句《列王》关联起来，讨论尼采关于音乐是酒神的艺术这一哲学思考对哈代小说创作的深远影响。

国内对于哈代音乐文化的研究尚处于起步阶段，目前并无专著对这

---

① 〔美〕M. 扎贝尔：《哈代为其艺术辩护：不协调的美学》，陈焘宇编选《哈代创作论集》，中国社会科学出版社，1992，第 91—119 页。

② 〔英〕诺曼·佩吉：《艺术与美学思想》，聂珍钊、马弦编选《哈代研究文集》，译林出版社，2014，第 121—136 页。

③ Joan Grundy: *Hardy & the Sister Arts*, New York: Harper & Row Publishers, inc., 1979, pp.134–176.

④ Eugene Williamson, "Thomas Hardy and Friedrich Nietzsche: The Reasons," *Comparative Literature Studies* 15.4, 1978, pp.403–413.

一主题进行深入剖析。在已发表的论文当中，陈庆勋的《吟唱着英国民谣的哈代作品》[①] 和马弦、刘飞兵的《论哈代"性格与环境"小说的民谣艺术》[②] 开启了对哈代小说叙事中民谣艺术的探讨。笔者则在《论〈德伯家的苔丝〉中歌唱文本的伦理表达》《文学叙事中音乐元素及其情感序列构建——以哈代小说为例》《"音乐之网"：论哈代小说对瓦格纳交响配乐的模仿》等论文中，重点探究哈代小说中的音乐书写问题。相关专著亦有涉及哈代小说与音乐的主题研究，吴笛在《哈代新论》、[③] 马弦在《哈代小说的原型叙事和创作观念研究》[④] 中专设一章论述哈代小说要素与音乐的关联。这些研究成果在一定程度上探讨了哈代小说中的音乐书写，并初步论述了其对于哈代小说独特形式美构建的重要意义。

---

① 陈庆勋：《吟唱着英国民谣的哈代作品》，《上海师范大学学报》2005 年第 5 期，第 94—99 页。

② 马弦、刘飞兵：《论哈代"性格与环境"小说的民谣艺术》，《外国文学研究》2007 年第 2 期，第 110—116 页。

③ 吴笛：《哈代新论》，浙江大学出版社，2009。

④ 马弦：《哈代小说的原型叙事和创作观念研究》，浙江大学出版社，2019。

第一章　哈代小说中的音乐书写概述

哈代是一位有着鲜明个性特征的小说家。这种个性特征突出地表现在他能够巧妙地运用音乐书写表达自己的艺术观点。音乐书写特指小说叙述中对音乐内容和形式直接或间接的表述与模仿。其所依赖的媒介本位不是音乐艺术，而体现了一种运用文学语言从内容与形式上直接模仿音乐艺术或间接激发音乐联想或联觉的跨媒介叙事技巧。在这种美学效果的影响下，读者虽不能通过阅读小说中的音乐书写听到由音响材料构成的真实音乐，却能对叙述语言产生音乐联觉或联想，感受到音乐叙事效果。

其具体体现为三种类型的跨媒介叙事征候。第一类具体表征为对小说中的音乐内容进行书写，即通过文字语言书写音乐作品，言说音乐，表征音乐媒介形式。第二，对小说中的音乐形式进行书写，即小说家通过模仿音乐节奏、结构等构成音乐的特定形式，让小说产生如同音乐的跨媒介叙事效果。第三，对激发音乐联想的音乐元素的书写。对小说的音乐元素书写虽未直接模仿音乐媒介，却可通过对"歌词""歌唱""乐器""自然音响"等音乐元素的书写，让人联想或联觉到音乐，达到间接模仿音乐的效果。哈代小说中的音乐书写主要体现为"音乐元素书写"（Musical Elements' Writing）。其所书写的音乐元素主要包含四类：歌词、歌唱、乐器、自然音响。书写每一种音乐元素的小说文本又由不同的文本要素构成。其在叙事中又具体表现为两种功能：第一，表现出对叙述结构的建构功能；第二，表现出一定的修辞功能，彰显小说文本的鲜明个性。在充分发挥了音乐书写在小说中的这些功能的同时，哈代的小说还体现出音乐书写的两方面特色：其一，书写音乐元素的语言本身就极具音乐性；其二，对音乐元素书写的审美能够产生音乐联想的阅读体验。

第一节　音乐书写的定义

一　什么是音乐书写

哈代小说中存在大量歌词节选，音乐表演与各种自然音响的描述。因涉及有关音乐的描述，表征了玛丽－劳尔·瑞安所述的"媒介混杂现象"。

> 家呀，家呀，我多么想念家，
> 家呀，家呀，我要回到故乡的家！
> 我要去见那泪汪汪的眼和甜盈盈的脸，
> 当我渡过安楠河与我心爱的宝贝团圆；
> 花儿含蕾待放，树叶挂满枝丫，
> 云雀将一路哨啭伴我回家乡！（*MC*, 48）

> 普格拉斯这才把心放下，他颤动着音调，发出一种轻轻抖动却又很让人欣赏的伤感的曲调。歌曲中包含了基调和另外一种调子。后面一种调子拖着长音。他这一唱很是成功，以至在开头走了几次调之后顺势就唱了下去。（*FFMC*, 178）

> 在光辉的云柱后面推波助澜的提琴手也不时地改变方法：他们有时候拉在琴马不该拉的一边，有时候则把弓背当弓弦用。不管他们怎么拉都可以，那些气喘吁吁的人继续旋转狂舞。（*TD*, 81）

> 但是没人回答他的问话，除了风声带来一种想象中似乎有什么东西正在啃啮着房子角落的声音，以及几滴雨点打在窗户上的

声音。（*RN*, 411）

此前，研究者们对这类处于"媒介混杂"状态的文本现象进行过充分界定。在《小说的音乐化：媒介间性的理论和历史研究》中，维尔纳·沃尔夫从媒介间性视角将凯文·布朗、保罗·薛尔（Paul Scher）、劳伦斯·克莱默尔（Lawrence Kramer）与约恩·纽保尔的同类定义进行了类比，如"以文述乐"（Verbal Music）、"文字音乐"（Word Music）等，并将所涉定义存在的问题归纳为四点：其一，术语不精确；其二，界定不充分；其三，对纳入研究范围中的文学素材选择不明确；其四，一种"特定原子论"带来的"关于音乐—文学关系讨论"的片面解读。他认为"虽然已经做了很多对单篇作品、个别作家甚至某个时代的有价值的研究，但几乎还没有对音乐作为一种对（叙事）文学的形塑性影响进行历史性的综述，特别是在英语文学中"。[①] 在涉及小说中音乐相关研究范围的廓清时，沃尔夫沿用了赫胥黎在《旋律的配合》中的"小说的音乐化"概念，并从功能上确立"小说的音乐化"标准，提出"小说的音乐化是一种隐蔽音乐 – 文学媒介间性形式"，包含"显性主题化 / 讲述"、"通过联想引用的声乐唤起"与"隐性效仿 / 展示"。[②] 其中"显性主题化 / 讲述"又表征为三种不同的位置形式"文本的主题化Ⅰ、文本的主题化Ⅱ和语境的主题化"；[③] "隐性效仿 / 展示"则分为"文字音乐"、"形式与结构类比"以及"想象内容类比"。[④] 该研究虽首次系统梳理与界定了"小说中的音乐"问题域中的相关概念，却仍存在

[①] 〔德〕维尔纳·沃尔夫:《小说的音乐化:作为音乐—文学媒介间性的特殊例子——〈小说的音乐化:媒介间性理论和历史研究〉绪论》,李雪梅译,《马克思主义美学研究》2013年第1期,第201页。

[②] 〔德〕维尔纳·沃尔夫:《小说的音乐化:媒介间性的理论与历史研究》,李雪梅译,华东师范大学出版社,2022,第73页。

[③] 〔德〕维尔纳·沃尔夫:《小说的音乐化:媒介间性的理论与历史研究》,李雪梅译,华东师范大学出版社,2022,第74页。

[④] 〔德〕维尔纳·沃尔夫:《小说的音乐化:媒介间性的理论与历史研究》,李雪梅译,华东师范大学出版社,2022,第77页。

一些问题。如在阐释部分概念时，其仍存在界定模糊的情况："想象内容类比"中对以"诗"的意向形式唤起对音乐的想象和"联想唤起音乐部分"界定不清晰；对小说模仿音乐的跨媒介机制及其表征的衍生逻辑并未做详细解析；忽略了对部分音乐元素及其征候的系统分析，如"小说中的自然音响"这类特殊的音乐元素类型。

稍后，研究者们开始从多方面予以分析界定，出现了如"小说中的节奏和韵律""小说中的音乐性""小说中的音乐叙事""小说中的音乐文本""小说中的音乐文化"等概念。这些概念在一定程度上对该问题域的研究内容产生奠基性作用，且基本涵盖了小说中音乐研究的问题域，却仍然存在三方面的问题：第一，运用构成音乐的元素诠释小说中音乐的整体概念；第二，媒介特性界定不明，导致概念含混；第三，所阐释的内容仅涵盖了问题域中的部分研究主题。

首先，部分学者在界定小说中音乐研究所涉问题域时，使用构成音乐的元素作为术语。这种使用误区，正是维尔纳·沃尔夫所提出的在锚定理论边界时陷入"特定的原子论"[①]观念中。例如，凯文·布朗就将文学作品（包含诗歌和小说）与构成音乐的元素——节奏与韵律、对位与和声、重复与变奏、主题与动机等进行了比对参照，尝试用构成音乐的要素去归纳音乐在小说中凸显的文本特征。一些学者在论及小说中的音乐性特征时，常用节奏加以概括总结，如大卫·姚斯（David Jauss）在《小说创作谈：重思关于写作技艺的传统观念》中将小说的叙述节奏作为音乐影响小说叙事的关键要素。他引用了斯图尔特·迪贝克的观点"作家有一个故事，然后去寻找那些充当节拍和音符的词语，捕捉那看不见的音乐。和所有的音乐一样，那个无声的敲打现在以语言的方式表达出来……传递着深邃的情感"，[②]并认为"每一篇佳作都拥有'它自己

---

① 〔德〕维尔纳·沃尔夫：《小说的音乐化：作为音乐—文学媒介间性的特殊例子——〈小说的音乐化：媒介间性理论和历史研究〉绪论》，李雪梅译，《马克思主义美学研究》2013年第1期，第201页。

② 〔美〕大卫·姚斯：《小说创作谈：重思关于写作技艺的传统观念》，李安译，中国人民大学出版社，2016，第73页。

内在的背景音乐，每一名用心聆听的读者几乎都能察觉得到'"。[①]如吴笛将哈代小说的音乐美具体化为叙述语言呈现的节奏和韵律等音乐特性。[②]存在此类问题的原因在于，研究者将有关音乐的问题意识从诗歌研究移植到小说研究中。"音乐与文学共同的音响性质为两种艺术之间的一系列更具体细节上的相似性提供了基础，对诗歌来说更是如此，二者都拥有音高、音色、音量和节奏（在节奏中包括另外的时间因素）特征。这些特性为文学音乐化的探讨提供了媒介间联系的可能性。"[③]对于诗歌来说，诗歌语言与音乐中的节奏韵律等要素关联紧密。节奏与韵律一直以来都是理解诗歌音乐特性的关键要素。而比起诗歌来，小说中音乐所涉问题域更为复杂。此类概念与研究方法的迁移只可能解决小说中音乐的部分关涉问题，无法涵盖整体研究内容及路径，因此不能予以界定。

其次，媒介特性界定不明，导致概念含混。玛丽－劳尔·瑞安在《跨媒介叙事》中认为，"媒介所提供的制约与可能，则受其物质材料和编码模式所支配"。[④]按照编码模式来区分音乐与文学的媒介属性，可以发现在影响叙事性的媒介类型层面，小说和音乐都属于单渠道传播路径下的时间艺术，其中小说由语言文字组成，非文本化的音乐则由音响材料组成，较好区分。当其传播路径拓展为双渠道时，就会带来音乐与文学混杂下的媒介形式，如"带歌词的歌曲，唱出的诗歌"。[⑤]小说中音乐的媒介特性属于"隐蔽／间接媒介间性"的例子，虽创造出音乐媒介的效果，却始终由单一的文字媒介材料组成，由此形成通过单渠道传播路径获得双渠道传播效果的特殊生成路径。因此，在概念化小说

[①] 〔美〕大卫·姚斯：《小说创作谈：重思关于写作技艺的传统观念》，李安译，中国人民大学出版社，2016，第74页。

[②] 吴笛：《哈代新论》，浙江大学出版社，2009。

[③] 〔德〕维尔纳·沃尔夫：《小说的音乐化：媒介间性的理论与历史研究》，李雪梅译，华东师范大学出版社，2022，第24页。

[④] 〔美〕玛丽－劳尔·瑞安编《跨媒介叙事》，张新军等译，四川大学出版社，2019，第16页。

[⑤] 〔美〕玛丽－劳尔·瑞安编《跨媒介叙事》，张新军等译，四川大学出版社，2019，第17页。

中音乐的问题域时，应首先认清其媒介特性。一些学者在界定该问题时，就尝试运用指代单一化的媒介特性的理论话语去表述其特殊的媒介生成路径，例如引入音乐术语将研究对象界定为"小说中的音乐叙事"（Musical Narration in Novels）、"小说中的音乐文本"（Musical Texts in Novels），这就会带来定义含混的问题。在"小说中的音乐叙事"中，"音乐叙事"体现了音乐作品独特的叙事特点。王旭青认为"音乐叙事的研究也不能是文学叙事研究方式和内容的简单移植，而应该是一种认同差异性基础上的互文性和创造性'对话'"。[①]随后，她借助卡尔的观点针对音乐叙事与文学叙事的不同进行了分析，并提出音乐叙事的"行为者"是主题—动机这一同源的音乐素材。在音乐演奏中它"通过不同形态的衍展、种种材料的增减与形式层面的作用形成一个个变化的、动态的、富于'行动感'、相互关联的主题链。这种主题链在相互连接中多重结合、对位，表现了对抗、张力、包容甚至推拉，沟通出一条条精妙平衡的叙述线索，也构建出叙述的力量"。[②]"小说中的音乐叙事"概念容易制造小说可以进行音乐叙事的误区。和音乐具有不同媒介特性的小说，是无法通过文字语言直接产生音乐艺术的叙事效果的。另外，在"小说中的音乐文本"这个概念中，"音乐文本"即乐谱，指的是作曲家通过运用音乐符号记录音乐的形式而形成的物质化文本。"小说中的音乐文本"则容易被误解为小说中出现的乐谱，而不是小说中运用文字表述音乐相关内容的叙述文本。

最后，一些定义所阐释的内容仅涵盖了问题域中的部分研究主题，如"小说中的音乐文化"（Musical Culture in Novels）、"文学中的音乐理念"（The Idea of Music in Literature）等定义。音乐和文学"的融合和互文的指涉可以更好地发挥各自的优势，达到最大程度的合力，更加动态地与社会文化进行对话"。[③]所谓音乐文化，是用音乐形式表现一

---

① 王旭青：《分析·叙事·修辞——音乐理论研究论稿》，上海三联书店，2018，第28页。

② 王旭青：《分析·叙事·修辞——音乐理论研究论稿》，上海三联书店，2018，第123页。

③ 张磊：《肯认与焦虑——乔治·爱略特小说中音乐文化的意识形态研究》，中国国际广播出版社，2012，第2页。

个国家或地区的文化。"小说中的音乐文化"特指小说文本中存在的音乐文化现象，如江松洁在对维多利亚时期的女性小说家作品的研究中，发现了钢琴文化与女性身份自觉的关联。[①] 此类研究中，小说与音乐史料、文化期刊具备一样的功能，是记录这种音乐文化现象的载体之一。如果用"小说中的音乐文化"来定义小说中有关音乐场景以及音乐文本的描述，研究者会偏重解读其所包含的文化信息，而忽略对这类文学文本的构造理论、特征与功能予以评价。由此，"小说中的音乐文化"可作为小说中的音乐相关研究的一个研究分支存在，无法概述小说中与音乐相关的整体问题域。此外，"文学中的音乐理念"由索菲·富勒和妮基·罗瑟夫提出，该概念表述的是文学作品中涉及音乐的思想观念。并不是所有小说作品都包含对音乐思想观念的阐述，因此，"文学中的音乐理念"也仅涉及问题域中一类研究主题。

通过对现存释义的比较研究，我们发现无论是作为媒介间性的特殊例子存在，还是"媒介混杂"状态的文本呈现，这种小说与音乐的媒介混杂现象都需要进一步界定。本书中，笔者从跨媒介叙事理论出发，将其定义为"小说中的音乐书写"（Musical Writing in Novels）。第一，从媒介特性上来说，音乐书写"并不是小说家在创作小说时利用音乐艺术的基本语言——音符来进行叙事，而是说：小说家创作的基本工具仍是语词，但通过模仿和借鉴音乐艺术的某些特征，在'内容'或'形式'上追求并在很大程度上达到像音乐那样的美学效果"。[②] 二者产生艺术效果所依靠的媒介是不同的：前者通过音符与表情符号，后者通过文字与标点符号。因此，音乐书写所依赖的媒介本位不是音乐艺术，而体现了一种运用语词从内容与形式上模仿音乐的跨媒介叙事技巧。

第二，从跨媒介表现形式来说，音乐书写表现了瑞安所说的两种跨媒介叙事征候：第一，"一个媒介在另一个媒介里通过机械或描述手段

[①] 江松洁：《钢琴与19世纪中叶欧洲中产阶级女性的关系解读》，周宪、陶东风主编《文化研究》第19辑，社会科学文献出版社，2014，第69—85页。

[②] 龙迪勇：《"出位之思"：试论西方小说的音乐叙事》，《外国文学研究》2018年第6期，第117页。

进行表征。机械例子有绘画的摄影复制、经典影片的电视播出、所有艺术媒介的数字化。描述例子：音乐的言语唤起；故事或绘画的音乐描绘"。[1] 第二，"一个媒介模仿另一媒介的技法。例子：照片的数字处理，运用'梵高'、'莫奈'或'苏拉特'滤色镜"。[2]

第一类具体表征为，对小说中的音乐内容进行书写，即通过文字语言书写音乐作品，言说音乐，表征音乐媒介形式。这类书写在现当代作家作品中出现得较为普遍，属于龙迪勇提及的在"'内容'层面模仿音乐"，[3] 常出现在"叙述音乐家的故事"或"塑造音乐家形象的叙事作品"中。[4] 为了展现音乐家的乐思和音乐欣赏能力，其"通过文字这一媒介对音乐这种特殊的艺术形式进行了'出位之思'式的书写，从而真正达到了一种跨媒介叙事的美学效果"。[5] 在分析这类书写时，研究者需寻求音乐学领域的思想资源与方法资源，如运用音乐修辞学、符号学与音乐叙事学等相关理论，对小说文本进行音乐化转译，一方面从故事层面寻求音乐叙事所隐喻的人物情感与思想动态，另一方面从话语层面可以评判作家音乐书写的专业程度及其隐性叙事策略。这类书写常常出现在现当代作家作品中，例如英国当代作家伊恩·麦克尤恩在《阿姆斯特丹》中，就曾对小说人物克莱夫·林利所创作的《千禧年交响曲》进行直接的书写：

因为他必定要如此地去创作——完全沉浸在完成令人敬畏的终

---

① 〔美〕玛丽-劳尔·瑞安编《跨媒介叙事》，张新军等译，四川大学出版社，2019，第27页。

② 〔美〕玛丽-劳尔·瑞安编《跨媒介叙事》，张新军等译，四川大学出版社，2019，第28页。

③ 龙迪勇：《"出位之思"：试论西方小说的音乐叙事》，《外国文学研究》2018年第6期，第117页。

④ 龙迪勇：《"出位之思"：试论西方小说的音乐叙事》，《外国文学研究》2018年第6期，第117页。

⑤ 龙迪勇：《"出位之思"：试论西方小说的音乐叙事》，《外国文学研究》2018年第6期，第118页。

曲的奋斗中。已经爬上了那古老的石头台阶,细小的声音像雾一般消失不见了。他的新旋律如此隐晦,最初是为安有弱音器的长号谱写的,已经在它周围聚集了变化多样的和声的丰富的管弦乐结构,然后不谐和音、旋转音以及变音都消失不见了,再也没出现过。直到现在,在强化的过程中,它又追了上来,就像将一次爆炸逆向推进一样,向内呈漏斗状聚集,形成了几何学上的一个静点;然后,又轮到装有弱音器的长号演奏,渐趋强大的声音带着股使人静穆的力量,就像是巨人在吸气,然后,旋律最终又以强大声势出现了(伴随着一种吸引人的,然而到目前为止无法解决的冲突)。这个旋律的节奏变得紧凑,爆发成一阵海浪,达到那个难以置信的速度时,再形成了一个空转的音的海啸,然后音又暴跳起来,变得更高,当它超出人的能力时,还在变高,最终倾倒下来,折断在空中,旋转着坠落到 C 小调的主调的坚硬安全的地面上。剩下的只是些持续音符,预示着在无限空间里解决了问题,获得了和平。然后是一个长四十五秒的渐弱部分演奏的跨度,随后转到四小节的静音。整场交响乐随之结束。①

第二类表征为对小说中的音乐形式进行书写,即小说家通过模仿音乐节奏、结构等构成音乐的特定形式,让小说产生如同音乐的跨媒介叙事效果。首先,从音乐节奏角度来说,大卫·姚斯引用了《小说面面观》中 E. M. 福斯特的观点,后者认为小说模仿音乐节奏的路径有两种。"在福斯特看来,节奏有两种类型。第一种是风格上的节奏,我们从单个句子的语法中就能辨认出来,它引发我们身体上的反应。第二种是结构上的节奏,涉及整部作品的'语法'。"②对于风格上节奏的研究,就需要借鉴诗歌的音乐性分析方法,寻求小说叙事的节奏与韵律感;对于结构上的节奏,则需要研究者寻求小说部分与整体的关系,如

① 〔英〕伊恩·麦克尤恩:《阿姆斯特丹》,丰俊功译,新星出版社,2007,第 143—144 页。
② 〔美〕大卫·姚斯:《小说创作谈:重思关于写作技艺的传统观念》,李安译,中国人民大学出版社,2016,第 81 页。

米兰·昆德拉将小说《生活在别处》中的 7 个部分分为 7 个乐章，每个部分都按照篇幅长度与其所依循的"拍子"模仿交响乐各乐章中的音乐速度术语，如中板（Moderato）、急板（Presto）、柔板（Adagio）等。其次，在提及小说模仿音乐结构时，部分学者将音乐技巧与音乐结构混为一谈，因此会认为小说模仿音乐技巧等同于小说模仿音乐结构。实际上，音乐技巧 ① 与音乐结构的概念完全不同。其关联在于作曲家会通过特定的音乐技巧赋予音乐作品特殊的结构特征。例如巴洛克时期巴赫的赋格作品，正是其通过复调技法创作出的特殊音乐结构。由此，所谓模仿音乐结构的小说，指的是具备音乐结构特征的小说，即小说家借用音乐创编技巧让语词构成的文本形态具备音乐作品的结构特征。这类跨媒介书写策略的先例可追溯到托马斯·哈代小说中的"音乐之网"（The Musical Web）。作为跨媒介叙事征候之一的"音乐之网"正是通过模仿瓦格纳序曲中交响配乐的创编技巧，获得具备"主导动机""特里斯坦和弦"（Tristan Chord）等音乐结构的文本形态。20 世纪以后具有此类征候的作品层出不穷。其中最具代表性的就是詹姆斯·乔伊斯的《尤利西斯》。其运用的赋格结构跨媒介书写策略受到了维尔纳·沃尔夫、加里·斯迈斯（Gerry Smyth, 1961–）、李兰生、王涵等众多中外学者的关注。在当代作品中如石黑一雄的《小夜曲：音乐与黄昏五故事集》、大卫·米切尔的《云图》、保罗·奥斯特的《4321》都存在此类跨媒介模仿现象。

除了这两种类型之外，音乐书写还表征为对小说中音乐元素的书写。对小说的音乐元素书写虽未直接模仿音乐媒介，却可通过对"歌词""歌唱""乐器""自然音响"等音乐元素的书写，让人联想或联觉

---

① 音乐技巧是针对特定的音乐形象予以刻画或描述音乐的表现力时所使用的术语，它包括对声音质料的判断，主题材料的设计，意图实现的创作方式等。例如巴洛克时期的赋格作品，在技术层面上的表达就是创造出和谐流动且变化丰富的音响，这就发展了复调技术，如要求不同的音乐主题（声部）在横向发展与纵向的对位技术，以及使乐曲保持流动的技术；又如古典主义音乐技术特点在于注重形式的完美，那么围绕形式结构就探索出了一系列技术，比如乐句的重复、对比、发展，连接句、结束句，发展段、再现段，以及其间的调性对比，主题动力发展形态的辩证统一等。

到音乐，达到间接模仿音乐的目的。这一类型所书写的音乐元素主要包含四类："歌词"、"歌唱"、"乐器"、"自然音响"。该研究类型立足于沃尔夫"通过联想引用的声乐唤起"[①]的相关研究，对小说所指的音乐唤起的形式进行了细分，尤其是考虑了作为音景的"小说中自然音响"的音乐化特例。最后，从接受方式上来说，读者主要通过阅读这种形式对音乐书写进行分析、理解、欣赏与自我评价。在研究过程中，读者还需诉诸不同的音乐批评方法进行审美。这就要求其自身掌握一定的音乐理论。例如，研究歌词或歌谱这类出现在小说叙事中的音乐文本时需要掌握视谱演唱的方法；研究对小说形式的音乐书写时，需结合曲式分析的方法予以分析；研究对"歌唱"与"乐器"的音乐书写时，需依靠一定的音乐表演理论；研究对"自然音响"的音乐书写时则需借助音乐叙事学、音乐美学相关理论；等等。只有在文本细读的同时结合不同的音乐批评方法，才能真正欣赏音乐书写的艺术价值，寻求它们之于作品艺术形式和内容表达的特殊意义。

二 音乐书写的类型

音乐书写具体体现为三种类型的跨媒介叙事征候：第一，对小说内容的音乐书写，即通过文字语言直接书写音乐作品，表征音乐媒介；第二，对小说形式的音乐书写，即小说家通过模仿音乐技法或结构，让小说产生如同音乐的跨媒介叙事效果；第三，音乐元素书写，即对"歌词""歌唱""乐器""自然音响"等音乐元素进行书写。这部分小说文本让人联想到音乐，达到间接模仿音乐的效果。

哈代并未直接用文字语言言说音乐媒介，而是诉诸书写音乐元素的形式激发读者的音乐联想与联觉。因此第一种叙事征候并未在哈代小说中出现。哈代在小说创作中常模仿音乐技法与结构。其文本形态即表征为跨媒介叙事特性。例如，《德伯家的苔丝》中，哈代通过模仿音乐中的复调

[①] 〔德〕维尔纳·沃尔夫：《小说的音乐化：媒介间性的理论与历史研究》，李雪梅译，华东师范大学出版社，2022，第91页。

艺术进行双线叙事；《还乡》中哈代积极模仿瓦格纳交响序曲的"主题动机""语言与音乐的共生结构"达到叙述文本的交响化等（详见第六章）。

哈代小说中音乐书写的叙事征候以第三种类型为主，即通过对"歌词""歌唱""乐器""自然音响"等音乐元素的书写，激发音乐联想或联觉，间接收到模仿音乐的效果。这一类型所书写的音乐元素主要包含四类：歌词、歌唱、乐器、自然音响。它们在小说的内容表达与艺术形式建构方面，都发挥着重要作用。读者在对书写音乐元素的小说文本进行阅读时，会产生音乐联想。

"歌词"是小说中最基本的音乐元素。作为歌唱的文本，歌词是一种能唱的诗歌，属于文学范畴。而小说所书写的"歌词"则指小说文本中出现的歌词引用或节选，它包括全文引用或部分节选。我们应该借鉴文本细读的方法，对出现在小说中的歌词进行文本分析，寻求其音乐特性、情感表达、在小说中的文本功能及其与源文本或小说文本的互文性关系等。另外，歌词让人联想到音乐。所以，歌词文本需结合乐谱去分析，以寻求歌词的音乐特性与情感内涵。有一定音乐素养的研究者，还可以读谱试唱，以此更为准确地理解歌曲的情感表达，寻求作家在文中书写该歌词的创作动机。

书写"歌唱"和"乐器"的小说文本，均涉及对音乐表演或音乐聆听的描述，但从文本中的表演类型和性质上看却不同。其中，书写"歌唱"的小说文本，由书写歌者的歌唱场景、歌唱内容及聆听者在欣赏歌唱时的情状等文本要素构成。例如，福楼拜在《包法利夫人》中对歌剧《拉美莫尔的露琪亚》中的聆听者爱玛情感变化的描述；哈代在《远离尘嚣》中的歌会上对普格拉斯、芭丝谢芭等人物歌唱情景的展现以及对聆听者音乐情绪的捕捉等。书写"乐器"的小说文本，由书写乐器、演奏者、演奏内容、演奏场景以及聆听者的情状等文本要素构成。例如，英国古典主义小说中之于"钢琴"的相关书写等。表演内容是书写"歌唱"和"乐器"的小说文本中的重要因素。只要读者通过"身份迁移"进入人物在小说中所处的视听环境，就能产生音乐联想或联觉。因为在书写表演内容的文本中，人物既可作为表演者，又可以是聆听者。能够直接聆听音乐的人物，内心情感也会随着音乐的演绎不断变化。对研究者而言，如果仅仅凭借文字语言来分析其情感状态，只能获取语义层面的信息，在分析书写"歌唱""乐器"这类小说文本中的人物时，我们应该借助音乐叙事的方法对叙述潜文本进行分析。潜文本是小说文本"隐性进程"（covert progression）的载体。所谓"隐性进程"就是"一股自始至终在情节发展背后运行的强有力的叙事暗流"。① 它除了存在于情节层面，还存在于审美层面。这些人物经验到的音乐以叙事暗流的形式存在，对人物情感、情节与主题进行修辞、建构与补充。研究者需运用音乐叙事的分析方法对存在于叙事进程中的音乐进行提取与分析，以揭示人物的情感状态与变化。王旭青认为，"音乐叙事的主要目的并不仅仅是为了叙述某个故事，而是指向叙述意义自身，即用'叙事性'进一步刺激听者的联想、想象和感悟，也为研究者提供相互交流的话语空间"。② 书写这类音乐元素的小说文本，正是作者借由文字的构建预设情感序列的叙事方式。读者可以运用音乐联想能力解码预置的情感序列，③ 由此体验到音乐之于叙事人物情感的重要价值。

书写"自然音响"的小说文本最为特殊。它由书写各类自然音响的发生语境、自然音响的内容以及自然音响中的人物和情感关联的文本要素构成。傅修延在《听觉叙事研究》中提到音景概念，认为音景是叙事中的"声音景观、声音风景或声音背景的简称"。④ 其对于重塑阅读中的感知结构与人物的主体意识具有重要意义。例如，瓦雷里·拉宾诺维奇对于阿道斯·赫胥黎小说中出现的以莫扎特、贝多芬和巴赫的音乐所发挥的音景功能所做的研究。作为构成小说音景的特殊类别之一，书写风雨声、鸟声、马声等自然音响的那部分小说文本，由各类自然音响的发生语境、自然音响的内容以及自然音响中的人物关系和情感组成。与

---

① 申丹：《隐性进程》，《外国文学》2019 年第 1 期，第 82 页。
② 王旭青：《分析·叙事·修辞——音乐理论研究论稿》，上海三联书店，2018，第 72 页。
③ 王希翀：《文学叙事中音乐元素及其情感序列构建——以哈代小说为例》，《山东外语教学》2020 年第 4 期，第 91—100 页。
④ 傅修延：《听觉叙事研究》，北京大学出版社，2021，第 143—144 页。

上文提及的背景音乐不同，阅读由"自然音响"构成的小说文本无法直接促成音乐联想，却可以通过其中的音乐性修辞和隐喻，让人联觉到音乐。从创作意图来看，一些作家常常给予各种自然音响音乐性的修辞和隐喻。在对音乐的跨媒介模仿过程中，不仅风声能够奏出乐器的音色，鸟儿能够获得人类的歌喉，而且各种自然音响组合还能形成充满音高变化、对位关系的交响进程，以此凸显人物的情感变化。例如托马斯·哈代的小说《远离尘嚣》中奥克的长笛演奏与自然音响组成的交响进程，让人联觉到瓦格纳的"特里斯坦和弦"。书写"自然音响"的小说文本，除了可动态展现人物的情感变化，还可触及甚至表露人物情感的内核。如德尼·德·鲁热蒙的相关研究，他将《特里斯坦与伊索尔德》（*Tristan and Isolde*，1859）开篇的风声当作"无所不能的音乐"，并认为后者能够弥补语言的不足，揭示"崔斯坦最大的秘密"。

三 音乐书写的构成要素

在研究音乐书写时，研究对象一直是困扰研究者的一个问题。音乐书写的第一种类型较好界定，其由音乐符号或描述音乐进程的专业语言组成。第二种类型的叙事征候因直接涉及音乐的形式特性，需借用音乐的曲式结构与创作技法，对小说文本予以整体分析。第三种类型的叙事征候，因其涉及对音乐的间接书写，即主要描述音乐发生场景、音乐内容、聆听者的情状等相关要素，而较难界定。因此，为了明确音乐元素书写的界定，应进一步挖掘构成这些音乐元素的文本要素。哈代小说书写的音乐元素主要包含歌词、歌唱、乐器、自然音响等。书写每一种音乐元素的小说文本又由不同的文本要素构成。

其一，"歌词"是哈代小说中音乐元素的基本类型，特指小说文本中出现的歌词引用或节选，包括全文引用或部分节选。以《德伯家的苔丝》中那句节选歌词"它永远不会适合，那曾经失足的妻子"（*TD*，283）为例。这句歌词节选是在这样的引用语境下出现的：新婚前夜，苔丝在试穿克莱尔送给她的新婚礼服时，随即想起了母亲曾经唱过的歌谣。这句节选自《男孩与披风》（*The Boy and the Cloak*）的歌词，正强化了苔丝内心有关是否向克莱尔坦白的矛盾感。另外，哈代小说中的一些引用歌词在结合原文语境进行阅读后，其原意会发生改变。例如，《花点母牛》（*Spotted Cow*）的节选歌词（第二章具体分析）。因此，在对"歌词"进行审美时，需将歌词内容联系小说文本语境予以分析。

其二，书写"歌唱"的小说文本由歌者、歌唱场景、歌唱内容及聆听者在欣赏歌唱时的情状等文本要素构成。以《卡斯特桥市长》中的小说文本为例，它由歌者法夫纳，以三水手酒馆为背景的歌唱场景，《怀乡曲》（*It's Hame*）、《友谊地久天长》（*Auld Lang Syne*）等歌唱文本以及克里斯托弗·康尼、所罗门·朗威斯等酒馆顾客的聆听情状组成。再比如，《远离尘嚣》中晚餐歌会后的小说文本，是由歌者芭丝谢芭、博尔伍德，以芭丝谢芭的农场为背景的歌唱场景，以《阿兰湖畔》（*On the Banks of Allan Water*）为代表的歌唱文本以及普格拉斯等羊毛工们的聆听情状等要素组成的。对书写"歌唱"的小说文本进行审美时，研究者应将各类文本要素逐一研究比对，再将所有要素统摄起来寻求其文本寓意与情感价值。

其三，书写"乐器"的小说文本，由乐器、演奏者、演奏场景以及聆听者的情状等文本要素构成。《远离尘嚣》中经常出现羊倌奥克演奏长笛的小说文本。例如奥克于集市用长笛吹奏《乔基赶集》（*Jockey to the Fair*）的小说文本是由演奏者奥克、乐器长笛、以集市为背景的演奏场景以及赶集的人在听到演奏时的情状这四个要素组成。《无名的裘德》中也出现了两次裘德弹奏钢琴的小说文本。在探讨这两段构成"乐器"的小说文本时，我们应该首先探究裘德和费罗生先生的那台钢琴的渊源和关联，继而探究作为裘德与苏合奏《十字架下》时的演奏场景——教堂，最后了解既是演奏者也是聆听者的两位人物的情感变化。

其四，书写"自然音响"的小说文本最为特殊。它由书写各类自然音响的发生语境、自然音响的内容以及自然音响中的人物和情感关联等文本要素构成。例如，《还乡》中第五卷第八章"大雨滂沱，一片漆黑，焦虑的徘徊者"中的小说文本。"大风吹在房子的四角发出刺耳的呼啸声。雨点打在屋檐上发出的声音，就像豌豆打在窗玻璃上的声音。他来回不停地在几间无人居住的房间里走来走去，把小木片塞进玻璃窗缝和其他裂缝中，不让门窗发出奇怪的吱嘎声。"（RN, 416）此前，克莱姆正在等待尤斯塔西雅的回信，然而，"他根本不知道她已下定决心，一心只想去做另外的事"（416）。于是，悲剧就随着这一段自然音响的书写发生了。它书写的主要内容是风雨呼啸的声音。这种恐怖的声响效果生动地表现出克莱姆此时内心的不安。从第九章开始，这种风雨声的场景从室内转换到了花落村的山谷。该段书写"自然音响"的小说文本中依次出现了克莱姆、维恩、怀尔德夫以及托马茜等主要角色。他们都在寻找尤斯塔西雅。他们错综复杂的关系和内心情感都同这凶猛的风雨声关联着。（具体参见第五章第四节）因此，在探究书写"自然音响"的小说文本时，我们应该首先从原文探究自然音响出现的情境，分析该段小说文本的表达内容，寻求自然音响与人物的情感呼应。

第二节　音乐元素书写的功能

哈代小说所书写的音乐元素主要包含四类：歌词、歌唱、乐器、自然音响。书写每一种音乐元素的小说文本又由不同的文本要素构成。它们对于小说文本的结构以及修辞等方面都具有重要推动作用。其中，音乐元素书写的结构功能具体表现为三方面：第一，推动小说情节的发展；第二，制造前后文的呼应；第三，对现有结构进行补充。音乐元素书写的修辞功能具体表现在人物塑造与情景建构方面。

一　音乐元素书写的结构功能

书写音乐元素的小说文本是小说叙事进程中的重要组成部分，由此对小说的结构产生重大影响。音乐元素书写的结构功能具体表现为三方面：第一，推动小说情节的发展；第二，制造前后文的呼应；第三，对现有结构进行补充。

首先，音乐元素书写能够推动小说情节的发展。作为哈代小说结构中重要的组成部分，音乐书写常常能够为情节的变化埋下伏笔。或者哈代直接通过设置音乐书写的方式，让情节结构发生变化。例如《无名的裘德》中，书写裘德和苏合奏钢琴曲《十字架下》的小说文本。该段音乐元素书写中，裘德来到沙氏屯探望表妹苏，后者已成为费罗生的妻子。裘德是在读过苏给他写的信之后决定过来的。起先他最大的奢望也只是能同她共进午餐。然而，哈代在接下来的段落中着意描写了裘德和苏弹奏钢琴曲目时的手。苏"把手轻轻地按在他弹低音部的那只手上。这按上来的小手，他似乎认识"（*JO*, 200）。而后，这两双手竟然在弹奏钢琴的同时两度交握。（200）哈代将这种现象解释为"两人完全凭着本能的冲动"（200）的结果。也就是说，裘德和苏的情感正是在这一段关于钢琴合奏的音乐书写中复燃的。它无疑对接下来苏的选择、费罗生的让步等小说情节起到了重要的作用。再如哈代常通过书写"歌唱"推动情节发展，如《一双蓝色的眼睛》中书写斯旺考特小姐对斯蒂芬歌唱的那一段小说文本。斯蒂芬此前从斯旺考特先生那儿得知斯旺考特小姐唱歌很好，因此在晚间主动要求她唱一曲。这一段音乐元素书写中，哈代细腻地刻画了斯旺考特小姐的歌唱过程以及斯蒂芬的音乐情绪变化。后者也在歌唱结束后第一次表达了对斯旺考特小姐的爱意。他还透露说想要"永远生活在这里"（*PBE*, 23）。此处对其后的情节——他隐瞒身世并追求斯旺考特小姐等起到了推动作用。《卡斯特桥市长》中伊丽莎白正是在"三水手"酒馆听到法夫纳的歌声，对他产生了好感；博尔伍德也是在与芭丝谢芭的合唱中发现了自己对她的强烈爱意。

其次，音乐元素书写也能制造前后文的呼应。哈代常通过书写"歌唱"制造前后文的呼应。例如，他通过书写不同歌唱场景下的相同歌曲，折射出歌者前后人生境遇的反差。例如《德伯家的苔丝》中苔丝的两次歌唱。第一次，苔丝在陶勃赛乳牛场时常听见克莱尔歌唱民谣。那时，他们之间的爱情尚在萌发，歌曲传达出的都是美好幸福的意象。在文章的后段，当苔丝再度歌唱《丘比特花园》（*The Cupid's Garden*）、《破晓》（*Break O'Day*）这些民谣时，克莱尔已经离她而去，远遁巴西，而她本人也在弗兰克木岑恶劣的生存环境中煎熬着。虽然，苔丝此时仍想通过歌唱表达她对克莱尔归来的期盼，但期盼之后随即就是巨大的失望。正如哈代所述："当苔丝想到说不定结果克莱尔还是不会回来的时候，回荡在空中的那些简单朴实的歌词便仿佛是对唱歌人的嘲讽，刺痛着她的心，伤心的泪水便顺着她的双颊滚滚流下。"（*TD*，471）因此，苔丝前后两次歌唱，呼应出人物前后际遇的强烈反差。再如《卡斯特桥市长》中法夫纳对《友谊地久天长》的两次歌唱。（*MC*，50，263）第一次歌唱时，他只是作为一个出门闯荡的年轻人，而不是以市长亨察德合伙人的身份出现在卡斯特桥公众的视野中。那时，这首歌曲寄寓着收获伟大友谊的期许。然而，这首歌第二次出现时，他已和亨察德在短暂的融洽合作后分化。这时的歌唱反倒表达出世间没有永恒的友谊，只有永恒的利益这种反差感。

最后，音乐元素书写也对现有的小说结构进行了一定的补充。例如《德伯家的苔丝》中陶勃赛乳牛场的主人讲述的那个关于杜威因为拉奏小提琴在公牛面前自救的故事。（*TD*，154，155）故事中，一头公牛因为聆听到杜威拉奏的圣诞欢歌，误以为圣诞节来临，而"双膝弯曲跪倒在地上，他这位长角的朋友一跪下"，（155）杜威才得以成功逃脱。乳牛场主讲的这个荒诞不经的音乐表演自救看似是农闲时的插科打诨，实际上却充实了叙事背景以及人物形象的介绍。首先这段谈话源自陶勃赛乳牛场的一个习俗，就是："当出现乳牛出奶比平时少的情况时，人们往往用唱歌的办法来刺激它们。"（153）紧接着出现的场景就是人们在一起唱歌挤牛奶的场景。乳牛场主的故事正是这个场景中的一个插曲。故事也是围绕"公牛比母牛更容易受音乐的影响"（153）这个话题展开的。因此，它除了增添了场景的趣味性，同时也补充说明了陶勃赛特有的音乐催产法。另外，乳牛场主在说完这个故事后，随即同克莱尔展开了一段对话。后者的回答一方面表达出他所践行的宗教观，另一方面也第一次引起了苔丝的关注。这一段有关音乐和信仰的对话补充了克莱尔的出场与性格。再比如《无名的裘德》中裘德拜访《十字架下》作曲家（*JO*，194）的场景。裘德因为费罗生与苏的婚姻而心中忧郁，随后去教堂听到了《十字架下》这首圣歌，且深受感动。在得知作曲者正是威塞克斯本地人的时候，他便产生了去拜访作曲家的冲动。这一段拜访同小说接下来他去沙氏屯见苏的情节结构并无关联，却在一定程度上补充说明了维多利亚中后期艺术商品化的现象，对故事背景进行了一定交代。

二 音乐元素书写的修辞功能

除了体现在小说文本中的结构功能，音乐元素书写还具有修辞功能。为了强化小说的叙事效果，哈代常运用书写音乐元素的小说文本制造修辞效果。具体表现为两方面：第一，他常运用音乐性的譬喻来形容人物或其声音；第二，他常通过书写"歌唱"或者"乐器"来达到反讽或者象征效果。

首先，哈代常常在书写"歌唱"的小说文本中用音乐性的修辞来形容歌者，他甚至还将人物本身的某种声音比喻成某件乐器。例如，苏清脆的"silvery"声音总是携带着颤音"tremelo"（*JO*, 147），而当她情绪紧张时，又会坠入悲剧般的女低音音符上（contralto note of tragedy）（168，221）。而后哈代干脆将她比作一把竖琴："来自别人内心的情感之风，哪怕极其微弱，也都会拨动她的心弦，激起强烈的冲动。"（283）因为此时苏在得知时光小老头正是裘德和阿拉贝拉的儿子后陷入了一种异常敏感脆弱的状态。哈代之所以将法夫纳的声音形容为"唐纳德的声音在两个半音间波动起伏，悦耳动听；每逢他心诚情挚时，无不如此"[1]（*MC*, 91），是因为他在和伊丽莎白谈论"三水手"的歌唱时，对后者透露出一丝爱意。博尔伍德先生以他那惯常深厚的嗓音，[2]（*FFMC*, 180）向芭丝谢芭示爱。同样，奥克第一次见到芭丝谢芭时，就为她"音乐般的声音"而着迷（*FFMC*, 53）。而后者在成为农场主以后，在男人群中讲话的嗓音，"就像是一场布道之后响起的一曲罗曼斯"（97）。又在因急切想知道芳丽死因时，踏出拥有"那眩晕的、狂乱的节拍的"步

---

① 原文为"musically undulated between two semi-tones, as it always did when he was in earnest"。

② "Bold wood supplied a bass in his customary profound voice..."（*FFMC*, 147）〔英〕托马斯·哈代:《远离尘嚣》，崔明路注释，世界图书出版公司，2010。

伐（339）。另外，哈代也对故事中的次要角色运用了音乐性的修辞，例如《远离尘嚣》中的磨坊师傅那清晰可辨的微弱声音，就被形容为"一种与众不同的乐器"（115）。还有哈代在《德伯家的苔丝》中提到的那群常用歌唱来刺激母牛产量的工人们（*TD*, 153）。乔恩·格朗迪认为，哈代使用音乐化修辞来描述这些人物身上的某一处特质（特别是声音的特质），目的在于让"人物用语言表述情感的同时，也能用音乐传达情感"。[①]笔者认为，这些音乐性的修辞既准确传达出人物内心的各种丰富情绪和心理活动，又带给了读者更多音乐联想空间。

音乐元素书写还在场景建构上发挥了修辞的作用。这具体表现在其通过书写"歌唱"或者"乐器"来收到反讽或象征效果。反讽，又称倒反法、反语，为说话或写作时一种带有讽刺意味的语气或写作技巧，单纯从字面上不能了解其真正要表达的意思，而事实上其原本的意思正好与字面上所表达的意涵相反，通常需要从语境来了解其用意。哈代小说的音乐书写常包含此类字面意义与实际内涵相悖的讽刺意味。例如《还乡》中，坎特大爷等一行人去新婚的托马茜家唱歌，这本为替新婚夫妇庆祝和祝福他们的一种方式，而一行人却发现托马茜和怀尔德夫并没有结婚。这个结果让来歌唱的乡亲们无法接受，给托马茜今后的生活蒙上了道德阴影。又如在《卡斯特桥市长》里一场法夫纳组织的大规模的群众性庆祝活动中，人们唱歌跳舞，尽情狂欢着，一旁忍气吞声的市长亨察德则成了舞会中被大众嘲讽的权威形象。这场舞会对宗教权威都进行了讽刺，这一点我们可以从法夫纳设计的舞台穹顶造型［虽像"天主教堂正堂，但里面并没有一丁点儿宗教气氛"（*MC*, 103）］中看出来。如在《卡斯特桥市长》里，苏格兰人法夫纳几度唱《友谊地久天长》（50，263）。这是一首由苏格兰农民诗人罗伯特·彭斯（Robert Bums）根据苏格兰民间歌谣填词的歌。具有讽刺意味的是，整部小说讲述的却是一个友谊被金钱和利益蚕食而消亡的故事。虽然市长亨察德帮助了外乡人

[①] "...these characters as 'vessels of emotion' are vessels of music also, and communicate their emotions musically as well as verbally." From Joan Grundy, *Hardy & the Sister Arts*, New York: Harper & Row Publishers, inc., 1979, p.149.

法夫纳，并与他成为商业伙伴与知心朋友，但后来他们却逐步成为商业上和爱情上的敌手。故事结局是亨察德最终在双重竞争中败下阵来，他市长的位置也被法夫纳取而代之。因此，法夫纳的两次歌唱所制造的反讽效果在故事发展中显而易见。

象征手法是一种写作者用具体的事物来表达特殊意义的修辞方法。哈代小说中的音乐元素书写也常象征某种言外之意。例如《远离尘嚣》中书写歌唱《明天，明天》的小说文本。这首歌是负责运送芳妮尸体的简恩、科根、克拉克在酒吧里唱的，表面上是几个村民买醉时的一套说辞，即人生得意须尽欢、只争当下的心愿，实际在结合歌唱场景以及歌唱语境后却表达出了宿命论的意味。首先，这首歌曲是通过科根的一番活死人论而引出的。科根认为他们没必要停下酒杯上路送棺材，原因是活人大可不必为已死之人白白忙活。"在她身上花掉时间是白白浪费。"（*FFMC*, 329）随后，简恩的歌唱怪异地发生在芳妮的尸体旁边，由此让人联想到芳妮悲惨的经历。芳妮因为错爱特洛伊而孤独死去。这在科根看来也是"白白浪费"。最后，这首歌曲其实表达了《远离尘嚣》中的命运观。聂珍钊认为哈代在作品中表达的人生观"不可避免地带有宿命论的色彩。在他对不以人的意志为转移的客观规律不能作出解释的时候，他的看法是宿命论的"。[①]此处，具有强烈生活愿望和坚强品质的芳妮，也未能逃过陈尸旷野的悲剧命运，这是哈代无法解释的，所以，他索性不提供答案，而以歌唱呈现——歌曲本身、歌唱场景以及歌唱者们在演唱时的情感，都艺术化地表现了哈代的宿命论思想。

第三节　音乐书写的特点

在充分了解音乐书写的定义、类别、构成以及音乐书写中的音乐元素书写在小说叙事和修辞方面发挥的重要作用后，我们将哈代小说音

---

① 《文学伦理学批评及其它——聂珍钊自选集》，华中师范大学出版社，2012，第119页。

乐书写的特点归纳为以下两方面。其一，音乐书写中书写音乐内容或音乐元素的文学语言本身就极具音乐性；其二，音乐书写中书写"歌唱""乐器""自然音响"等音乐元素的小说文本，可丰富读者的艺术想象，收到其感官上用音乐联想或联觉的效果。

一　音乐书写的语音特色

音乐书写中书写音乐媒介或音乐元素的文学语言在节奏、韵律和音响等方面具有类似于音乐媒介形式的特点。哈代小说中书写音乐元素的小说文本时常具有音乐性。其表征为语音的音响效果及叙事语言的音乐韵律和节奏感。首先从语音引发的音乐音响效果来说，哈代在书写"自然音响"时常运用拟声词。例如，他在书写《还乡》、《远离尘嚣》以及《林地居民》中的暴风雨时，就常以拟声词营造一种如临其境的风暴效果。在《还乡》中，哈代这样书写屋内的风雨声："大风吹在房子的四角发出刺耳的呼啸声……不让门窗发出奇怪的吱嘎声"（ *RN*, 416），"雨点劈劈啪啪地打在窗玻璃上"（421）。在《远离尘嚣》中，除了提到风暴来临前奥克用槌子制造出的"砰砰声"和风吹过防水帐篷时的"沙沙声"（ *FFMC*, 283），哈代还反复使用拟声词"轰隆隆"（284）去形容雷鸣。与自然音响效果的审美方式一样，感受这些拟声词所制造的音响效果也需要运用联想。它们一方面让未亲历的读者通过阅读感受到真实暴风雨的音响氛围；另一方面也有助于营造真实感，为读者提供更多联想空间。

书写音乐元素的文学语言还具有音乐韵律和节奏感。有关哈代诗性语言的探讨，主要集中于他的诗歌与诗句作品之中。苏珊·米勒（Susan Miller）在《托马斯·哈代和非个人化抒情诗》（ *Thomas Hardy and the Impersonal Lyric* ）中提出哈代诗歌的一大特色：它"需要被理解为是一种感情，'对于瞬间的纯粹印象'，而不是'确信和争论'"。[1]

---

[1]　Susan M. Miller, "Thomas Hardy and the Impersonal Lyric," *Journal of Modern Literature* 30(3), 2007, pp. 95-115.

此处，米勒所谓的"对瞬间的纯粹印象"类似于伦纳德·迈尔有关音乐事件真实内涵的解读。后者认为，"一个音乐事件（无论是一个乐音、动机、乐句还是乐段）的内涵在于，它使得有经验的听者有意识或无意识地期待一个后续事件的到来"。[①] 也就是说，音乐指向的是时间，而听众则不断与自己先前产生的期待交会，形成对音乐或瞬间迸发，或早已预感到的感知与印象。除了诗歌，哈代对于这种音乐精神的模仿，还表现在其写作过程中。他更偏重于将故事戏剧化，或者如唐纳德·戴维森、[②] 道格拉斯·邓恩（Douglas Dunn）等关注其小说的民间特征的学者所提出的那样将故事口头艺术化。正是在对"传统的口头式"的模仿中，哈代形成了其特有的语言韵律和节奏感，部分文学语言甚至带有民谣唱词的特性。例如，《远离尘嚣》中有关芭丝谢芭农场主形象的一段精彩描述：

> Among these heavy yeomen a feminine figure glided, the single one of her sex that the room contained. She was prettily and even daintily dressed. She moved between them as a chaise between them as carts, was heard after them as a romance after sermons, was felt among them like a breeze among furnaces.[③]

尽管这一段描述性段落由三句话组成，却暗含着诗歌的韵律。笔者按照其押韵的特点将其整理为诗歌的形式：

> Among these/ heavy yeo/men a/ feminine/ figure/ glided,
> the sin/gle one/ of her/ sex that/ the room/ contained.

---

① 〔美〕伦纳德·迈尔：《音乐艺术与观念——二十世纪文化中的模式与指向》，刘丹霓译，华东师范大学出版社，2014，第44页。

② 〔美〕唐纳德·戴维森：《托马斯·哈代小说的传统基础》，陈焘宇选编《哈代创作论集》，丁耀林译，中国社会科学出版社，1992。

③ 〔英〕托马斯·哈代：《远离尘嚣》，崔明路注释，世界图书出版公司，2010，第84页。

She was/ pretti/ly and /even dainti/ly dressed/.

She moved/ between/ them as/ a chaise/ between them/ as carts，

was heard/ after them/ as a/ romance/ after/ sermons，

was felt/ among/ them like/ a breeze/ among/ furnaces.

这部分较为符合六音步抑扬格①的韵律规则。后三句诗行具有排比意味，除了押尾韵"ed"，还具有由相同的句法和介词短语组合制造出的音乐般的流动性。而倒数第二个诗行中，本身就暗含一个有关音乐的隐喻——将芭丝谢芭的嗓音比作"一场布道之后响起的一曲罗曼斯"。（*FFMC*，97）读者不单从阅读中感受到诗歌般的音乐律动，也可以通过诗行中包含的音乐化修辞产生音乐般的瞬间联想。

二　视听"联觉"的阅读体验

对小说中音乐书写的阅读可以让读者产生视听"联觉"的阅读体验。张磊指出，"适当的'音乐'嵌入可以很好地为小说的形式服务"。②笔者认为，音乐对小说形式的服务方式具体表现为音乐书写可以提升读者的阅读体验。从文学接受的角度来说，音乐书写对于小说欣赏的价值主要表现为三个方面：第一，强化读者对人物某种气质和观念的印象；第二，音乐书写中对小说形式的书写以及书写"歌唱""乐器""自然音响"等音乐元素的小说文本，可丰富读者的艺术想象，制造感官上的"联觉"效果；第三，更容易为读者营造符合情节和人物命运发展的氛围，提供叙事线索。

首先，通过鉴赏音乐书写中书写"歌唱""乐器""自然音响"等音乐元素的小说文本，读者可以直接体会到作者及人物表达情感的方式和内容，并且加深对人物某种气质和观念的印象。正如本章第二节讨论

---

① 英诗中重读和非重读音节的特殊组合叫作音步。六音步为六拍，六音步抑扬格就是诗歌中的基本节奏单位为六拍，每个音步由一个非重读音节加一个重读音节构成。

② 张磊：《肯认与焦虑——乔治·爱略特小说中音乐文化的意识形态研究》，中国国际广播出版社，2012，第3页。

的那样，哈代常常在书写"歌唱"和"乐器"的小说文本中赋予人物声音音乐性的修辞，充分刻画他们的音乐表演过程。例如，苔丝拥有非常美妙的嗓音，哈代在叙事情节中多次安排她歌唱，并用歌唱来展现她内心的情感及其对现状的反思。因此，读者可以通过她的歌唱和哈代所节选的歌词，结合她歌唱时的情景，全面理解她的情感状态以及作者的创作意图。此外，无论是埃塞尔贝妲的歌唱，还是坎特大爷贯穿全文的歌唱，无论是法夫纳在不同情景下的歌唱，还是裘德对《十字架下》的演奏，这些与音乐表演相关的情节，都极为准确且自然地展现出人物性格，比单纯的文字语言描写更具生动性。这种音乐化的修辞和描写能够直接引发读者的情感波动，使其如临其境，并最终把握到人物更深层次的情感内核。正如张磊所说，作为一种"绝对语言"，音乐可以表达出不适合文字语言表达的人物的隐秘思想和深层欲望。①

其次，音乐书写中对音乐形式的书写以及书写"歌唱""乐器""自然音响"等音乐元素的小说文本，皆可丰富读者的艺术想象，制造感官上的"联觉"。联觉（Synesthesia）被定义为"从一种感觉引起另一种感觉的心理活动"。②周海宏在《音乐与其表现的世界——对音乐音响与其表现对象之间关系的心理学与美学研究》中解决了关于这种共生关系的科学表述问题，提出了"联觉"概念。③凭借这种联觉能力，④读者可以感受到哈代小说中的自然音响所呼应的人物情感。虽然哈代所依赖的媒介形式是语言文字，但是他常用文字模仿音乐结构与音乐的音响效果。对模仿音乐结构与技法的音乐书写来说，哈代小说常模仿诸如"复

① 张磊:《肯认与焦虑——乔治·爱略特小说中音乐文化的意识形态研究》，中国国际广播出版社，2012，第5页。

② 周海宏:《音乐与其表现的世界——对音乐音响与其表现对象之间关系的心理学与美学研究》，中央音乐学院出版社，2004，第39页。

③ 周海宏:《音乐与其表现的世界——对音乐音响与其表现对象之间关系的心理学与美学研究》，中央音乐学院出版社，2004。

④ 联觉能力被定义为产生"从一种感觉引起另一种感觉的心理活动"的能力。周海宏:《音乐与其表现的世界——对音乐音响与其表现对象之间关系的心理学与美学研究》，中央音乐学院出版社，2004，第39页。

调"（polyphony）、"特里斯坦和弦"等音乐结构来实现小说对音乐的跨媒介模仿。其所达到的音乐效果需要借助读者的联觉能力实现。另外，在书写"自然音响"的小说文本中，读者的听觉系统被充分调动，仿如置身"音景"之中。笔者在第五章第二节会提到，哈代小说中自然音响的色彩变化常常与小说叙事结构相互呼应。所谓自然音响的色彩变化正是由听觉转化为视觉的联觉现象。激发读者艺术想象使其产生联觉反应的也正是哈代所书写的自然音响。

最后，书写"歌唱""乐器""自然音响"等音乐元素的小说文本，更容易为读者营造符合情节和人物命运发展的氛围，并为其提供故事发展的线索。欣赏小说时，读者会通过阅读书写"歌词""歌唱""乐器"等小说文本，增进对于人物和情节的认知，例如《德伯家的苔丝》中的民谣《花点母牛》，《卡斯特桥市长》中法夫纳歌唱的《多年以前》以及《无名的裘德》中费罗生先生的钢琴，等等。这些音乐元素被张磊比作"不断重复、变奏的'主题动机'（leitmotiv）"，[1]它们为看似散漫的结构注入了内在的秩序，进一步为叙事建构了如交响乐般的主题性和内在逻辑。另外，书写自然音响的小说文本能够为读者营造符合情节和人物命运发展的氛围。这种氛围在哈代小说中主要烘托了悲剧的氛围。

---

[1] 张磊：《肯认与焦虑——乔治·爱略特小说中音乐文化的意识形态研究》，中国国际广播出版社，2012，第4页。

第二章 哈代小说中的"歌词"书写

作为歌唱的文本，歌词是一种能唱的诗歌，属于文学范畴。一般来说，歌词出现在声歌乐谱，歌剧、音乐剧剧本等音乐文学文本之中。但一些西方文学作品里也常出现歌词。出现在文学作品中的歌词，虽然也是歌唱的文本，具有单纯歌词的特性，但也作为小说中的成分和要素在小说文本中发挥着重要的作用。

小说中的"歌词"书写指小说文本中出现的歌词引用或节选，包括全文引用或部分节选。哈代小说中的歌词节选虽然缺少与之相匹配的歌谱，却对于理解其创作思想具有重要作用。"歌词"书写中歌词的音乐特性从歌词艺术独特的结构形式、语言表现以及节奏韵律中展现出来。这些节选歌词能结合不同的歌唱场景表达不同的主题，主要表现了民间故事、风土人情和宗教主题。另外，这些小说中的"歌词"书写对人物的塑造、文本结构的建构以及情境的渲染具有重要作用。在互文性方面，"歌词"书写也深化了主题的表达。

第一节 "歌词"的音乐特性

哈代小说中的"歌词"书写包括来源于宗教歌曲、民谣、歌剧和世俗小调等的大量歌词。它们一方面结合不同的歌唱场景，表达出不同的内容主题，反映出哈代在不同创作阶段的创作需求和目的；另一方面也在小说中体现出包括促进情节发展、烘托小说气氛以及表达人物个性特征在内的文本功能。我们将综合考察这些歌词的音乐特性。

一　作为音乐书写的"歌词"

例如,《还乡》中,正在砍荆条的克莱姆因为回忆起了巴黎的岁月而唱起了那时的歌谣《破晓的时光》,此处哈代将整首歌曲的歌词在行文中节录;坎特大爷前后两次歌唱的歌词《埃莉诺王后的忏悔》和《丘比特花园》也被节录于他和听众的对话中。《德伯家的苔丝》中的歌词节选更为普遍,例如苔丝听到或回忆起的歌谣《花点母牛》《男孩与披风》《破晓》等,她本人参与歌唱的圣歌,等等。这些歌词都是以单独节选的形式出现在小说文本中的。

作为音乐书写的"歌词"和以歌唱文本而单独存在的歌词的不同之处在于,出现在小说文本中的歌词与其所在的语境有着重要的关联。以《破晓的时光》为例:

> 破晓的时光,
> 片片丛林披上了一身金装,
> 花儿盛开朵朵更鲜艳,
> 鸟儿啼啭重把爱情歌曲唱。
> 天地万物齐欢庆,
> 在这破晓的时光。①
> ……

单看这首歌曲的歌词,我们可以判断出这是一首歌颂破晓时分、期望留住美好时光的歌曲。然而,它却出现在克莱姆放弃巴黎生活而选择在爱敦荒原推行教育改革之后。盘算着同克莱姆婚后能离开荒原的尤斯塔西雅,正好听到了砍荆条的丈夫唱起这首歌。她此前便知道这首歌曲是他在巴黎时学会的,因而大发脾气。根据这段歌词节选的前后文语境,我们可以发现,克莱姆通过唱这首歌曲实际表达了内心的失望情绪,在他的潜意识里巴黎生活仍然是抹不去的美好。这种记忆里的美好

---

① 〔英〕托马斯·哈代:《还乡》,孙予译,长江文艺出版社,2006,第297页。

与他罹患眼疾、婚姻不幸等惨状形成巨大的反差，造成其强烈的心理落差。这些情绪都通过他的歌唱反映出来。小说中，读者可根据该歌词节选联觉到。

二　歌词的音乐特性

关于音乐文学文本的概念，前文有所提及。狭义（即一般意义上）的音乐文学文本指歌曲中的歌词，而广义的音乐文学文本除指歌词外，还包括戏曲、曲艺中的唱词，歌剧、音乐剧的剧本，游吟诗篇等音乐文本。歌词的创作来源于古代祭祀庆典活动，那时音乐、诗歌、舞蹈在巫术活动中以综合形式呈现。古希腊的悲剧艺术继承了这种整体艺术的表现形式，并将其发展成"大艺术观"引导下的"缪斯之艺"。"早期的悲剧是一部完整的缪斯之艺，其中包括诗歌、舞蹈和音乐。"[1]第一位肯定歌词重要地位的学者是柏拉图（Plato）。他认为，在构成音乐的三大要素——歌词、哈莫尼亚（乐曲体系）和节奏中，歌词是其中最为重要的部分。他虽然没有准确分析出歌词的特性，却肯定了歌词有别于诗歌的定位。[2]也正是因为柏拉图将歌词纳入音乐体系中，才使这种音乐文学体裁与诗歌区分开来。

柏拉图认为，"歌词是理性的，声音则是感性"。[3]在他看来，歌词的功能在于明晰一首歌曲的表达内容。比起仅仅由歌喉展现出的音调变化，歌词更能明确传达出一首歌曲本身的意义，因此，它在柏拉图所谓构成音乐的三大要素中占据首位。该观点对西方音乐情感美学的生成产生了深远影响。我们可以在弗雷德里希·威廉·马尔普尔格（Friedrich Wilhelm Marpurg）、黑格尔（Hegel）、卢梭（Rousseau）、马特松

---

[1] 〔英〕杰拉尔德·亚伯拉罕:《简明牛津音乐史》，顾犇译，上海音乐出版社，1999，第31页。

[2] 柏拉图认为音乐和歌词之间的关系应是相辅相成的。结合乐曲创作规律，诗歌可以改写成歌词，但诗歌绝非歌词。

[3] 〔英〕杰拉尔德·亚伯拉罕:《简明牛津音乐史》，顾犇译，上海音乐出版社，1999，第32页。

（Mattheson）等人的音乐美学著作中一窥柏拉图思想的踪迹。其中，黑格尔在《美学》中再次强调了歌词的理性属性。他认为，"歌词本来就从明确的观念出发，因而从意识里剔除不带观念的朦胧情感。这种情感因素如果不受干扰，就会任自己东奔西窜，就会让听众自由随便从某个音乐作品中得到这种或那种体验，受到这种或那种感动"。[①] 基于此，弗雷德里希·威廉·马尔普尔格认为理解歌词的情感成分对于掌握歌曲所表达的情感内涵极为重要。[②]

然而，对于歌词文本内涵的过分强调，势必会带来对其音乐特性的忽略。正如前文所说，柏拉图虽然将歌词与乐音和节奏分离开来，但仍然认为它存在于音乐作品中。过分强调其表述内容而忽视其音乐特性的做法，会使歌词分析简单化为诗歌分析。因此，以叔本华为代表的德奥哲学家开始关注歌词的音乐特性。叔本华提出，"尽管纯音乐精神并不要求，但下面这样的情况还说得过去：人们为纯乐音语言（尽管它自满自足，完全不需要任何帮手）配上唱词，甚至让某种形象地展示的情节参与其中，我们的可观照和可思考的理智（它并不想完全空闲下来）因此同时有了一种轻松的和类似的活动，这里，我们的注意力甚至更牢牢地依附于音乐，更密切地追随着音乐，同时为乐音用其普遍的无形象的心灵语言所述说的一切配上了一种直观的形象、一种模式，或者说配上了用于一般概念的样板，那么，这类活动将增强和提高对音乐的印象"。[③] 依照他的说法，创作唱词的目的是更好地配合音乐的生成。尼采在《论音乐与唱词》中引用了叔本华的这一观点，盛赞瓦格纳的"人声乐器"

---

① 〔德〕黑格尔:《美学》第3卷（上），朱光潜译，商务印书馆，1979，第387页。此处译者略有改动。

② Friedrich Wilhelm Marpurg, *Historisch-kritische Beytrage zur Aufnahme der Musik*, 5 Vols., Leipzig: Verlag Quelle and Meyer, 1778, p.150.

③ 〔德〕弗里德利希·尼采:《论音乐与唱词》，〔德〕费利克斯·玛丽亚·伽茨选编《德奥名人论音乐和音乐美——从康德和早期浪漫派时期到20世纪20年代末的德国音乐美学资料集》(附导读和解说)，金经言译，人民音乐出版社，2015，第424页。

理论①，肯定了歌词的音乐特性。后者在《庄严弥撒曲》中提出，"填在这些声部下的唱词不是让我们按照它们的概念意义来理解它们的，而仅仅只是从音乐艺术作品的含义上用作人声歌唱的材料"。②正是因为他们对于歌词音乐特性的提倡，才间接提升了器乐艺术的历史地位。尽管如此，19世纪以来对于交响诗、室内乐重奏等纯器乐作品的过分崇拜，正是歌词的音乐特性被矫枉过正的结果。因此，明确歌词的音乐特性是理解歌词的窗口。

歌词的音乐特性具体可体现为韵律、结构以及语感这三个方面。以哈代小说《远离尘嚣》中《阿兰湖畔》的歌词节选为例：

> For his bride a soldier sought her,
> And a winning tongue had he:
> On the banks of Allan Water
> None was gay as she! ③

这首歌曲是晚间歌会上芭丝谢芭在奥克的长笛伴奏下与博尔伍德合唱出来的。值得一提的是，研究者在分析歌词时往往会使用诗歌分析的方法。这是不正确的，因为歌词属于音乐文学的一种形式，一般情况下填词者需遵循乐曲的结构特点进行填词。具体说来，所填歌词需符合歌曲的拍号、音符的时值等音乐特性。因此，该歌曲中的歌词并不单纯表

---

① 根据保罗·亨利·朗的研究，推崇"人声乐器"的使用是瓦格纳歌剧改革的重要举措之一。为改换17世纪或18世纪音乐会式歌剧中过度依赖声歌的情形，瓦格纳让人声脱离歌词而存在于大乐队之中。此时的人声即发挥出乐器的伴奏效果。〔美〕保罗·亨利·朗：《西方文明中的音乐》，顾连理等译，广西师范大学出版社，2014，第857—865页。

② 〔德〕弗里德利希·尼采：《论音乐与唱词》，〔德〕费利克斯·玛丽亚·伽茨选编《德奥名人论音乐和音乐美——从康德和早期浪漫派时期到20世纪20年代末的德国音乐美学资料集》（附导读和解说），金经言译，人民音乐出版社，2015，第426页。

③ 中文翻译为"一个士兵在寻找他的新娘／他的声音娇媚动人：在阿兰湖之疆／没有人如她那般喜得传神"。此译文选用版本为〔英〕哈代《远离尘嚣》，汪良等译，南方出版社，1999，第180页。

现为诗行，需依循音乐的乐句规律。作为英语诗歌中的重要结构单位，诗行可以表达诗歌的节奏。如果说诗句遵守的是语法规则，那么诗行则是"一种韵律结构"，[①]乐句则是构成乐曲的基本结构单位。如果说分析诗行是进行诗歌分析的第一步，那么分析乐句则是理解歌词的关键。因此，哈代在原文进行歌词补充时，正是按照乐句将其分为四段的（见图 2.1）。

图 2.1 《阿兰湖畔》歌谱

这首歌曲的拍号是四四拍，即以四分音符为一拍，每小节四拍。以第一句所填歌词为例，由于乐句中所包含的英文单词都对应着谱例上的音符，所以每个英文单词的歌唱时长都需要与乐句中的音符时值对应。歌唱者需按照这种对应关系进行演唱。除了每个乐句所呈现出的词曲对应关系，歌词的形式特征"也为谱曲的曲式结构奠定了基础"。比如"歌词的铺陈和高潮部分放置的地方，本身就是曲式结构的安排"。[②]这就构建起了一首歌曲中歌词结构与曲式结构[③]的共通性。

此外，乐句与乐句之间的关联也具有音乐性。这种关联具体表现在押韵和语感上。与诗歌一样，押韵在歌词创作中也极为重要。这种押韵就算没有音乐的伴奏，也能制造出类似于音乐的韵律之美。上面的例

①　聂珍钊：《英语诗歌形式导论》，中国社会科学出版社，2007，第 32 页。
②　陈岭：《从歌词与诗歌的异同及其属性看歌词的本体特征》，《扬州职业大学学报》2012 年第 3 期，第 18 页。
③　曲式结构指的是乐曲的基本结构形式，诸如一部曲式、回旋曲式、变奏曲式等。

子中,第一乐句和第三乐句共同押"ə"的尾韵,而第二句和第四句则押"i:"的尾韵。仅仅是朗读这一乐段,我们也能感受到跨行押韵的呼应感。另外,歌词中的语感则表现为歌词语言的流动美。前文提到,歌词的韵律需与音乐符号统一。一首歌曲中不断变化着的音符时值会影响到歌曲的内在韵律。例如,在我们所标出的《阿兰湖畔》的这个乐段中,有些乐句歌词内容偏多("For his bride a soldier sought her"),有些则偏少("None was gay as she"),其原因就在于有些乐句的变化音较多,有些则多运用长音。变化音较多的乐句通过连续小时值的音符变化,引起了歌词短时间的密集出现。相反,通过长音或休止来描写旋律的乐句,其歌词中每一个单词所占据的时值就会相对延长,与之对应的,节奏会平稳很多。这种节奏多变的歌词韵律,在哈代小说的民谣中表现得尤其明显。例如《破晓》的第一个乐段(见图 2.2)。

图 2.2 《破晓》歌谱谱例

这首歌的拍号为八六拍,也就是以八分音符为一拍,每小节六拍。相较于《阿兰湖畔》的四三拍而言,这首歌曲更具律动性。按照斯理姆·达思蒂(Slim Dusty)[①]的歌唱版本,第一乐句十个英文单词中除

---

① 原名大卫·戈登·科克帕特里克,澳大利亚著名乡村歌手。他所歌唱的《破晓》版本收录于他的专辑《我想要说的故事》(*Stories I Wanted to Tell*)。

去第一个单词"you"为弱起，不归属于正式乐句之外，其余九个单词占据了两个小节共十二拍的时值。通过谱例可以看出，这九个单词中除了"think"对应一个二分音符合两拍，"do"对应一个四分音符加负点合三拍之外，其余单词都只延续一拍的时值。第二个乐句中，同样两个小节共十二拍的时值只对应了七个单词。其原因正在于"don't"后的四拍子休止。该乐句基本保留了第一乐句的每拍对应一个单词的旋律律动，也同样存在延续两拍子的单词"many"（歌手是用"前十六后八"的节奏型演唱这个单词的）和"don't"。然而，正是因为"don't"后的四拍子休止无任何歌词对应，所以该乐句仅仅有六个单词却获得了与第一乐句（不包括"you"）相同的时值。

从以上例子可以看出，哈代小说里的民谣歌词具有语言的流动美。这种由节奏变化带来的律动效果与此类歌曲的创作方式存在紧密联系，因为大多民谣都由劳动人民的口头创作与传播而来。从以上两例及后文中提到的其他民谣来看，歌词的口头传播性足以制造出变换丰富的语音效果。如果再将这些歌词辅以音乐，民谣的韵律感会展现得更为鲜明。

由此来看，歌词的音乐特性正是通过歌词艺术独特的结构形式、语言表达以及节奏韵律展现出来的。

第二节　"歌词"书写的表达内容

歌曲需要靠聆听才能欣赏。由于文字媒介的传播局限，哈代在小说中无法仅凭文字呈现音乐本身。为了获得歌唱所带来的情感表达效果，除了细腻刻画歌唱者的歌唱状态以及歌唱现场听众的反应之外，他还将歌词的节选附在文中。这些歌词按不同的内容分为三类：民间故事、风土人情以及宗教主题。不同的歌词内容传达了哈代所要表达的不同情感主题。

一　民间故事

哈代小说中的部分歌词节选以威塞克斯地区的民间故事为素材。

例如《还乡》第三章坎特大爷歌唱的《埃莉诺王后的忏悔》(*Queen Eleanor's Confession*):"你快穿上一件百衲,我也披上一件袈裟,我们一同扮成修士,一起去见王后的驾。"(*RN*, 21)这首民谣的歌词讲述了埃莉诺王后和典礼大臣之间的私情。《德伯家的苔丝》中,新婚前夜的苔丝想到了一首母亲曾唱过的名叫《男孩与披风》的民谣。内容讲的是一个男孩送给亚瑟王一件只有贞洁的女人才能穿的披风。亚瑟王命令王后穿上,这披风瞬间变成碎片,由此"它永远不会适合 / 那曾经失足的妻子"(*TD*, 283)。另外,《德伯家的苔丝》中的《花点母牛》(21)讲述的是一个寻找花点母牛的故事;《远离尘嚣》中奥克吹奏的《乔基赶集》(*FFMC*, 42)则讲述了年轻的伙计乔基是如何说服心上人与自己私奔的故事。

这些民谣的歌词内容都突出聚焦在某个伦理问题上。例如,《埃莉诺王后的忏悔》与《男孩与披风》均讲述了一个因违背伦理禁忌而导致私情暴露的伦理悲剧。《乔基赶集》的歌词则塑造了两个追求自由爱情的恋人形象。叙事性的民谣歌词总能表达出一种道德情感,它产生于自然情感上升为伦理情感的阶段。其中《花点母牛》虽看似并未论及任何伦理问题,却在小说的语境中展现出伦理功能:

> I saw her lie down in yonder green grove
> Come, love! And I'll tell' you where! [①]

从歌词来看,这首抒发主人公渴盼爱情心愿的民谣显然和苔丝当时的心境契合。五朔节的歌队上,情窦初开的苔丝,虽同克莱尔一见钟情,却遗憾地错过同他共舞。在哈代的描写中,此时她的心情是"哀愁的"。过了好久她才"甩开这一时的哀愁,接受了别人请她跳舞的邀请"。当她"此后没有任何想法"(*TD*, 21),并因为顾忌家里匆忙回家

---

① 中文翻译为"我看见她 / 躺了下来 / 在那边绿树林里 / 心爱的人,你快来! 究竟在哪儿,让我告诉你!"转引自〔英〕哈代《苔丝》,郑大民译,上海译文出版社,2013,第21页。

时，妈妈轻唱的歌曲正是《花点母牛》。这首歌再次让苔丝产生"哀愁"的感觉。虽然，此处的哀愁之感看似是面对家徒四壁产生的"悲凉"（22），事实上，"悲凉"情绪的本质是具有爱情意味的。可惜的是，她自己并未意识到这一点，正如她也读不懂母亲在演唱这首歌曲时的情绪一样。随着故事的发展，苔丝后来得知克莱尔正是她错失的那位舞伴，此时，她的记忆中再度出现母亲歌唱民谣的情景。这一刻她想到的是《花点母牛》等一系列民谣歌曲中表达的恋爱伦理，由此，《花点母牛》在小说中的伦理功能在于唤起了苔丝的恋爱伦理情感。

二 风土人情

哈代小说中节录的部分歌词内容描绘了乡间的各种风土人情，例如《破晓》、《怀乡曲》、《丘比特花园》、《我播下这爱情的种子》（*I Sowed the Seeds of Love*）。[①] 其中，《破晓》和《我播下这爱情的种子》借乡村的美景表达了一种恋爱的情愫。《我播下这爱情的种子》出现在芭丝谢芭农场的晚间歌会："我播下这爱情的种子，那正是在这个春季，在四月、五月，和明媚的六月，当小鸟在树上吱吱。"（*FFMC*, 178）歌词节选将春季比作爱情播种的时节，表达出农耕思想中的浪漫情感。而《怀乡曲》和《丘比特花园》则通过白描的方式全景式地展现了乡村场景。《怀乡曲》的歌词描绘了一系列美丽的乡村意象，如"泪汪汪的眼"、"甜盈盈的脸"、"安楠河"、"花儿"、"树叶"以及"云雀"（*MC*, 48）等。而《丘比特花园》则对丘比特的花园中的鲜花进行了细腻的描绘。[②] 这些歌词都以第一人称直抒胸臆的方式表达了词作者对于家乡风土人情的热爱。正如前文所说，这些歌词将环境风物与歌颂爱情的情绪联系起来。事实上，哈代在小说中对歌词的节选具有强烈的目的性，节选的歌词往往涉及爱情，制造恋爱氛围。例如，《破晓》和《丘比特花

---

① 以上民谣歌曲都收录于弗朗西斯·詹姆斯·蔡尔德（1825—1896）编辑出版的《英格兰和苏格兰民谣集》中。

② 原文为 "It was that Cupid's Garden/A wonderful to view/that sweetest lovely flowers/that in the garden grew"。

园》都成为表达爱情的载体。

三 宗教主题

哈代小说中还有一部分歌词源自宗教歌曲。如《诗篇》第一百零二篇第七十章，以及其他一些取自《圣经》的宗教歌词节选。这些歌词总是出现在令人物悲痛欲绝的事件中。例如《德伯家的苔丝》中，投奔无门的苔丝，听到弟弟妹妹在绝望时唱起了他们在主日学校学会的圣歌《在人间我们忍受痛苦和悲伤》(*Here We Suffer Grief and Pain*)。哈代在文中节选了该歌曲的为数不多的歌词，内容是：

> Here we suffer grief and pain,
> Here we meet to part again,
> In Heaven we part no more.[①]

歌词传达的字面意思表达了苔丝家人的情感：他们意识到上帝不能拯救他们，所以放弃为现世做出努力。听完之后，苔丝转身投入一片黑暗，"仿佛看透那黑暗深处"并终于不再相信"歌里所唱的"(*TD*, 490)了。《无名的裘德》中，孩子们集体上吊自杀，裘德和苏等待着验尸官到来时，听到学院圣堂里传出《诗篇》第七十章的曲调"上帝真爱以色列清心的人"。(*JO*, 341)此处，哈代只提及了赞美诗的名称，却并未节选歌词，但分析这段赞美诗的歌词能够帮助我们理解裘德与苏的情感状态：

> Hasten, O God, to save me; O Lord, come quickly to help me.
> 70:1 神啊，求你快快搭救我。耶和华啊，求你速速帮助我。
> May those who seek my life be put to shame and confusion;

---

① 中文翻译为"在人间我们忍受痛苦和悲伤，在人间我们相逢又分离，在天堂我们永远在一起"。转引自〔英〕哈代《苔丝》，郑大民译，上海译文出版社，2013，第21页。

may all who desire my ruin be turned back in disgrace.

70:2 愿那些寻索我命的，抱愧蒙羞。愿那些喜悦我遭害的，退后受辱。

May those who say to me "Aha! Aha!" turn back because of their shame.

70:3 愿那些对我说，阿哈，阿哈的，因羞愧退后。

But may all who seek you rejoice and be glad in you; may those who love your salvation always say: "Let God be exalted!"

70:4 愿一切寻求你的，因你高兴欢喜。愿那些喜爱你救恩的常说，当尊神为大。

Yet I am poor and needy; come quickly to me, O God. You are my help and my deliverer; O Lord, do not delay.[①]

70:5 但我是困苦穷乏的。神啊，求你速速到我这里来。你是帮助我的，搭救我的。耶和华啊，求你不要耽延。

这首赞美诗表达了主人公渴望被神拯救的心愿。听到赞美诗苏突然抽泣的原因是她认为歌曲中的倾诉者正是她自己。她的孩子在裘德与阿拉贝拉的孩子时光小老头的带领下上吊自杀，这让她开始怀疑起自己曾经的伦理选择：舍弃与费罗生的婚姻，选择同裘德结合。这些选自《圣经》的歌词本身一方面表达出寻求解脱和宽恕的宗教情感；另一方面从侧面表现出人物面对现实无能为力，只好诉诸上帝解救的绝望情绪。

第三节 "歌词"书写在小说文本中的功能

小说中的"歌词"书写出现在小说的具体语境中。对"歌词"在小说中文本功能的分析，也就是通过阅读来分析这些歌词节选对小说人物

---

① 转引自 http://www.godcom.net/old/z/548.htm。

性格及其心理活动的塑造、文本结构的建构以及情境的渲染等作用。哈代小说中的"歌词"既具有人物塑造的功能，又在小说结构中发挥了重要的作用。

一 "歌词"书写的人物塑造功能

哈代小说中的"歌词"书写在人物塑造方面产生了重要作用，主要表现为其一方面强化了角色的形象，另一方面也形象化地展现了人物的心理活动。

哈代小说中的"歌词"书写表达了人物的个性特征及其心理活动。《还乡》中的坎特大爷从 18 岁开始就为新婚者唱歌。然而，在两次婚姻中——怀尔德夫和托马茜以及迪格雷与托马茜，坎特却选择了两首不同的民谣。第一次他歌唱《埃莉诺王后的忏悔》（RN, 20，哈代分别两次节选了这首歌的歌词），歌词讲述的是埃莉诺王后在做忏悔时，吐露了她与典礼大臣之间的私情。显然，歌唱者坎特大爷并不支持怀尔德夫和托马茜的婚姻。而在迪格雷和托马茜结合时，坎特大爷歌唱了一首《丘比特花园》："她从上面的窗格里，召唤着她的心上人：'哦，外面的雾浓露重，快进来吧。'"（468）这首歌曲的歌词和救赎主题相关，坎特大爷的歌唱似乎再次提醒读者，将托马茜从之前那一段悲剧的婚姻中拯救出来的人是迪格雷。在《林地居民》里，时至仲夏节，苏柯为了引诱追寻她的菲茨比尔斯，唱起了当地的一首民谣："哎呀呀，你从那雾气蒙蒙、雾气蒙蒙的露水之中进来吧。"（W, 197）这句节选歌词展现了苏柯的情欲。再比如，琼·德比在《德伯家的苔丝》中出场时歌唱的那首《花点母牛》，充分刻画出一个"在艰苦恶劣的环境中仍旧保持着平和、通达心态"（TD, 112）的农妇形象。

二 "歌词"书写的结构功能

除了人物塑造方面的重要作用，哈代小说中的"歌词"在叙事结构方面也产生了重要作用，具体表现为两方面：其一，"歌词"书写推动了情节的发展，并铺垫了之后的故事情节；其二，"歌词"书写烘托了小说的环境氛围，给予了情节结构一定的补充。

其一，从推动故事情节发展的角度说，在《德伯家的苔丝》中，亚历克一直觊觎着苔丝的美色而不得。等她来到坡居被要求教家禽吹口哨时，亚历克瞅准她心烦意乱之际乘虚而入，假心假意教她吹奏。而他教她吹奏的曲子却是《莫以负心唇》（*Take, O Take Those Lips Away*）这首源自莎士比亚喜剧《一报还一报》的咏叹调（Aria），歌词大意是：

> 莫以负心唇，婉转弄辞巧；
>
> 莫以薄幸眼，颠倒迷昏晓；
>
> 定情密吻乞君还，当日深盟今已寒！（*TD*, 75）

该版本是那种"被大大简化，以便在家中演唱"[①]的世俗版本，歌词里包含的情色意味，不仅暗示苔丝接下来所面临的危险，还为苔丝遭到亚历克奸污做了充分的铺垫。在《一双蓝色的眼睛》中，斯旺考特小姐在史密斯到访之际，为他献唱了一曲由雪莱作词的《一盏明灯破灭》（*When the Lamp is Shattered*）。哈代在小说中节选了这首悲歌的最后几句：

> 哦，爱人，既然你
>
> 为万物的脆弱而痛哭，
>
> 又何必选择最弱的
>
> 做摇篮，家室，棺木？（*PBE*, 21）

同时，"歌词"书写暗示了故事的情节发展。此后，斯旺考特的父亲在得知埃尔弗雷德并非贵族出身后，坚决反对他们的交往。而埃尔弗雷德却笃定斯旺考特的忠诚和决心，毅然带她离开恩德尔斯多私奔去伦敦。这个天真的计划却因斯旺考特的犹豫和脆弱夭折了。此处的歌词节选似

[①] H. R. Hawies, *Music and Morals*, New York: Harper and Brothers, 1877, p.57.

乎表达了叙述者对埃尔弗雷德爱情选择的嘲讽。

其二，"歌词"书写有效烘托了小说的环境氛围。在《远离尘嚣》里，人们在晚间歌会上唱起了如《我失去我爱可我不在乎》（*I've Lost My Love and I Care not*）、《我播下这爱情的种子》等快乐的歌谣（*FFMC*, 138）。如"我将很快拥有新欢""我播下这爱情的种子"等歌词，除了渲染出人们朴实粗犷、乐观向上的精神状态，还反映出芭丝谢芭农场里融洽的主仆关系。然而，在芳妮和孩子的尸体从济贫院被运回村里教堂埋葬的途中，负责护送的简恩歌唱了一首关于明天的歌谣：

> 明天，明天！
> 当我餐桌上还有平和与丰盛，
> 一颗心儿不知疾苦与忧伤，
> 且与我的朋友们共享今天的充盈，
> 再让他们去摆明天的桌子。（*FFMC*, 329）

虽然歌词表达出一种及时行乐的情绪，但演唱者是两个醉醺醺且无望的人，聆听者是车上两具冰冷的尸体，特别是，它出现在科根有关为尸体白忙活的言论（*FFMC*, 329）之后。所以只好今朝有酒今朝醉，而不去理会酒醒后的现实。此处的歌词恰如其分地衬托出一种消沉甚至万念俱灰的感伤气氛。哈代在《德伯家的苔丝》中也运用"歌词"书写烘托出类似的悲伤气氛。前文提到的《在人间我们忍受痛苦和悲伤》则表达出苔丝对现世承受的苦痛的无力感与对天堂的期慕，较之有关明天的歌谣，显然更为直接地渲染出悲伤的气氛。

第四节　"歌词"书写的互文性

20 世纪 60 年代，克里斯蒂娃在《词语、对话和小说》、《封闭的文本》和《文本的结构化问题》中提出了有关互文性（Intertexuality）的概念，她认为"任何文本的构成都仿佛一些引文的拼接，任何文本都是对另一个文本的吸收和转换。互文性概念占据了互主体性概念的位置。诗性语言至少是作为双重语言被阅读的"，同样，"文本是一种文本置换，是一种互文性：在一个文本的空间里，取自其他文本的各种陈述相互交叉，相互中和"。[①]

哈代小说中的"歌词"书写也同样存在这种文本与文本间的转化。这种互文性产生于源文本和节选文本之间。以往研究较多关注传说、歌谣、地方戏剧等民间文学在哈代小说文本中的互文价值，寻求哈代小说何以通过互文丰富小说的思想内涵和美学意蕴，增强其艺术感染力和乡土魅力。正如张磊所说，"将音乐适当地移植到文学文本（尤其是小说和诗歌）之中的互文的呈现方式，往往为文学大师们所采用"。[②]然而，鲜有学者将哈代小说中的歌词节选作为研究对象，寻求其互文价值。当我们揭示一部音乐文本意义时，需透过符号和形式去理解其内在深层的精神价值，并参照音乐文本产生的时代、政治、经济、文化、环境及种族等多方面因素来整体讨论。因此，通过对"歌词"书写与源文本互文性的解读，我们可以深入分析哈代小说中的深层情感结构和内涵。本节将探讨小说中的部分歌词节选与同源文本的关联及其在文本中的作用。

一种情况是，小说中的"歌词"书写虽延续了源文本的含义，却在小说语境中生成了新的寓意。寓意的偏离并不是通过对歌词的二度创作实现的，而是经过节选文本和小说主线叙事的并置生成了新的意义。如琼·德比在《德伯家的苔丝》中歌唱的那首《花点母牛》——这首歌曲是流行于德文郡的一首加洛佩德舞曲——最初的歌词版本如下：

One morning in the month of May,

As from my cot I strayed.

Just at the dawning of the day,

---

① 秦海鹰：《互文性理论的缘起与流变》，《外国文学批评》2004 年第 3 期，第 20 页。

② 张磊：《肯认与焦虑——乔治·爱略特小说中音乐文化的意识形态研究》，中国国际广播出版社，2012，第 2 页。

I met with a charming maid.

"Good morning you, whither?" said I,

"Good morning to you now",

The maid replied, "kind sir" she cried,

"I've lost my spotted cow."

"No longer weep, no longer mourn,

Your cow's not lost my dear,

I saw her down in yonder grove,

Come love and I'll show you where."

"I must confess you're very kind,

"We will be sure her there to find,

Come sweetheart, go with me."

And in the grove they spent the day,

They thought it passed too soon,

At night they homeward bent their way,

While brightly shone the moon.

If he should cross the flowery dale,

Or go to view the plough,

She comes and calls, You gentle swain,

I've lost my spotted cow.①

　　歌词表达的是歌曲主人公帮助一个女仆寻找花点母牛的谐趣故事。哈代在小说中只节选了其中的两句——"I saw her lie down in yonder green grove. Come, love and I'll show you where."。②单纯从这段节选来看,这首歌曲和爱情主题产生了联系,表达了一种渴盼爱情的情绪。五朔节的歌队上,情窦初开的苔丝虽同克莱尔一见钟情,却遗憾地

---

① 该歌词来源于 Steeleye Span 乐队的演唱版本。

② 中文翻译为"我看见她 / 躺了下来 / 在那边绿树林里 / 心爱的人,你快来! 究竟在哪儿,让我告诉你!"转引自〔英〕哈代《苔丝》,郑大民译,上海译文出版社,2013,第21页。

错过同他共舞的机会。这段《花点母牛》的歌词节选隐射了苔丝对纯洁爱情的渴望；而呼唤自己的爱人一同去树下寻找花点母牛的行动，则是苔丝对克莱尔朦胧爱意的表达。由此来看，《花点母牛》歌词节选在原文语境中形成的这种象征意义，拓宽了其源文本的表述空间，升华了其内涵。《无名的裘德》中，当苏说："天堂不容我，地狱也不容我！我都要被逼疯了，我该怎么办？"（JO，343）裘德引用了希腊悲剧中《阿伽门农》合唱队里的一句歌词："事情注定怎样就怎样。"歌队的进场歌原文是，"事情现在还是那样子，但是将按照注定的结果而结束。任凭那罪人焚献牺牲，或是奠酒，或是献上不焚烧的祭品，也不能平息那强烈的忿怒"。[①] 此处的"忿怒"指的就是阿伽门农妻子克吕泰墨斯特拉的愤怒。迈锡尼王阿伽门农在远征军突遇逆风后，不惜把他女儿伊菲格涅亚献祭女猎神阿尔忒弥斯，以平息神怒获得顺风。克吕泰墨斯特拉愤怒至极，最终杀害了阿伽门农。因此，"事情现在还是那样子，但是将按照注定的结果而结束"表达了剧作者埃斯库罗斯对悲剧必然性的强调。在《无名的裘德》中，这句节选于《阿伽门农》的歌词是裘德在绝望之际对苏的回应。那时他们的孩子们刚刚集体上吊自杀，裘德借助这句歌词表达一种命中注定的意味。可他却还没有琢磨出这句话的真正意思。也就是说，他始终不敢相信他和阿拉贝拉的孩子，换句话说就是他和阿拉贝拉的婚姻成了这桩悲剧的"克吕泰墨斯特拉的忿怒"。[②] 因此才有了紧随其后的苏对他求学无门的挖苦。这句歌词节选虽然在一定程度上保留了源文本的意思，在《无名的裘德》中却并没有导向之前的因果报应，而带来对人物命运和个人选择之间关系的反思。

另一种情况是，小说中的"歌词"书写虽延续了源文本的寓意，其寓意却在不同的语境中发生了偏离。比如前文提及的《德伯家的苔丝》的例子中，苔丝在与克莱尔结婚前夜，想到了一首名叫《男孩与披风》

---

① 节选自〔古希腊〕埃斯库罗斯《希腊悲剧之父全集》（Ⅰ），张炽恒译，书林出版社，2008。

② 《阿伽门农》中，阿伽门农之妻克吕泰墨斯特拉因其在特洛伊战场上拿女儿献祭给天神，对他怀恨在心。

的民谣。哈代在小说中节选了其中的一句歌词"它永远不会适合 / 那曾经失足的妻子"（*TD*, 283），以此来表达苔丝内心的挣扎。这句歌词在此处基本继承了其最初的意思，表达了一个关于爱情与欺骗的故事。而在小说中，源文本歌词所预示的悲剧结果并未真正发生，它尚且体现为苔丝内心的自我暗示：她把歌词中男孩送的披风联想成克莱尔送她的那件新婚的礼服，同时也将自己不堪的过去类比为王后背德的往事。这句歌词虽在哈代的小说文本中延续着原有的隐喻，却在新的语境之下，弱化了讽刺感。当这句歌词独立存在时，读者会认为淫荡的格妮维尔王后罪有应得，不会同情她的遭遇。相反，他们会同情一直被蒙在鼓里的亚瑟王。同样的歌词节选出现在小说中时，读者却会进入一种对苔丝经历的反思及对她未来命运走向的深切忧虑之中。在《卡斯特桥市长》中，法夫纳两次歌唱民谣《友谊地久天长》（*MC*, 50，263）。这首名曲的歌词是由 18 世纪苏格兰杰出诗人彭斯据当地父老口传整理的，也是世界上最著名的歌颂友谊的歌曲。哈代在小说中只节选了其中的一句话——"我的忠实的朋友，这是我的手，请伸出你的手。"（*MC*, 263）这句歌词节选出现的时候，法夫纳已和亨察德因为爱情和利益冲突而互为敌手。在小说中，它已不再是坚不可摧的友谊的象征。正如马弦和刘飞兵所言，"哈代安排法弗雷两次唱这只（支）歌，并非有意歌颂友谊的真正力量，相反，却似乎成了对资本主义原始积累时期的利益角逐和物质追求的讽刺和鞭挞"。①

---

① 马弦、刘飞兵：《论哈代"性格与环境"小说的民谣艺术》，《外国文学研究》2007 年第 2 期，第 114 页。

第三章　哈代小说中的"歌唱"书写

　　关于歌唱艺术的起源，西方音乐史各流派众说纷纭。尼采在《悲剧的诞生》中认为，"萨提尔歌队"是歌唱艺术最早的形式。正是因为有了它，才产生了狄俄尼索斯的酒神颂歌以及后来悲剧中的合唱歌队。[①]亚里士多德将歌唱称作有灵魂的嗓音音乐，以此赋予了歌唱在柏拉图的哈莫尼亚体系中最重要的地位。随着中世纪圣咏的出现，继家国庆典与个人表达（游吟诗人）后，歌唱艺术被赋予了一个全新的功能，即宣传基督教教义。这一时期通过专业声歌体系的建立与"罗马歌唱学校"之类专门培养歌手的音乐学校的创办，歌唱艺术彻底从古希腊缪斯之艺中独立出来，成为一种专业化的艺术表现形式。[②]

　　哈代小说中的"歌唱"书写，表现为描写歌者的歌唱场景、歌唱内容及听者在欣赏歌唱时的音乐情绪。书写"歌唱"的小说文本由歌者、歌唱场景、歌唱内容以及听者的情绪状态构成。其中，主人公通过歌唱表达自我或者他人的遭遇。埃尔纳·西尔曼指出，哈代小说描写人物歌唱桥段的作用包括增强作品的艺术表现力，拓展语言表达的想象空间等。[③]本章将从哈代小说"歌唱"书写中的歌者、歌唱的表达内容、歌唱的情感表达与歌唱产生的音乐情绪以及书写"歌唱"的小说文本的功能这四部分展开讨论。

---

① 〔德〕弗里德里希·尼采：《悲剧的诞生》，周国平译，译林出版社，2014。

② 〔英〕杰拉尔德·亚伯拉罕：《简明牛津音乐史》，顾犇译，上海音乐出版社，1999。

③ Elna Sherman, "Music in Thomas Hardy's Life and Work," *The Musical Quarterly* 26（4），1940, pp. 419–445.

第一节 "歌唱"书写中的歌者

哈代的小说中书写音乐元素"歌唱"的小说文本，由书写歌者的歌唱场景、歌唱内容及聆听者在欣赏歌唱时的情状等文本要素构成。书写歌唱内容的文本中，人物既可作为表演者，也可以是聆听者。能够直接聆听音乐的人物，内心情感也能随着音乐的演绎不断变化。也就是说，只要开始进行歌唱表演，小说中进行歌唱的人物就成了歌者。探究歌者的前提，就是分析歌者的身份及其人生境遇何以影响其歌唱状态与内容，继而影响人物塑造与情节走向。

一 歌者的身份

哈代在小说中刻画了不同的歌唱者，其中有生活在乡间的农妇，有知识青年，有贵妇人，还有中产阶级。歌者通过歌唱将谱面上的声歌作品转化为能聆听欣赏的歌唱艺术。歌唱者是歌唱艺术的主体，对歌曲的选择和演唱方式均取决于其自身的心理要素。著名歌唱家沈湘教授在"歌唱要素主被动论"中，重点阐释了处于主动地位的心理要素。他认为，其他生理方面的要素都受心理活动的支配。[1]同样，意大利歌剧批评家阿布拉莫·巴塞维提出，"知觉"（也就是心理活动）有赖于个体的知识和期待。[2]在歌唱时，他们会根据自己的身份和文化背景来选择曲目。换句话说，他们选择的歌曲在一定程度上和其身份关系紧密。比如，《德伯家的苔丝》中，琼·德比歌唱出的歌曲并非即兴编造，而是她在乡村生活时耳濡目染而（有意或无意）学会的。正如哈代所述，她"还记得许多口头流传下来的歌谣，说话时带着大量方言"（*TD*, 26-27）。这说明，琼对歌曲的选择和其成长环境密不可分。在《还乡》第三

---

① 邹本初：《沈湘歌唱学体系研究》，人民音乐出版社，2000，第1—8页。

② 〔美〕托马斯·克里斯坦森编《剑桥西方音乐理论发展史》，任达敏译，上海音乐出版社，2011，第913—914页。

章中，坎特大爷一边跳着未奴哀舞，一边唱着《快乐的伙伴》等一系列民谣。按照蒂莫西的说法，坎特大爷18岁的时候就学会了这支歌，也就是说，基于他的个人教养和生活背景，这些民谣能够很自然地被他唱出来。

然而，出身贵族家庭的亚历克·德伯（《德伯家的苔丝》）和查曼德夫人（《林地居民》）则常将一些爱情小曲挂在嘴边，例如，前者演唱的《莫以负心唇》和后者在菲茨比尔斯离开后演唱的爱情小曲。（W, 266）所谓的爱情小曲，就是那些流传于上流社会的世俗小调。这些咏叹调世俗版本歌曲的演唱场景完全不同于民谣，它们绝不可能出现在田间劳作、休憩或是节日习俗等场景中，而是"被大大简化，以便在家中演唱"（49）。从歌词可以看出，这些歌曲并非直抒胸臆，反而意在取悦感官且含有猥亵色情的意味，隐含着一种"虚假情感、滥用情感"的表现方式 。① 由此可见，贵族出身的文化背景会影响到他们歌唱的内容。

小说中的歌者常常通过演唱与其身份不相符的歌曲来达到各自意图。在《远离尘嚣》中，农场主博尔伍德被哈代称作"风度酷似一名贵族"（FFMC, 134），却在歌会中配合芭丝谢芭歌唱民谣《阿兰湖畔》。那时，农人之家的科根、普格拉斯刚刚唱完几首民谣，奥克发现博尔伍德消失到"环抱四周的幽暗中去了"（179），在芭丝谢芭歌唱最后一曲之前才进入房间。这有理由让人相信，博尔伍德起先并不想融入羊毛工们的聚会中。这一点表现在两方面：第一，在奥克对其"不同寻常的出现和演唱时间"（181）所持的怀疑态度上；第二，在描写博尔伍德歌唱的文本中——博尔伍德"唱得如此轻柔，以至这完全不像两个人的重唱，而是形成一种非常奇特的衬音，使她的高音更加鲜明起来"（180）。这段小说文本看似赞美芭丝谢芭的嗓音，实际上也隐藏着对博尔伍德突兀演唱的批评。笔者认为，博尔伍德看似卖力歌唱农人的歌曲，实则为了投芭丝谢芭之所好。因为后者虽是农场主，却在行事方面与农人无

---

① H. R. Hawies, *Music and Morals*, New York: Harper and Brothers, 1877, p.57.

异。所以，在奥克看来，博尔伍德突兀的歌唱倒有点哗众取宠的意味。

在《德伯家的苔丝》的一段描写歌唱的小说文本中，苔丝被古怪的德伯太太安排教鸡舍里的鸡唱歌。起先她并不会吹口哨，直到亚历克·德伯执意要传授她经验，她才掌握吹口哨的技能。他教她吹的那首曲子却正是前文提到的流传于贵族间的爱情小调《莫以负心唇》。"苔丝并不知道这一句引自哪首曲子"（*TD*, 75），她却不断学习，试图领悟吹口哨的诀窍。她不断把这首爱情小调吹给德伯听，潜在意图是希望以德伯喜欢的方式回应他的示爱。她学习这首歌曲一方面为了完成德伯太太的任务，另一方面为了耐着性子讨德伯欢心。正如哈代之后描写的："她对于亚历克·德伯比较顺从……这是因为她现在不得不依靠德伯太太过活，而这位老太太双目失明，不如儿子的管事能力，苔丝实际上将不得不依靠亚历克·德伯。"（76）

二 歌者的境遇

哈代小说中除了歌者的身份和文化背景影响他们歌唱的内容，其人生际遇对于所歌唱的主题和内容也有着重要的影响。歌唱心理学中提出的"歌唱中的表象"这一概念，指的是个人在生活中感知过的人或事物在头脑中再现出来的映像。演唱或发声的表象乃是歌唱者的一种心理反映，是过去感知过的人、事或景物等形象在头脑中的反映，所以，"歌唱"中的歌者总会在歌唱时，自发地回想起人生的重大经历及其伴随着的一些歌曲。[①]熟悉歌唱艺术的哈代，也将歌者在歌唱时特别的心理过程展现在小说中。在"歌唱"书写中，歌者也体会了这种表象，在歌唱时心中也会映现出那些曾经历过的人和事。同时，他们在那段经历里学会的歌，也会在歌唱时反过来触发他们对昔日情景的回忆。

在《还乡》第四卷第二章"突遭厄运，他却大唱赞歌"里，罹患眼疾的克莱姆在荒原上干起了捆柴的营生，在工作的时候他突然唱起了他在巴黎听到的一首老曲子《破晓的时光》。歌曲引发了他的一时遐想：

---

① 张婉：《如何提高歌唱者的歌唱记忆》，《中国音乐》2004年第2期，第79—80页。

虽然他已决心放弃巴黎的生活而留在爱敦荒原，但突遭的厄运不免让他开始怀疑之前所做的人生选择——尽管他在尤斯塔西雅面前表现得对现有的生活较为满足。（*RN*, 298）这首歌曲表明了他对巴黎那段生活经历的思慕。同样，当苔丝在弗兰科姆岑历经磨难时，她苦中作乐，练习歌唱民谣［如《破晓》、《丘比特花园》、《我有猎场我有猎犬》（*I Have Parks, I Have Hounds*）］。这些歌曲是她在陶勃赛乳牛场干活时，克莱尔"为了引乳牛下奶而经常唱的"（*TD*, 153）。每当歌唱这些歌曲，她都会回忆起他们恋爱之初的甜美。具有讽刺意味的是，此时克莱尔却抛弃了她，远赴巴西，即使她仍旧对他抱有幻想，这些歌曲也只能是对昔日美好的追忆。

第二节 "歌唱"书写中的表达内容

歌唱的表达内容也是书写"歌唱"的小说文本中的要素之一。哈代小说中的一部分歌者如贵族或乡绅通过读谱歌唱表达作曲者的思想，另一部分歌者如威塞克斯地区的农民则是通过音乐记忆来直接歌唱歌曲。小说中的歌者在演唱民谣或者弥撒曲这类歌曲时，不会受作曲者想法的影响，而是直接凭借音乐记忆表现自身的情感或是潜意识的自我。另一类歌者则通过乐谱进行歌唱表演，以此更接近于表达作曲家的创作意图。

一 表达自我的歌唱

歌者是歌唱的主体。歌者需要通过歌唱歌曲来表达自己的情感。所以，歌唱的表达对象就是歌曲本身。作为歌唱的依据，歌曲由音乐旋律和歌词这两个重要部分组成。其中音乐旋律是音乐艺术，即通过特殊的音乐符号排列组合成为可供吟唱或是演奏的旋律。歌词则是一种能唱的诗歌，属于文学范畴。从本质上说，歌曲是音乐和文学相结合的综合艺术载体："只有将这两部分融合在一起才能为歌唱艺术提供完整的歌唱依据。"[①] 歌唱者在歌唱时通过把握声乐作品中的旋律、速度、节奏、力度或者词曲作者的创作意境等要素来进行自我表达。

　　哈代传记作家米尔盖特曾如是介绍哈代的成长："他的那些亲戚朋友给他叙述他们自己的经历，讲当地流传已久的故事，唱那些他们的父母和祖父母教他们的歌谣。哈代在很大程度上是从口头文学中成长起来的。"[②] 音乐美学中一直存在关于音乐作品形式的争论，争论的焦点是音乐作品究竟是一种自足的产品（Ergon），还是一种活动的产物（Energeia）。尽管哈代并未在小说中讨论关于音乐作品形式的问题，但通过对民间歌谣的描写，实现了音乐作品传播和保存这一过程。在这一过程中，核心条件是口头传唱、教授，以及凭借反复练习歌曲来培养对歌曲的记忆。聂珍钊认为，因为记忆不能永久保存语言，为了能够传承或者说挽救这一类集体记忆，人们会将记忆转变成脑文本或是物质文本。此处的口头文学正是"脑文本借助回忆提取，借助发音器官和听觉器官复现"的一种文学形态。[③] 其中，作为一种生物形态的文本，脑文本就是口头文学的文本。它的记录有赖于口头文学的叙述者在讲述时创造出的语音关系。民谣的流传和记录正是脑文本的反复输出与接受的过程。在创作小说的过程中，哈代积累了许多当地的故事素材，其中就包括他作品中的民谣。

　　关于民谣是否是口头文学的一种形式，学界对于这个问题一直存在争议。民谣的传播与保存过程大致如下。对民谣以及演唱方法的记忆转换为脑文本存在于歌唱者的头脑中。在面对特定的聆听者时，歌者会借助发音器官把它表达出来。同时，聆听者也将借助听觉器官，结合自身的情感体验，在不同层次上理解歌唱者的歌声，并最终形成头脑中的脑文本。这是口头文学在传播中所经历的过程。从传播与保存的过程上看来，民谣属于口头文学的一种形式；然而从被记忆的方式来看，民谣也

---

① 周晓音：《歌唱艺术的多元文化品格》，《人民音乐》2003 年第 3 期，第 46 页。

② Michael Millgate, *Thomas Hardy: A Biography Revisited*, Oxford: Oxford University Press, 2004, p.38.

③ 聂珍钊：《文学伦理学批评导论》，北京大学出版社，2014，第 17 页。

在一定程度上有别于口头文学。

与诸如打油诗、对联、歇后语这一类常见的口头文学形式有所不同，民谣不单由歌词构成，同时也具备旋律性。赫尔德在讨论到民谣的独特记忆方式时，如是描写道："如果一首歌里有旋律，有悦耳的、保持得好的抒情的旋律的话，纵使歌词内容并不好，歌仍然存在，而且被人传唱……只有歌的灵魂，诗意的音调，也就是旋律，保留不变。歌必须被人听，而不是被人看，必须用心灵的耳朵去听，这耳朵不是去计算、测量和衡量个别的音节，而是去倾听持续的声调，并继续沉浸于其中。"① 也就是说，对民谣的记忆不单要从语音的关系上去把握，也要在语音关系的基础上给予乐音关系更多重视。因此，民谣的脑文本，是由记忆中的歌词与连续的乐音关系组合而成。在大多数时候，民谣只是以脑文本的形式传播、传承，并没有最终形成物质文本。

借助这种独特的传播与记忆方式，民谣在表达自我上更具优势。哈代小说中描写的歌者多为威塞克斯地区的农民。他们并不依赖，甚至不靠乐谱，而是凭借对歌唱的记忆来歌唱。艺术心理学认为，"歌唱记忆是指在头脑中保存和再现歌唱方面的视觉、听觉、逻辑和情感等能力和过程"。② 通过这一特殊的心理过程，歌唱的内容能够更长久地影响受众的心理，并时常会被某些外界东西再度触发出来。而歌唱民谣这一行为可被看作人物受到外界触发时产生的最为直接的反应。他们无须寻章摘句，而是从脑文本中直接提取符合当下情境与心理状态的歌曲记忆。因此，歌唱民谣实际上就是歌唱自我，或者说，歌唱自我的某种状态或者某些潜意识的想法。

例如，在《德伯家的苔丝》中，苔丝远远就听到琼·德比在歌唱民谣《花点母牛》——当时流行于英国德文郡及其他一些郡的一首民歌。乐谱如图 3.1 所示。

---

① 转引自《赫尔德论民歌》，《齐鲁乐苑》1982 年第 2 期，第 79 页。

② 张婉：《如何提高歌唱者的歌唱记忆》，《中国音乐》2004 年第 2 期，第 79 页。

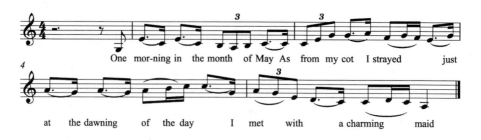

图 3.1 《花点母牛》歌谱

　　通过对乐谱进行曲式分析可以发现，这首歌曲曲调流畅、轻快、简单，朗朗上口。其歌词以简短叙事诗的形式出现，情节单纯，却又富戏剧性。这些都是民谣的独特因素。整个歌曲采用歌谣体，通过叠句与重复来增强音乐效果。歌曲的每个乐段都使用同一个乐句旋律（尽管有稍许小变化），便于记忆。由于民谣是代代相传下来的，当这些音符组合被固定下来后就变成了旋律。

　　这段乐曲可以分为两句，第二句为对第一句的原样重复。这也是民谣的一大特点。歌曲中出现了大量的前附点与三连音节奏，使整个歌曲具有摇曳感，更加轻快流畅。第四小节出现六级的阻碍终止，让原本四小节的乐句扩充为六小节，让终止产生变化，推动了旋律的发展，也使得乐曲更具有戏剧性。

　　苔丝的母亲之所以唱这首民谣，是因为她此刻正等待自己的丈夫。母亲刚哼完《花点母牛》，便对苔丝说："我正要去把你爸爸找回来……"（*TD*, 23）她将《花点母牛》作为摇篮曲，因为这首歌正好对应着她的情感状态。在《还乡》中，坎特大爷、费厄韦等村民们打算约布莱特去太太家中闹新房，此时他们歌唱的民谣也十分契合他们的心理状态："你快穿上一件百衲，我也披上一件袈裟，我们一同扮成修士，一起去见王后的驾。"（*RN*, 21）显然，以坎特大爷为首的一行人唱歌的目的，并非祝福怀尔德夫和托马茜的婚姻。相反，他们通过歌唱这样一首讲述背德故事的民谣，来表达对新婚夫妇不洁过往的怀疑。另外，前文提到坎特大爷在18岁就能唱这支歌。这从侧面说明，歌唱此类民谣歌曲已同闹新房这个习俗紧紧联系到一起，对这首民谣的记忆已成为坎特大爷在闹新房时的条件反射。

歌唱民谣也能表达人物潜意识的自我。《德伯家的苔丝》中，独自一人在楼上试穿克莱尔馈赠的新婚礼服时，苔丝之所以联想起《男孩与披风》这首民谣，是因为她害怕克莱尔送给她的这套衣裙会如歌曲中所示变成碎片，"而把她过去的事情暴露出来"（*TD*, 284）。在潜意识里，她已把自己比作那个背德者格妮维尔王后。在《林地居民》中，哈代用极为形象的文字描写了仲夏夜中苏柯·丹逊与菲茨比尔斯的那段追逐，其中苏柯就用菲茨比尔斯的一首民谣来引诱她理想中的情人蒂姆："哎呀呀，你从那雾气蒙蒙、雾气蒙蒙的露水之中进来吧。"（*W*, 197）从"雾气蒙蒙""露水"这些歌词我们可以感受到苏柯潜意识里的欲望。正如马弦和刘飞兵的论述，"民谣一方面表现了苏克轻浮肤浅、好挑逗的个性特征，从另一方面也间接地反映了菲茨皮尔斯的虚伪与滥情"。① 结果，他们在那一晚上的露水欢愉也正如歌曲所预示的"隐没在淡淡的雾气里"（197）。

二　表现他者的歌唱

除了无拘无束表达自我的歌唱者，哈代也在小说叙事中描写了一些会读乐谱的歌者。在维多利亚时期，能通过乐谱歌唱可以算作受到良好教育的标志之一。那么，乐谱究竟在作曲家与演唱（奏）者之间扮演怎样的角色呢？

歌唱的表达对象在歌唱教学中被认为是学习歌唱的关键。为了收到最完美的歌唱效果，歌者必须通过细致地读谱，来对音乐的旋律、速度、节奏、音色等因素进行准确把握。歌谱是用来保存歌曲的重要方式之一。一份完整的歌谱一般包括歌词和乐谱。单一的歌词绝不可称为歌谱。歌谱在表现歌词时，也会反映出与词相对应的乐曲的音响运动过

---

① 马弦、刘飞兵：《论哈代"性格与环境"小说的民谣艺术》，《外国文学研究》2007年第2期，第111页。

程。正如音乐美学家卡尔·达尔豪斯（Carl Dahlhaus）所说，"对于音乐，静默的阅读，只要不是恶化变质成单薄的抽象，则一定需要内心的听觉，将符号转化为声音"。[1]正因为如此，大多数歌唱者会通过读解歌谱，寻求准确的乐音关系和功能，来揣摩并抒发歌谱中作曲者想要表达的乐思。

黄汉华指出："乐谱实质上是作曲家用某种约定俗成的视觉的书面符号（五线谱的、简谱的、工尺谱的等）把头脑里的意欲表达的、想象中的、不可见的、流动的、稍纵即逝的音乐音响凝定、外化为某种可持续存在的、静止的、可见的东西。"[2]他认为乐谱在作曲家与演唱（奏）者之间起到了中介作用。它一方面发挥历时维度上的双向度能指与所指的中介作用，另一方面也促进着共时维度上的互文性意义的生成。虽然，音乐是一个从过去指向未来的连续性音响事件，乐谱仅仅被部分人认为是给予一系列关于如何演绎音乐的操作指令，但其在一定程度上确实能够让音乐本身成为菲利普·莫里茨（Philipp Moritz）所期待的那个被称为拥有艺术身份的结构，"达到某种自身完整、完美的事物"。[3]

作为小说家，哈代也有着特殊乐谱的情结，这一点从他对詹姆斯·库珀（James Cooper）的《英格兰民间歌曲集》的收集与整理便可以看出。这些被他珍藏的乐谱不单成为他自我兴趣的投射，也变成了其笔下小说人物歌唱的凭借。哈代有意识地选择一些歌曲让人物通过歌唱表达特殊的情感。这些"歌唱"书写甚至成为左右情节走向的关键。因为哈代小说中的叙事者是作者本人，所以，与其说小说人物歌唱以表达作曲者的创作意图和情感，不如说他们表达的他者是作者本人。也就是说，在这些特殊的歌唱段落中，哈代通过这些乐谱，将叙述者的形象隐

---

① 〔德〕卡尔·达尔豪斯:《音乐美学观念史引论》（修订版），杨燕迪译，上海音乐学院出版社，2014，第23页。

② 黄汉华:《乐谱文本在音乐符号行为链条中的中介作用》，《华南师范大学学报》（社会科学版）2012年第4期，第133页。

③ 〔德〕卡尔·达尔豪斯:《音乐美学观念史引论》（修订版），杨燕迪译，上海音乐学院出版社，2014，第24页。

藏在了作曲家的身后。

在以乐谱为中介的歌唱行为中,作曲家通过创作行为把自己的心灵感受和情感体验通过乐谱的书面符号对象化,因为"乐谱文本是作曲家心灵的一种自我表达、自我观照、自我对话"。[①] 乐谱成为作曲家在创作该曲时精神意趣的索引,对于启发演(奏)唱者的演绎至关重要。哈代小说"歌唱"书写中通过歌谱进行歌唱的人物表达了作曲家(作家本人)的宗教情绪和世俗情绪。

在《德伯家的苔丝》中,苔丝在教堂参加礼拜时唱的那些圣歌让她重拾生活希望。其中一首名为《兰登》(*Chant Langdon*)的古老双节乐曲让她异常感动,并引发了她对于作曲家兰登的幻想。(*TD*, 115)这说明在翻谱歌唱圣歌时,她已经介入了作曲家的情感世界。同时,在读谱歌唱时出现的"心灵—身体—音响"[②]的运动模式,将她的歌唱体验与作曲家的创作体验融合在一起,产生复合情绪[③]。从苔丝回想起这首歌时先想到歌谱这一点(145),我们有理由认为苔丝具备一定的读谱能力。只有读懂歌谱上的强弱缓急记号、音符的调性及歌词,她才会自然地将自己的情感经历投射到歌曲的音调结构中。歌唱这些圣歌时她和亚历克的孩子刚刚死掉。毫无疑问,歌唱这一行为本身带给苔丝宽慰感,使她重新振作起来。

另外,小说人物也会通过读谱歌唱表达出作曲家(哈代本人)的一些世俗情绪。如《贝姐的婚姻》中,克里斯托弗为了表达对埃塞尔贝姐的爱意,将其诗歌《烛光美好的时候》谱成了歌曲。"他走到钢琴跟前,轻轻地弹起一曲,把曲谱的稿本放在自己前面……"[④]哈代此处重点描述了歌谱。后来在一次沙龙上,埃塞尔贝姐歌唱了克里斯托弗的歌曲。这

---

① 黄汉华:《乐谱文本在音乐符号行为链条中的中介作用》,《华南师范大学学报》(社会科学版)2012 年第 4 期,第 134 页。

② 指的是音乐音响作用于人的一个心理过程。黄汉华:《乐谱文本在音乐符号行为链条中的中介作用》,《华南师范大学学报》(社会科学版)2012 年第 4 期,第 134 页。

③ 根据黄汉华观点,复合情绪指的是歌唱者在揣摩作曲家标注的表情符号的同时,也将自己的情感带入歌唱之中。

④ 〔英〕托马斯·哈代:《贝姐的婚姻》,于树生译,云南人民出版社,1981,第 74 页。

次歌唱更像是一次招亲，即通过征集歌谱并亲自验唱的形式找到最适合那首诗歌的旋律。埃塞尔贝姐认为创作出最佳旋律的作曲者就是她理想的情人。值得一提的是，埃塞尔贝姐专程差人把克里斯托弗的曲谱取来，并"花了大部分时间练习"（87）这一版本，由此她当然能够领悟到克里斯托弗献媚的良苦用心。同样，在《一双蓝色的眼睛》中，斯旺考特小姐在斯蒂芬的要求下演唱雪莱作词的《一盏明灯的破灭》（*When the Lamp Is Shattered*）。歌唱前，她强调乐谱是由她母亲谱写的。而在歌唱过程中，为了躲避斯蒂芬专注的目光，她几次"回到乐谱"（*PBE*，22）上。斯旺考特小姐准确传达出来这首歌包含的作曲者的悲伤情绪，激起了斯蒂芬心中的爱慕之意。

在通过乐谱感应到作曲家的内心真实后，有心的歌唱者会继续钻研歌曲以加深对于歌曲的理解，因为乐谱文本是他们与作曲家交流对话的主要桥梁。歌唱者一方面通过对乐谱的仔细解读，尽可能地接近作曲家想要表达的音响效果；另一方面，为了尽可能地把乐谱文本中蕴含的精神内涵表达出来，他们会阅读作曲家的生平传记、创作手记、书信等，了解作曲家内心的真实世界，会在精神层面与作曲家交流对话，甚至会受到歌曲鼓舞意欲亲自拜访作曲家本人。哈代小说的"歌唱"书写中，人物通过对某首歌曲的再度认知，产生了截然不同的歌唱理解。例如裘德四处寻求一首将其打动的曲名为《十字架下》的圣歌乐谱。他询问到了作曲者的身世，并产生了当面拜会的冲动。见面前，他一度认为"只有他才了解我的困惑"，"如果世界上真有什么良师益友，那就非他莫属了"（*JO*, 193）。然而见面后，他才发现作曲者本人的心灵已被世俗欲望污染，和作品所表达的高尚心灵形成鲜明的反差。通过了解这首歌的作曲者，裘德已将当初手抄本的《十字架下》纯洁神性的精神内涵误解成世俗欲望的表达。这也就很自然地解释了，一周后他和苏互诉欲望时为什么弹了同一首歌。可见，通过对作曲者的深入了解，歌唱者可能会改变其对乐谱内涵的解读，由此形成故事冲突，推动其发展。

第三节 "歌唱"中的情感表达以及产生的音乐情绪

书写"歌唱"的小说文本中，歌者通过歌唱直接或间接地表达作者的思想。"歌唱"书写中的歌者能够通过歌唱来表情达意；有时，哈代还借助人物的歌唱来营造故事的情感效果。读者正是通过联系上下文、阅读这些描述性文字来想象出歌者歌唱时的情感状态。情感表达不是一个单向流动过程，也不是单方面的表达或接收，它更像是一个情感传递的过程。研究歌唱艺术中的情感表达，需结合歌唱者的情感输出以及聆听者的音乐情绪。

一 歌者的情感输出

书写"歌唱"的小说文本中包含各种歌唱者，他们用歌唱来表达情感。所谓情感表达，就是人通过面部表情、语言声调和身体姿态等向他人表达自己的情感特征与情绪变化的过程。作为一种情感表达方式，歌唱是主体表达自我内心世界的行为。无论歌唱主体或表现对象如何变化，歌唱都可用于人物的情感表达。格奥尔格·内格里（Georg Nageli）曾断言，"声音艺术主要居住在情感世界"。[①] 它不同于造型艺术和诗歌艺术的作用方式。按照弗里德里希·冯·豪泽格尔（Friedrich von Hausegger）在《作为表现的音乐》（*Die Musik als Ausdurck*）中对于声音艺术的回溯，我们发现，"声音表述（Lautaeusserung）在最初出现时，是瞬间兴奋的结果；它具有直接作用的能力"。[②] 因此，歌唱艺术是歌唱者用嗓音来表达情感的一种独特的表演形式。其中"情感因

---

① Hans Georg Nageli, *Vorlesungen uber Musik, mit Berucksichtigung der Dilettanten*, Stuttgart: Cotta, 1826, p.9.

② 〔奥〕弗里德里希·冯·豪泽格尔：《作为表现的音乐》，〔德〕费利克斯·玛丽亚·伽茨选编《德奥名人论音乐和音乐美——从康德和早期浪漫派时期到20世纪20年代末的德国音乐美学资料集》（附导读和解说），金经言译，人民音乐出版社，2015，第83页。

素始终发挥着主导作用，自始至终赋予这种歌唱以强大的生命力和艺术感染力"。① 胡戈·里曼（Hugo Riemann）也指出，"情感的种种变化很容易追随着四肢有意识的、最细微的强弱变化"。② 由此来看，歌唱借助的是人体的发声系统—— 一种受到兴奋状态影响的肌肉活动模式。较之于乐器演奏，歌唱更具备表情达意的优势。

乔恩·格朗迪最早论及哈代小说中的音乐桥段与人物情感表达的关系。他提出，"小说中的这些作为'情感容器'的人物，同时也是音乐容器"。③ 这一论断正是他以音乐的情感表达特点为出发点提出的。作为概括音乐意义本质特点的立场之一，"动力—句法结构"自 19 世纪末以来逐步发展为西方音乐美学的主流立场。它将一个音乐事件的内涵概括为，听者对于作品的有意识或无意识的经验式期待。④ 由此，音乐的意义便可理解为来自作曲家、表演者与听者三者间的不断推动。这样看来，格朗迪所说的"情感容器＝音乐容器"⑤ 意味着，小说家借助音乐传输与接受。小说中的表演者与聆听者共同推动着情感的发展和生成。哈代小说中刻画的歌唱过程正是对这种模式的最好诠释。小说中在众人面前歌唱的歌者，一方面借助歌唱机会表达着自己的某种情感，另一方面也通过歌声唤起了聆听者内心的音乐情绪。一次对歌唱表演的书写既可作为文本中的事件，又可被看作一次音乐事件，而阅读小说的人既成了读者，也成了聆听者，开始期待、经验已生成的情感，并不断生成新的情绪。

---

① 张立萍：《试论歌唱技巧与歌唱情感》，《呼伦贝尔学院学报》2012 年第 6 期，第 27 页。

② 〔德〕胡戈·里曼：《音乐美学要义》，〔德〕费利克斯·玛丽亚·伽茨选编《德奥名人论音乐和音乐美——从康德和早期浪漫派时期到 20 世纪 20 年代末的德国音乐美学资料集》（附导读和解说），金经言译，人民音乐出版社，2015，第 107 页。

③ "Such statements and descriptions are a reminder to us that these character as 'vessels of emotion' are vessels of music also..." From Joan Grundy, *Hardy & the Sister Arts,* New York: Harper & Row Publishers, inc.,1979,p.149.

④ 〔美〕伦纳德·迈尔：《音乐、艺术与观念——二十世纪文化中的模式与指向》，刘丹露译，华东师范大学出版社，2014，第 44 页。

⑤ Joan Grundy, *Hardy & the Sister Arts,* New York: Harper & Row Publishers, inc., 1979, p.149.

虽然大部分歌者对于演唱的歌曲似乎信手拈来，但他们在歌唱之前已经经历了一个重要的心理过程，即选择一首符合彼时情感的歌曲。对此，马尔普尔格在《音乐接受的历史——批评贡献》（*Historisch-kritische Beytrage zur Aufnahme der Musik*）中具体阐明了这一心理过程的重要性："在歌唱作品中，首先应研究并确定在歌词中究竟存在什么感情……随后，要关注并自习检视这种感情的本质，弄清心灵在这种情形下会有哪种运动方式……只有这时……我们才能发挥天才、想象和创意。"[①] 由此来看，哈代小说中大多数歌者在歌唱前已经在头脑中形成了想要表达的情感主题，而歌曲不过是表达这一主题的载体。小说中歌唱者的情感主题主要表现为，对昔日生活的赞美与思念、对宗教情感以及对生活或劳动情绪的表达。

从第一个情感主题来看，《卡斯特桥市长》中描写法夫纳在三水手酒馆里歌唱的那一段小说文本最有代表性。刚刚辗转来到卡斯特桥市的苏格兰人在三水手酒馆自发地歌唱了一首苏格兰的民歌。按照马尔普尔格的理论，我们首先分析这首歌的歌词：

> 家呀，家呀，我多么想念家，
> 家呀，家呀，我要回到故乡的家！
> 我要去见那眼泪汪汪的眼和甜盈盈的脸，
> 当我渡过安楠河与我心爱的宝贝团圆；
> 花儿含蕾待放，树叶挂满枝丫，
> 云雀将一路哨啭伴我回家乡！[②]

---

① Friedrich Wilhelm Marpurg, *Historisch-kritische Beytrage zur Aufnahme der Musik*, 5 Vols., Leipzig: Verlag Quelle and Meyer, 1778, p.150.

② 英文原文为 "It's hame, and it's hame, hame fain would I be,O hame, hame, hame to my aim countree!...The lark shall sing me hame to my ain countree!" 此处中文译文引自托马斯·哈代《卡斯特桥市长》，郭国良、沈正明、刘澹涓译，上海三联书店，2015，第48页。

　　这首歌由苏格兰诗人阿伦·康宁汉姆（Allan Cunningham）创作。歌词直接描写了苏格兰的风景，透露出词作者本人对家乡生活和风景的赞美。从本质来看，这是一首表达思乡情感的歌曲。其中，我们可以强烈地感受到歌者法夫纳在选择并歌唱这首歌时心灵的运动方式——他很快变得激荡澎湃，偷偷聆听的伊丽莎白甚至能够从他的歌声中依稀见到他溢满激动泪水的双眼。（MC, 48）单从歌词里"安楠河"等带有苏格兰地域性的名词可以判断，配合歌词的旋律也应该具有苏格兰民族特性。也就是说，成功引起伊丽莎白以及一众卡斯特桥当地人关注的，除了法夫纳高超的歌唱技巧，还有这首地域性极强的歌曲背后歌唱者浓浓的思乡之情。表演结束后，斯坦尼太太、朗威斯等聆听者与法夫纳本人有关家乡和前程的那一连串对话，更透露出离乡背井、追求功名的法夫纳内心的真实与无奈。哈代常常在"歌唱"书写中安排人物（例如埃尔弗雷德、琼·德比）以这种艺术化的形式登场。此处着墨更多的是法夫纳的歌唱。读者未见其人先闻其声，由此在阅读过程中也产生了聆听期待。较之于文字的魅力，音乐更能让人直接体会到人物的情感，此论断被康德（Immanuel Kant）、叔本华等德奥哲学家所推崇。正是在对音乐、文学、建筑等各类艺术形式驾轻就熟的基础上，哈代通过文字媒介开启了读者对乐音的想象，以此更为真实地展现出人物的情感核心。在了解法夫纳的情感后，我们便能理解他选择继续留在卡斯特桥同亨察德进行惨烈竞争的动机了。

　　宗教情感和生活或劳动情绪，常被小说人物通过歌唱传达出来。作为一种从中世纪沿袭而来的宗教表现形式，圣歌反映了教徒对上帝的赞美之情。歌唱圣歌可以使教徒获得无限接近上帝意志的心理暗示，从而产生心灵净化之感。书写"歌唱"的小说文本中，小说人物通过歌唱圣歌，表达某种宗教情感，以平复世俗的欲求，寻求自身的解脱。哈代小说中的宗教主题研究以及哈代的基督教创作思想研究，一直是哈代研究的重要分支。然而，学者往往从小说人物的遭遇、事件、作者的思想表述以及小说中的社会条件等方面对宗教主题进行分析。笔者认为，分析歌唱圣歌的小说人物，对我们理解作者所欲表达的宗教情感具有一定意义。

　　最早的基督教音乐沿袭了犹太教的礼拜音乐形式和特点,《简明牛津音乐史》称其大约发端于罗马帝国时期（325），它在《圣经新约》中被划分为"诗篇、赞美诗和圣歌"三个范畴。根据斐洛的说法，圣歌是"一种带有装饰音的'哈利路亚与其他带有欢呼和狂喜特征的圣咏（chant）'"。而赞美诗（Hymn）则是以旧约中150首《诗篇》为唱词在教堂中吟唱的。[①]哈代小说对两种宗教歌曲范畴有着严格的区分。《德伯家的苔丝》中歌唱圣咏和赞美诗的小说文本主要集中在小说的开始与结尾。在遭遇了未婚先孕、孩子夭折等一系列与当地习俗相悖的情况后，回到马勒特村的苔丝一连几周闭门不出。她再次出现在大众视野是去当地的教堂，也许是因为教堂里不会存在非议，或是她本人想要依靠信仰来重拾生活信念。她喜欢聆听圣咏，也乐于听晨祷时的赞美诗。她更愿意做的一件事就是参加礼拜，并和大家一起翻开《诗篇》歌唱圣咏。哈代如是描写："她从爱唱歌的母亲那儿继承了爱好曲调的天性，这种天生的爱好使简单的音乐对于她都有一种力量，有的时候这种力量几乎把她那颗心揪出胸腔。"（TD, 114）前文提到，苔丝在歌唱圣歌时受到一首名为《兰登》的古老双节乐曲的影响。《兰登》是配合诗篇文字进行歌唱的曲调。显然，影响苔丝此时情感状态的应是曲调而非歌词。尽管笔者并未考证这首兰登调赞美诗的乐谱，但从对理查·兰登（Richard Langdon）其他康塔塔乐谱的分析中，我们可以发现兰登调的特色（见图3.2）。

　　这是一个并行两句式乐段，采用开放型的写法。第一句为第一至第四小节，在 G 大调上使用分裂综合的句法。旋律较为平稳，主题动机为等分型回旋式旋律加上顺分型跳进。第二小节出现等分型级进下行旋律。第三、第四小节为前两小节的分裂写法：第三小节为主题动机一的模进分裂进行，第四小节为第二小节的逆行。在第三小节的低音声部出现持续低音现象，为调式的转换做铺垫。第二句第五至第八小节，调式由 G 大调转至其属调 D 大调上，并且在 D 大调上开放结尾。第二句和

---

① 〔英〕杰拉尔德·亚伯拉罕:《简明牛津音乐史》，顾犇译，上海音乐出版社，1999，第57—71页。

第一句相比旋律起伏较为明显，与第一句形成对比。

图 3.2 《康塔塔》(*The Songs and a Cantata*：*Damon and Phillis, a Pastoral Dialogue*) 歌谱

整个乐段主要采用宗教音乐常用的合唱型体裁，并带有巴洛克时期宗教音乐特有的复调性织体。其低音较为平稳，多为持续低音，具有典型的巴洛克时期宗教音乐特征。整个乐段出现大量平行三度进行，且和声进行多为正级进行，几乎没有不谐和音响出现，听者可以轻易捕捉到宗教音乐蕴含的神圣纯净之感。

通过分析，我们发现，这种改良调式不仅保留了格里高利中的宣叙性（Recitative）歌调，[①] 同时也受到了清唱剧作曲家包括斯卡拉蒂、亨德尔等人的影响。其中亨德尔的清唱剧曲例"是很多英国清唱剧的模型"。[②] 作为管风琴演奏家的兰登，在一定程度上也受到了以约瑟夫·凯尔韦为首的"伦敦的斯卡拉蒂派"的影响。后者致力于将旋律性格化，

① 歌剧、清唱剧、康塔塔等大型声乐中类似朗诵的曲调叫"宣叙调"。宣叙调一词，语出意为"朗诵"的意大利语动词。宣叙调的产生时代甚古，差不多是与歌剧同时出现的一种声乐形式。

② 〔英〕杰拉尔德·亚伯拉罕：《简明牛津音乐史》，顾犇译，上海音乐出版社，1999，第606—613页。

即通过调性与节奏变化让圣咏具有戏剧性张力。它的进行为复调音乐中最为常见的移调、模进等手法，节奏较为自由，容易引起情绪起伏。因此，苔丝在唱完这首圣歌后，产生了对曲作者特别的亲切感，她甚至认为“作曲家的力量简直和上帝的一样”（*TD*, 114）。这首歌的曲调能够适时激发苔丝的宗教情感，让她获得心灵慰藉，才使她将作曲家的创造力等同于造物主。

小说中的歌唱者还会通过歌唱来表达生活或劳动时的某种情绪。克里夫顿·威尔（Clifton Will）从歌唱的定义上提出，“艺术性的歌唱和语言是一种动态的行为，它即时地协调着呼吸的身体感觉、发声、共鸣和表达，从而成为一种符合某种规则且富于表现性的表达”。[①] 在某种程度上，歌唱属于一种既模仿又超越语言的行为。按照格奥尔格·格维努斯（Georg Gervinus）的观点，歌唱起源于“语言词语中的强调，即重音”。[②] 他认为，情感只有通过重音才得以表达，而原始人类早期的语言也正建立在对重音的逐步掌握上，继而逐渐发展成语句。早期人类更多的是在狩猎、呼朋引伴、手工劳作时才会不断进行这种语音上的“强调（Betonung）导出”。[③] 因此，歌唱艺术在某种程度上符合马克思的艺术活动起源于劳动定律。歌唱也由此成为劳动者劳动时宣泄情感的重要方式。在小说里的威塞克斯地区，很多地方仍保留着古老的习俗。农人的生活也和大地紧密相关。因此，表达生活与劳动时的某种情绪就成为小说里农人歌唱的普遍原因。例如《还乡》中，克莱姆一边砍着荆条，一

① 〔美〕克里夫顿·威尔、任恺：《关于歌唱行为的起源、审美诉求及其价值评判的哲学探讨》（上），《歌唱艺术》2011 年第 3 期，第 21 页。

② 〔德〕格奥尔格·格维努斯：《亨德尔与莎士比亚——论音乐美学》，〔德〕费利克斯·玛丽亚·伽茨选编《德奥名人论音乐和音乐美——从康德和早期浪漫派时期到 20 世纪 20 年代末的德国音乐美学资料集》（附导读和解说），金经言译，人民音乐出版社，2015，第 36 页。

③ 〔德〕格奥尔格·格维努斯：《亨德尔与莎士比亚——论音乐美学》，〔德〕费利克斯·玛丽亚·伽茨选编《德奥名人论音乐和音乐美——从康德和早期浪漫派时期到 20 世纪 20 年代末的德国音乐美学资料集》（附导读和解说），金经言译，人民音乐出版社，2015，第 36 页。

边唱着一首在巴黎听到的小调——前文曾提及这首名为《破晓的时光》的歌曲。歌曲虽为不经意间唱出，但实则表露了克莱姆的生活情绪。虽然他对尤斯塔西雅解释，这首歌很适合他们两人现在的生活状态，但其歌唱表达的情感核心是做人生选择时的迷惘，抑或对昔日巴黎生活的怀念。《德伯家的苔丝》中，苔丝在陶勃赛乳牛场干活时，经常用歌唱民谣来引乳牛产奶，其中包括《丘比特的花园》、《我有猎园我有猎犬》和《破晓》。以下我们将以《破晓》为例，如果说第二章重在分析歌词，那么此处则重点分析其情感表达的音乐特点（见图3.3）。

图3.3 《破晓》歌谱

这首歌曲的曲调简单流畅，节奏多为连贯流畅的三连音与附点音型，且带有较多的装饰音，节奏变化较少，比较平稳，具有浓烈的乡土气息，亲切热情而不失流行元素。它所抒发的正是劳动者对劳动的热爱之情。我们在《远离尘嚣》《还乡》《德伯家的苔丝》的其他段落中还可以读到许多农闲时聚会歌唱的场景。以《远离尘嚣》中描写的晚间歌会为例，科根自发地歌唱了一首关于爱情的歌曲，随即普格拉斯唱起了一首自创的爱情小调，接着是斯摩伯里。他们轮流歌唱，歌唱生活，歌唱劳动，表达对美好爱情和朴素纯真生活的向往。（*FFMC*, 173–183）

二 歌者的情感表达与技巧

哈代小说中的歌者通过歌唱表达以上论及的三类情感主题，而歌唱行为本身借助歌者的歌喉。乔恩·格朗迪认为，哈代的小说像是一部部音乐剧（Melodramas）——"伴随着音乐的戏剧"，或者说是一部部歌剧。[①] 出于对歌剧的喜好，哈代知悉声音的类型对情感表达乃至戏剧情节的影响路径。歌唱的重要前提之一就是歌者需要选择适合自己嗓音特质的歌曲进行歌唱。歌唱中依据音色之间相似或相同的特点，把声音分为男高音、男中音、男低音、女高音、女中音、女低音这六种类型。[②] 而歌剧的成败也往往取决于歌者的声音特色是否适应角色的需要。

谙熟此道的哈代，不仅将表达人物情感的歌曲安排在一次次歌唱中，也赋予了人物贴合情感表达的声音。例如，在《远离尘嚣》中，芭丝谢芭在众人的要求下歌唱《阿兰湖畔》，不久博尔伍德主动加入歌唱中来。在哈代的描述中，他"也用他那惯常深厚的嗓音低声附和着"。[③] 此处"bass"即为男低音的音色。在《一双蓝色的眼睛》中，斯旺考特小姐对斯蒂芬歌唱时就是用美好的女低音。（*PBE*, 21）[④] 格朗迪指出，书写"歌唱"的小说文本中，人物在说话时也被赋予音乐特征。他将小说里人物对话的不自然归因于歌剧表演时的刻意夸张和精心处理，"因为歌剧中的情感大部分依靠音乐的手段去实现"。[⑤] 在歌剧中，人物在说话时都是在音乐伴奏下完成的。例如，他将苔丝的声音和长笛的音色"fluty"（*TD*, 153）相比较；尤斯塔西雅说话的声音像是演奏中的

[①] Joan Grundy, *Hardy & the Sister Arts,* New York: Harper & Row Publishers, inc.,1979, pp.149.

[②] 周映辰：《歌唱与聆听——中西方歌唱技术的历史研究》，人民音乐出版社，2008，第75页。

[③] 原文为 "...supplied a bass in his customary profund voice"。〔英〕托马斯·哈代：《远离尘嚣》，崔明路注释，世界图书出版公司，2010，第147页。

[④] 原文为 "...in a pretty contralto voice", Trans. from Thomas Hardy, *A Pair of Blue Eyes*, London: Penguin Group, 2005, p.21.

[⑤] 原文为 "...melodramas: That is,drama accompanied by music", Trans. from Joan Grundy, *Hardy & the Sister Arts,* New York: Harper & Row Publishers, inc.,1979, p.148.

提琴；法夫纳热情洋溢地说话时，声音则震颤在两个半音之间。（MC, 91）然而，"这些人物在进行语言表述的同时，也从音乐角度表达了情感"。①

为了更好地表达情感主题，除了先天的嗓音条件，歌者也需要后天学习声音技巧以更好地展现歌喉。在歌唱艺术中，歌唱技巧被认为是情感抒发的基础。歌者需要根据自身的条件和特点，运用科学的方法去学习和掌握歌唱技巧。哈代在一次次对人物歌唱的书写中为我们刻画了一些歌唱技艺高超的歌者形象。他们之所以在小说中被听众要求返场，是因为善于运用歌唱技巧来进行情感表达。例如，《卡斯特桥市长》中，当法夫纳唱完那首思乡之歌后，又在众人的强烈要求下重唱一遍。如果说法夫纳的第一次歌唱更多的是因为音色特别而吸引人，那么他在第二次歌唱时则更加充分地展现了自己的歌唱技巧。哈代描写道："那奇异的腔韵（Accent）、吟唱者的激情（Excitability）、那浓烈的地方情调（Local Feeling），还有那份冲向高潮（Climax）的执着，令四座皆惊。"（MC, 49）也正是因为哈代对民谣艺术熟悉，才能给予法夫纳的歌唱如此专业性的刻画。他提到的腔韵实际上就包含了发声、咬字、气息等歌唱理论中常见的关键信息。"奇异"一词足以说明，法夫纳歌唱时咬字特别，发音异于卡斯特桥当地人常听到的。他之所以使用这种奇异的腔韵歌唱是因为歌曲本身具有的异域风情。正如学者郭进提出，"民族风格的体现，是达到声情并茂的重要条件"。②这首歌是法夫纳熟悉的苏格兰民谣。因此在返场歌唱时，他能将浓郁的地方特色和独特的歌唱方式有效地结合起来，准确地传递出带有苏格兰民族特色的音乐。这便是听众非但不觉乏味，反而更为感动的原因。值得一提的是，哈代在末尾形容法夫纳歌唱时过渡到副歌部分的状态是"冲向高潮"（Up to the Climax）。这句看似简单的形容，实际上已充分刻画出法夫纳的高超技艺。赫尔曼·冯·亥姆霍茨（Hermann von Helmholtz）认为，

---

① Joan Grundy, *Hardy & the Sister Arts,* New York: Harper & Row Publishers, inc., 1979, p.149.

② 郭进：《论歌唱艺术中的情感表现》，《学术论坛》2006年第6期，第158页。

"声音的大多数迷人的情感,恰恰是通过音高的、连着的过渡去刻画性格的"。[1] 当歌唱者运用连续音高的攀升将歌曲带至最高音时,情感便能得到最大限度的表达。

三 聆听者的音乐情绪

比起关注歌者本身,哈代更着重在小说中刻画听众的神态。他之所以关注一首歌曲在人群中产生的效果,原因有三点:第一,为了显示不同水准的歌唱会产生不同的视听效果;第二,为了制造听者前后的情感对比;第三,为了深化人性价值。

就第一点,陈庆勋在《吟唱着英国民谣的哈代作品》中论证"民谣在哈代的小说中是一种塑造人物形象的手段"这一观点时,特别提到了听众对歌唱的反应。他以《远离尘嚣》里的晚间歌会为例,通过比较听众对科根和芭丝谢芭歌唱产生的不同反应——对前者,聆听者的反应为默赏,而对后者的反应是给予最高赞扬——提出"带有城市文化艺术色彩的歌曲日益受到欢迎,而代表民间文化的传统民谣正在渐渐丧失魅力"。[2] 此论断有待商榷:听完科根的歌声后,"人们默不作声坐在那里凝视着桌子"。哈代接着补充道,"受到极大欢迎时是不需要用鼓掌来表示的"。(FFMC, 177)显然,后一段描述无法充分证明结论。然而陈庆勋的观点却在一定程度上拓宽了笔者的思路,即听众在听到不同水准的歌唱时,会产生不同程度的情绪体验。同样以《远离尘嚣》为例,歌会以农夫科根的一首《我失去我爱可我不在乎》开场,随后在他的强烈要求下普格拉斯师傅也唱了一曲《我播下这爱情的种子》。就在普格拉斯唱完第一个乐段之后,科根开了一个粗俗的玩笑,小鲍伯甚至恶作剧般地捧腹大笑。这首歌之所以会招致他们的插科打诨,是因为普格拉斯一开腔就走了几次调。这个举动将听众的注意力由歌唱转移至歌词上。相反,到了芭丝谢芭歌唱《阿兰湖畔》的时候,"羊毛工们互相靠在一

---

[1] Hermann von Helmholtz, *Die Lehre von den Tonepfindungen als Physoiologische Grundlage fuer die Theorie der Musik,* Verlag: Vieweg & Sohn, 1913, p.598.

[2] 陈庆勋:《吟唱着英国民谣的哈代作品》,《上海师范大学学报》2005年第5期,第97页。

起……他们如此平静，如此沉醉于她的歌声中，以至于在那歌曲的每小节之间，都能听到她的呼吸声"（180）。由此可见，听众非但没有像打断普格拉斯的歌唱那样打断芭丝谢芭的歌声，反而沉溺其中获得了心灵的宁静。这首歌曲虽然对听众来说不是第一次听到，但是"一首乐曲的每一次表演都会创造出一个独特的艺术品……表演者有助于使音乐的再聆听颇有裨益、充满乐趣"。① 从听众的反应我们可以推断，芭丝谢芭的此次歌唱是极为成功的。也可以说，正是因为芭丝谢芭的歌唱，羊毛工们能在"经常"（*FFMC*，180）听到后还在再次聆听时被震撼到。震撼人心的效果除了大部分归因于芭丝谢芭的歌唱，还有赖于以下三个原因：第一，歌词的文化性。杰克逊－豪尔森（C.M.Jackson-Houlson）指出，"因为芭丝谢芭唱的歌尽管可能是民谣的唱腔，但歌词可能是文人创作"。② 较之于科根和普格拉斯口语化的歌词，《阿兰湖畔》的歌词措辞考究、意象丰富、韵味悠远，更容易让人产生联想。第二，歌唱伴随着长笛高手奥克的吹奏以及博尔伍德的和声，音乐氛围更为浓厚。第三，这首歌曲是由两个庄园主和一个颇有声誉的牧羊人共同完成的，这无疑能很大程度上提升羊毛工们的专注度，加强其情绪体验。

哈代小说中同一首歌会在不同篇章中反复出现。当人物处于不同的境遇，同样的旋律会激发心中截然不同的情绪。阿诺尔德·舍林（Arnold Schering）认为，音乐具有多义性，包括"音乐的紧张和放松能与内心生活最不同的各种激动相吻合，而且在某种程度上永远任凭我们以这一种或那一种说得出来的情感内容去填充"。③ 同样一个人在不同的时间聆听同一首歌曲之所以会产生不同的音乐情绪，是因为不同的人生境遇会引发不一样的内心体验。例如，苔丝独自一人在楼上试穿克莱尔馈赠的新婚礼服

---

① 〔美〕伦纳德·迈尔：《音乐、艺术与观念——二十世纪文化中的模式与指向》，刘丹霓译，华东师范大学出版社，2014，第48页。伦纳德在该章节中提出了影响音乐重复聆听的几大因素，其中，他强调同一首乐曲的每一次演奏都会给听众带来不同的感受。

② C. M. Jackson-Houlson, "Thomas Hardy's Use of Traditional Songs," *Nineteenth Century Literature* 44（3），1989, p.315.

③ Arnold Schering, *Musikalische Bildung und Erzirhung zum Musikalischen Horen,* Leipzig: Verlag Quelle und Meyer, 1924, p.80.

时，她的脑海里自然联想到一首母亲唱过的名叫《男孩与披风》的民谣。此时她产生了有关这首民谣的乐音关系想象，并凭听觉记忆再次聆听它。聆听这首歌曲时，苔丝内心无比悲伤。那是因为她当时仍旧向克莱尔隐瞒她和亚历克的事，她既害怕谎言被揭穿，又担心坦白以后美好的爱情幻象就会破灭。所以，这首歌曲所激起的情绪是带有自嘲性质的命运无常之感。此时她的心情已与当初从母亲口中听到这首歌时截然不同。在她的幼年记忆中，母亲歌唱时是"轻松活泼"的（ *TD*, 283 ），她的心情也是欢愉的。正是通过对比人物由同一首歌产生的不同情感，哈代塑造出了一个个内心更为复杂、丰富的人物形象。揭露人物与音乐的关系无疑更能接近于塑造一个真实的"人"，而对听者情绪细腻的捕捉和描述正是哈代塑造真实人格的重大尝试，深化了人性的价值。

韩锺恩在我国第一篇从人的审美接受角度谈音乐分析的文章中指出，"用审美判断去连接现象与人本之间的关系，在合乎客观规律的现象与合乎主观目的的人本之间架设一座桥梁，使两者通过人的审美判断统一起来"。① 在对于文艺接收问题的研究上，他更多地关注文本之外审美主体及其对象的关系。哈代在书写"歌唱"的小说文本中，对人的审美活动进行了细腻的刻画，一定程度上印证了韩锺恩将现象与人本统一起来进行审美判断的观点。邹彦指出："如果人要想理解历史、理解历史上作为'整体的人'所创造的全部文学艺术文本，则必须对人的接受进行研究，因为'意义只存在于解释它的人的理解意识之中'。"② 也就是说，哈代对已存在于人物头脑中的这种理解能力已有充分认知，具体表现为，他忠实于描写听众的音乐情绪和面部反应，其目的亦在于挖掘人的这层理解意识及其所带来的意义。以《卡斯特桥市长》中的"歌唱"书写为例，如果按照听众的情绪反应来划分，法夫纳在三水手酒馆的演

---

① 韩锺恩于 1997 年在《对音乐分析的美学研究——并以"[Brahms Symphony No.1] 何以给人美的感受、理解与判断"为个案》中第一次提出从人的审美接受角度谈音乐分析。韩锺恩:《对音乐分析的美学研究——并以"[Brahms Symphony No.1] 何以给人美的感受、理解与判断"为个案》,《中央音乐学院学报》1997 年第 2 期, 第 8—17 页。

② 邹彦:《接受美学对音乐学研究的几点启示》,《中国音乐》2012 年第 1 期, 第 127 页。

唱经历了三个阶段。最初，歌者法夫纳是在几个商人的邀请下开嗓的，此时"三水手"的听众表现出了"平时稀有"（*MC*, 48）的安静和专注。他们停下了手头有可能引发噪声的事情，入神聆听。一曲唱罢全场雷动，然后便陷入一片死寂。最终是世俗里的噪声才把他们带回到现实中来。在这一个阶段，哈代抓住的是歌者歌唱后听众的集体沉默。他将声音区分为歌声（超俗的声音）和噪声（世俗的声音）。按照查理·巴托（Charles Batteax）的理解，所有美的艺术的目的并非展现日常模样，艺术的美的使命正是将人们从"没有生气的噪声"[1]中暂时解救出来。此时的聆听者们被法夫纳超俗的歌声带入各自的情感世界。在聆听过程中，他们暂时不在意甚至无法容忍世俗的噪声。可惜的是，艺术的美不是永恒的。听众们最终还是被"折断烟斗""通风器"这样的噪声带回现实中。

在第二个阶段，法夫纳应康尼邀请重唱最后一节。聆听者们不再"用刻薄的言语来禁锢自己的情感"（*MC*, 49）。经历了第一阶段的沉默，他们内心美好的体验被音乐唤醒。音乐的伦理教诲价值于此处得以体现。达尔豪斯认为，19 世纪以前"情绪"（Stimmung）作为一个重要的音乐词语，指代的是听众的情绪与音乐表达出的情绪形成的一种情绪集合体。[2]听众与歌者法夫纳的简短交流正是基于情绪的交流。法夫纳已把这首关于故乡的歌曲诠释得淋漓尽致，听众开始讨论自己故乡的历史并询问法夫纳的故乡。这正是在听众中产生了类似于"故乡情结"的情绪集合体。之后，听众邀请法夫纳继续歌唱。相较于前两次歌唱，多数听众是为了继续欣赏法夫纳的歌声和歌唱技巧，他们产生了崇拜之感。这种崇拜之感便是抵达那个统一于法夫纳的歌唱技巧和听众自身情感状态的审美判断之必经过程。

通过对法夫纳三次歌唱中听众反应的分析，我们便能发现听众在接

---

[1] 〔德〕卡尔·达尔豪斯:《音乐美学观念史引论》（修订版），杨燕迪译，上海音乐学院出版社，2014，第 33 页。

[2] 〔德〕卡尔·达尔豪斯:《音乐美学观念史引论》（修订版），杨燕迪译，上海音乐学院出版社，2014，第 30 页。

收音乐时情绪发展的层次感，即从安静想象到心灵被"净化"（善念被激发）再到产生情绪结合体，最后产生崇拜之情。这个过程类似于"心灵辩证法"，[①]这种层次感的变化从侧面反映了哈代对于听众审美心理及心灵变化的细致观察。聆听音乐是人类心智活动的重要组成部分。哈代在其小说中对这部分心理轨迹的忠实记录，无疑能够使他进行更为真实的人物塑造和做出更为深刻的人性的阐释。

第四节 小说中"歌唱"书写的功能

小说中"歌唱"书写的文本功能已受到埃尔纳·西尔曼、苏珊·米勒、威廉·摩根（William W. Morgan）、马弦、陈庆勋等中外学者的关注。这一部分特殊的文本，除了能够真实地表现人物情感之外，还对小说文本的建构起到重要的作用。"歌唱"书写在小说中的功能具体表现为两方面：第一，书写"歌唱"的小说文本对人物形象塑造的功能；第二，书写"歌唱"的小说文本之于叙事结构的功能。

一 "歌唱"书写与人物塑造

哈代小说中书写"歌唱"的小说文本在人物塑造方面产生了重要作用，具体表现为两个方面：一方面强化了角色的形象，另一方面也形象化地展现了人物的心理轨迹。

第一，哈代常反复为某些人物的出场制造深刻的歌唱印象。例如在《德伯家的苔丝》中，哈代常用民谣来强化角色的形象，不断通过塑造其登场时的民谣歌唱情景，强化读者对人物的记忆。其中，苔丝自始至终都被赋予歌唱的能力。刚开场，苔丝就听到了母亲歌唱的《花点母

---

① "心灵辩证法"最初是车尔尼雪夫斯基用来评价托尔斯泰小说人物心理的一个词语。依据车尔尼雪夫斯基的说法，心灵辩证法即心理过程本身、它的形式及规律。徐葆耕认为，心灵辩证法不仅是洞悉瞬间的内心世界流动的隐秘过程，也展现出意识的多个层次。徐葆耕：《西方文学十五讲》，北京大学出版社，2008，第258页。

牛》，哈代随即描述道："凡是从布雷克摩谷的歌谣、小曲，苔丝的母亲只要一个星期就能把它的调子学会。"（*TD*, 23）显而易见，苔丝继承了母亲的嗓音特质以及歌唱天赋。她在坡居教家禽歌唱时，叙述者再次强调："因为她从善于歌唱的母亲那儿学会许多曲调，完全适用于教那些鸣禽。"（76）无论是失贞后去教堂歌唱（114），还是来到陶勃赛后为奶牛歌唱（153），无论是练习克莱尔喜欢的民谣（471），还是举家迁徙前夜与家人合唱圣歌，苔丝都通过歌唱的方式来表达对人生境遇的感慨。同样，法夫纳刚一出场就为三水手酒馆的当地人献上了几首经典民谣。他的歌声奠定了他在伊丽莎白心目中的美好印象。（*MC*, 49）而后，与伊丽莎白在谷仓相会时，他的声音如同歌唱一样，"在两个半音间波动起伏，悦耳动听"（91）。在操纵播种机时，法夫纳唱起了《刚利姑娘》（The Lass of Gowrie）（164）。最后，在和亨察德争斗到如火如荼之际，他以哼唱的方式表达自己的无奈和绝情。（263）哈代通过描写法夫纳不同阶段的歌唱内容，展现了人物的真情实感，构建了小说人物情感信息的表达渠道。

　　第二，描写人物歌唱有助于形象化地反映歌者的心理活动。例如，一些小说中的好色之徒，常通过歌唱表露他们淫邪的思想活动，《德伯家的苔丝》中一段书写亚历克·德伯哼唱的小说文本最有代表性。亚历克·德伯正是通过哼唱《莫以负心唇》——来自莎士比亚喜剧《一报还一报》的咏叹调，表露他对苔丝美色的觊觎的。从歌词内容来看，"莫以薄幸眼，颠倒迷昏晓"和"定情密吻乞君还"这些歌词充满了性暗示的意味。亚历克演唱的调子流行于维多利亚时期的酒馆、公共音乐厅等民众聚集的娱乐场所，在当时被认为拥有"感官取悦的隐忧"。[①] 单单从歌唱的内容就足以看出他对苔丝的不良企图。另外，《林地居民》中的查曼德夫人和《远离尘嚣》中的特洛伊，也用歌唱表达类似的情爱心理活动。《林地居民》中利欲熏心的查曼德夫人凭借婚后获得的大笔财产玩弄男性，致使菲茨比尔斯与格雷丝婚姻破裂，林区陷入混乱。当

---

① H. R. Hawies, *Music and Morals*, New York: Harper and Brothers, 1877, p.49.

她迫于压力要同菲茨比尔斯分开时，就开始唱些"优美的爱情歌曲来消遣自己"（*W*，266）。虽然，哈代并没有指明她究竟唱了些什么歌，但她歌唱时表现出的轻慢态度却呼应着她对菲茨比尔斯的情感态度——"那种模糊而庸惰的、毫无希望的感情"。（266）对于破坏他人婚姻所引起的非议，查曼德夫人并无半点悔悟之心。她跟菲茨比尔斯说要去米德莱顿修道院找回理智（264），也只是暂避风尘的托词。这些心理活动都可以从她的歌唱中反映出来。特洛伊也是通过歌唱《士兵的快乐》（*The Soldier's Joy*）来表达成功俘获芭丝谢芭芳心之后内心的骄纵。（*FFMC*，277）

二　"歌唱"书写的叙事结构功能

除了人物塑造方面的重要作用，书写"歌唱"的小说文本在小说结构方面也具有一定作用。它具体表现为两方面：其一，书写"歌唱"的小说文本推动了情节的发展，并铺垫了之后的故事情节；其二，书写"歌唱"的小说文本从侧面衬托角色性格发展的前后对比。

其一，书写"歌唱"的小说文本推动了情节的发展，并铺垫了之后的故事情节。作为哈代小说结构中重要的组成部分，书写"歌唱"的小说文本常常能够为情节的变化埋下伏笔或预示情节结构的变化。例如，在《还乡》第四卷第二章"突遭厄运，他却大唱赞歌"中，克莱姆已经决定放弃巴黎的生活留在爱敦荒原进行教育改革，但他在砍荆条时演唱的一首巴黎老歌谣，催化了尤斯塔西雅与克莱姆感情的破裂，使怀尔德夫趁机而入，引发了一系列悲剧。这首歌曲一方面透露了克莱姆内心对巴黎生活仍怀有甜美印象；另一方面也触发了尤斯塔西雅内心的大城市梦，使她再也无法忍受克莱姆的生活方式。同样，《远离尘嚣》中，芭丝谢芭在众人面前演唱了《阿兰湖畔》这首歌。它讲述了一个士兵寻找他的新娘的故事，歌词的内容是："一个士兵在寻找他的新娘，他的声音娇美迷人：在阿兰湖之疆，没有人如她那般喜得传神。"（*FFMC*，180）这正好呼应了士兵特洛伊的出场。和歌里唱的一样，他也是用自己的巧舌打动了芭丝谢芭，并最终击败博尔伍德和奥克迎娶了她。然而，后来的情节发展却并非歌词里所预言的那样。特洛伊是一个虚情假意的男人，他追求芭丝谢芭抛弃芳妮的薄情做法，直接导致后者惨死荒野。而他对芭丝谢芭的爱则全然建立在物质的基础上，这一点从他不顾即将到来的风暴和农场的财政状况大摆宴席就可以看出。因此，根据故事的发展，特洛伊并不是歌曲中描述的那个恋人形象。

其二，书写"歌唱"的小说文本从侧面衬托角色性格发展的前后对比。哈代常通过描写歌者于故事前后在不同的歌唱场景下歌唱相同的内容，制造小说中的歌者前后人生境遇的反差。例如，《德伯家的苔丝》中，克莱尔常对奶牛歌唱诸如《破晓》等民谣。那时，苔丝和克莱尔正处于热恋期，因此他们在歌唱时表达的是对婚姻生活的美好期许以及对无忧无虑的务农生活的满足。故事后段书写苔丝在弗林科姆岑的小说文本中，苔丝再度回忆并唱起往日这些歌曲，但是，此时克莱尔已抛弃了她远赴巴西，归期遥遥。身处绝望的她希望通过练习这些克莱尔喜欢的歌曲，待他回来时唱给他听。伴随着如此悲伤的歌唱，就算《破晓》描述的内容再怎样美好，此时也无法给读者带来半点明亮的感觉。通过哈代的描写，读者可以感受到苔丝内心的无限孤独与绝望之情。再比如《卡斯特桥市长》中描写法夫纳两度歌唱民谣《友谊地久天长》的小说文本。（MC，50，263）哈代正是通过他在故事发展的不同阶段歌唱这首歌来表现其内心的前后反差。在三水手酒馆时，他因为美好的嗓音进入卡斯特桥公众的视野，受到了卡斯特桥市长亨察德和他的女儿伊丽莎白的青睐。这首歌只是他一系列表演的结束曲，叙述者并未交代过多的心理描写和内容介绍。哈代在他第二次歌唱这首歌时补充了首演的感觉。他描写道："多年以前他到这里来时，在'三水手'就是唱的这首歌的词句。当时他还是一个贫穷的青年人，正在冒险去寻求生活和碰碰运气，几乎不知该去何方。"（263）该段描写的目的正是重唤读者对法夫纳前一次歌唱的阅读记忆，将其置于故事发生的当下，以产生强烈的对比。相比于之前的前途未卜，此时的法夫纳虽战胜了亨察德，却在获得了渴望已久的爱情和事业的同时丧失了自己早先的淳朴。一首友谊之歌曾经之所以有着动人心魄的力量，正是因为歌唱者内心怀抱着对友谊纯洁美好的信念。而同样一首歌，此时却成为歌唱者"一只手插在口袋里，嘴里哼着"（263）的一支曲子。再次歌唱时，除了对曾经挚友的那份讥刺和胜利者的傲慢之外，已无那庄严的舞台和平静的内心。正是通过对《友谊地久天长》这首歌的书写，哈代给我们提供了理解法夫纳内心变化的维度。

第四章 哈代小说中的"乐器"书写

哈代在小说中表露出其对于器乐艺术的持续性偏好。他所描写的乐器多为带有伴奏性质的独奏乐器。1890年后，出现在故事中的器乐表演从独奏逐渐转变为协奏，乃至演奏交响乐。哈代对器乐艺术的认识伴随其一生精神旨趣的变化。这些对乐器精辟的描写和理解，除了散见于他的乐评笔记中，也分布在其小说有关"乐器"的书写中。

书写"歌唱"和"乐器"的小说文本，均涉及对音乐表演或音乐聆听的描述，但从文本中的表演类型和性质上看却不同。其中，书写"乐器"的小说文本，由书写乐器、演奏者、演奏内容、演奏场景以及聆听者的情状等文本要素构成。例如，英国古典主义小说中之于"钢琴"的相关书写等。表演内容是书写"歌唱"和"乐器"的小说文本中的重要因素。只要读者通过"身份迁移"进入人物在小说中所处的视听环境，就能产生音乐联想或联觉。另外，小说中关于舞蹈场景的书写也属于"乐器"书写的内容。高天认为"舞蹈应被看做是音乐情绪体验的外化，它是音乐情绪作为动机而引起的外部躯体行为"。[1]那些舞蹈场景中的人物正是被乐器演奏出的音乐刺激引导着跳舞的。本章将从书写"乐器"的小说文本中不同场景下的乐器、乐器演奏者、演奏乐器的情感表达机制以及小说中构成"乐器"书写的小说文本的文本功能四个部分探讨哈代小说中的"乐器"。

---

① 高天编著《音乐治疗学基础理论》，世界图书出版公司，2015，第47页。

第一节 "乐器"书写中的乐器

哈代对乐器艺术发展史有深刻认知。凭借其对各类乐器特色的熟练掌握，哈代能够在小说中准确呈现乐器演奏者的演奏姿态。这些场景以乡村舞会、家庭音乐会和礼拜仪式最具代表性。对应这些场景出现的乐器一方面能制造恰当的氛围、传达合适的情感，另一方面也能拓展文本的内容。

一 "乐器"书写中的主要乐器种类

最早的乐器是苏美尔时期的竖琴、里尔琴和两三种简单的打击乐器。虽然制作工艺简陋，但苏美尔人通过制作和演奏它们已能区分拨奏、弹奏和击打这三种演奏乐器的方式。例如竖琴是用来拨奏的，里尔琴是用来弹奏的，等等。随着亚述帝国以及新巴比伦王国对苏美尔乐器制作工艺的继承和改良，乐器的种类开始增多，乐器的演奏形式也丰富起来。不仅出现了"双管"这种吹奏乐器，《但以理书》中还出现了有关专业化乐队——尼布甲尼撒管弦乐队的记录。

从古希腊时期开始，乐器制作工艺进入繁荣期。其原因有二：第一，器乐演奏在古希腊时期已从宫廷娱乐变成大众娱乐的组成部分了。《简明牛津音乐史》指出，"尽管音乐在早期美索不达米亚和埃及的宗教仪式和娱乐中占有十分重要的地位，但是它只有在希腊人的生活中才占有统治地位"。[①] 第二，古希腊人将器乐演奏和歌唱一同归并于缪斯之艺中。也就是说，器乐演奏在当时正式发展为表演艺术门类的一种，并进入理论化时期。古希腊时期的乐器已不再单纯为宗教仪式和皇室庆典而制造或演奏，人们开始创造音色，并将各类乐器所表现出的不同的

---

① 〔英〕杰拉尔德·亚伯拉罕：《简明牛津音乐史》，顾犇译，上海音乐出版社，1999，第27页。

演奏形式和发声特点运用到不同的场景中。如里拉琴常常用于颂扬阿波罗，阿夫洛斯管则以其"声音的穿透力，洪亮坚硬"多用于酒神祭祀。

那个时期的乐器多用于为歌唱伴奏。亚里士多德虽在《政治学》中呼吁"接受纯粹的器乐，因为音乐的道德作用并不依赖于歌词，它能直接感染人的情绪"，[①]但他也同时承认乐器仅为"一种自然力量的表现"[②]而没有灵魂。亚氏对于器乐的定位无疑影响了器乐艺术1500年的发展。在这1500年中，器乐艺术虽在种类、演奏形式、表演理论与专业院校开设课程等方面都不断丰富着，其地位却始终从属于声歌艺术。它被认为不能脱离语词独立存在，"除非附上易懂的节目单说明，否则，器乐绝没有雄辩诉说的能力"。[③]然而率先承认器乐重要性的是莱比锡圣托马斯教堂的乐正塞斯·卡尔维西乌斯，他在《旋律比率》（Melopoiia）中提出，"音乐甚至在没有歌词的陪伴下也具有力量引发激情，因为器乐同声乐一样，也是一种乐音的运动"。[④]此后，无论是宣称器乐是乐音的语言、声响的修辞的马特松，还是18世纪提出器乐是乐音描画的模仿美学大家查理·巴托，他们都推动着器乐艺术的独立。人们正从器乐艺术的特性出发，使其获得同声歌艺术同等重要的地位。他们尝试着通过使用标题音乐[⑤]或是对听众提出"凝神专注""情愫"等审美方式，在交响乐中寻找其等同于歌剧的文学内容和情感核心。卡尔·达尔豪斯在《器乐的解放》中提出19世纪人们甚至发起了一场有关器乐艺术的解放运动。当"标题音乐的试验最终达到的仅仅是'试图用一种语言说它不

---

① 〔英〕杰拉尔德·亚伯拉罕:《简明牛津音乐史》，顾犇译，上海音乐出版社，1999，第34页。

② 周映辰:《歌唱与聆听——中西方歌唱技术的历史研究》，人民音乐出版社，2008，第6页。

③ 〔德〕卡尔·达尔豪斯:《音乐美学观念史引论》（修订版），杨燕迪译，上海音乐学院出版社，2014，第40页。

④ 〔德〕卡尔·达尔豪斯:《音乐美学观念史引论》（修订版），杨燕迪译，上海音乐学院出版社，2014，第40页。

⑤ 所谓"标题音乐"，就是有文字作标题的音乐。标题音乐是浪漫主义作曲家将音乐与文学、戏剧、绘画等其他姊妹艺术相结合而产生的又一综合性音乐形式，这是一种用文字来说明作曲家创作意图和作品思想内容的器乐曲。

能说的东西'"时，^①人们开始转而青睐那些由器乐艺术本身的含糊性以及乐音运动的不可预知性带来的崇高、惊奇以及超验的情感。就算19世纪仍有质疑器乐艺术地位的零星反驳，也无法阻碍主流人士的热捧姿态，直至田园交响诗、交响诗这一类纯器乐演奏体裁于19世纪中后期获得霸权地位。

哈代小说中提到的乐器种类有很多，比如小提琴、蛇形号（Serpent）、钢琴、竖琴、管风琴、长笛、铜管乐器等。这些乐器在小说中的使用都建立在哈代对器乐艺术发展史与特色的深入了解上。早期他所描写的乐器多为带有伴奏性质的独奏乐器。例如《一双蓝色的眼睛》中斯旺考特小姐边唱边弹奏的钢琴；《远离尘嚣》中奥克在芭丝谢芭献唱《阿兰湖畔》时，为她用长笛伴奏；《贝姐的婚姻》中，埃塞尔贝姐也是在钢琴的伴奏下歌唱那曲《烛光美好的时候》（*When Tapers Tall*）。1890年后，出现在故事中的乐器从独奏性乐器逐渐转变为协奏性乐器，乃至交响性乐器。例如《德伯家的苔丝》开场五朔节的"联欢游行"正是伴随着铜管乐器的协奏庄重举行的；《无名的裘德》中裘德临死前听到了包含铜管与打击乐器的军乐齐奏。乔恩·格朗迪提出，19世纪90年代开始，哈代频繁去音乐厅聆听交响乐，其中就包括莫扎特、柴可夫斯基、理查德·瓦格纳（Richard Wagner，1813-1883）、格里格等人的作品。他也在日记中表达了那段时间听音乐会的感想，^②如他曾在1898年11月评论过莫扎特的E大调交响曲，他也曾于1886年、1906年两度评论瓦格纳的作品。后者体现出他对某位作曲家的持续关注。

二　乡间舞会中的乐器

哈代小说中有多段描写乡村舞会场景的文字。它们往往出现于某位农人的农舍中，其中会穿插气氛热烈的歌舞表演。在这一类歌舞表演中，小提琴是出现最多的伴奏乐器。哈代与小提琴的情缘是传记作者们绕不

---

① 〔德〕卡尔·达尔豪斯：《音乐美学观念史引论》（修订版），杨燕迪译，上海音乐学院出版社，2014，第46页。

② Joan Grundy, *Hardy & the Sister Arts,* New York: Harper & Row Publishers, inc., 1979, p.136.

开的话题。根据记载，哈代正因为很小的时候就接触到小提琴，所以总能以细腻准确的文字去表述其声音特质及其所营造的情绪效果。

作为一种历史悠久的弦乐器，小提琴总共有四根弦。这种乐器主要靠弦和弓的摩擦发出声音。其发声原理是"琴弓通过摩擦激发琴弦振动，琴弦的振动通过琴马，驱使提琴面板振动，而面板通过音柱和琴内空气以及侧板将振动传给背板。面板和背板驱动空气，使空气产生疏密波，传到人的耳朵，人便听到琴声"。[①] 根据周泽华的研究，演奏者可通过控制琴弓和琴弦的摩擦方式（包括运弓角度、频率、时长以及摩擦琴弦的位置等），拉奏出不同特质的音色和节奏。

哈代在其短篇小说《魔琴师》中对小提琴变化多端的音色和演奏方法进行了三段精彩的描述。小说主人公欧拉摩尔是一个琴师。他拉奏的小提琴能够让人陷入迷狂。卡罗尔正是因为听到这令人着魔的琴声，才迷恋起欧拉摩尔的。起先，哈代对聆听欧拉摩尔演奏的听众们的反应进行描述。当故事发展到卡罗尔再度听到欧拉摩尔的琴声时，哈代开始正面描写魔琴师的演奏。欧拉摩尔首先拉奏的是一首名为《我的情郎》的瑞乐舞曲。这种舞曲是苏格兰爱尔兰地区特有的三拍子舞曲，节奏明快。这首曲目因其为 D 大调，所以色彩明朗浓烈。其音质被哈代形容为"发出锐利的声音"（*SS*, 229）。由此可见，琴师此时正用琴弓在 1 弦上采取分弓浪斯，在高音区进行极快但又相对平稳的运弓。后来，琴师将他的音调中加入了"一种过于精细入微、惟妙惟肖的声音……它凄楚哀婉、忽高忽低、变化无穷"（230）。这一段描写反映出魔琴师想要通过音色的细微变化来改变瑞乐舞曲单调的快节奏，而这种极为精细的变化只有熟稔小提琴演奏法的人才能捕捉到。接着曲目自然过渡到《妙舞翩跹》。其中哈代着重提到了"大量细小的半音阶纤巧变化"。（232）这种抽丝剥茧般的声音细节，得益于魔琴师精湛的运弓和精准的把位。伴随着卡罗尔纵情舞蹈，"'墩布'的小提琴这时像一个淘气精一样发出了最后一声尖叫"（232）。与其说是"尖叫声"，其实更应该说是小提

---

① 周泽华：《从音乐声学看小提琴音色》，《黄钟》2000 年第 1 期，第 55 页。

琴的跳弓拨弦所制造出的声音。演奏这种弓法时，弓子从空中掉下来，在发音之后弓又离开弦，制造锐利的且带有音头的声响效果。一般来说，哈代在涉及乡间舞会中的乐器描写时，总是提起小提琴。在该场景中，琴师所奏的小提琴乐曲都是譬如吉格、里尔、瑞乐这样的快节奏的舞曲，也都制造出欢快的舞蹈氛围。小说中小提琴的演奏还常伴随着踢踏舞步和男女的口哨声。

除了主要的伴奏乐器小提琴，哈代所描写的乡间舞会中还经常出现蛇形号、长笛、低音提琴、手鼓等伴奏乐器。《还乡》中，尤斯塔西雅在到布莱特太太家赴约的途中就听到了"蛇形号发出的一声悠长的低音，这种蛇形号是当时的主要管乐器，比起尖细的乐器声来，它的声音在荒原上能传得更远"（*FFMC*, 157）。蛇形号是大号的前身，它们的发音原理都是通过启闭管侧的音孔来缩短或延长空气柱的长度改变音高，其音响有力，音质粗犷。其能制造出强大低音场，配合小提琴、长笛等高声部乐器形成更为完整的音场。长笛则作为《远离尘嚣》中奥克的专属乐器。小说中，奥克应邀为芭丝谢芭伴奏。和他独奏《乔基赶集》时不一样，这首歌曲需要他在尽量控制住长笛音量的同时，吹出呼应人声的柔美音色。虽然哈代只用"清晰美妙"（180）去形容他的笛声，但他吹出的音色非常适合为芭丝谢芭的歌声伴奏。《远离尘嚣》中，低音提琴和手鼓出现在特洛伊中士筹备的一次乡村舞会中。前者和蛇形号的低音衬底作用类似，后者则具有强化舞曲节拍的能力。哈代在该段书写中特别提到，《士兵的快乐》这首歌曲中小提琴的演奏必须要配合手鼓的击打才更有效果。"要击出最完美的音调就必须有扭动、抽出、舞蹈病和惊人的疯狂，在懂得这点的演奏者手里，手鼓绝不是一种蹩脚的乐器。"（277）由此看来，哈代塑造了一位具有音乐表现力的演出者：他仿佛是一个指挥，在乡间舞会中指挥着演奏者演奏时的尽兴与疯狂来营造这种欢快的氛围，否则就会遭遇冷场的尴尬。

哈代小说中的这些乐器与乡村舞会场景的关系是什么呢？回答这个问题，首先需要了解英国乡村聚会中的音乐文化活动。哈代小说中介绍了乡村舞会这种形式。根据聂海燕、杨光杰的研究，"英国乡村舞蹈是一种以交谊为目的民间舞蹈,在 16 世纪晚期出现了关于英国乡村舞蹈的文字记载"。① 举行舞会是那时重要的娱乐休闲方式之一。舞会除了满足人们的社交需求外,还能提供给他们一个纵情愉悦、释放人性的时机。在疯狂的踢踏舞步和动感十足的舞蹈队列变化中,人们能够充分抒发自己的性情。② 以《德伯家的苔丝》中蔡斯勃勒的舞会为例。该舞会中的舞蹈需"合着音乐的节拍来展现自己的愉悦之情"(*TD*, 283)。此时为乡村舞蹈伴奏的音乐必须制造出强烈的节奏感。哈代在自传中提到青年时期的他经常在乡村舞会和婚礼上演奏小提琴。这种演奏经历让他更能恰当地把各种乐器安插在小说的情节和场景中。

三　家庭音乐会中的乐器

《林地居民》中,哈代写到组成上流人士于市郊度假生活的元素,除了宽阔的草坪、穿着华丽服装的少女,还有飘出窗外的钢琴和竖琴的声音。朴实的奥克在对芭丝谢芭婚姻的许诺里,并没有提到金钱、住宅,而是让她拥有一架钢琴。(*W*, 30)由此看来,哈代小说中的钢琴更像某种高阶身份的象征。无论是斯旺考特小姐对史密斯的钢琴弹唱,埃塞尔贝姐在钢琴伴奏下演唱克里斯托弗的作品,还是苏茜幻想听到钢琴演奏,艾薇丝为裘斯林弹唱钢琴,小说所书写的家庭音乐会上钢琴都扮演了重要角色。根据巴里·琼斯(J. Barrie Jones)的研究,"'沙龙'常常指'一种由部分知识分子和部分社会成员在家庭(贵族或中产阶级)环境中举行的聚会——这是在欧洲较大的首都城市中出现的一种奇特的 19 世纪现象"。③ 此处的沙龙音乐,在 19 世纪的西欧逐渐从音乐厅进入私人住宅,也就是说,上流人士更愿意在家中以琴会友,因此,钢琴成为这种家庭中不可缺少的乐器之一。这些家庭音乐会中的演奏者

---

① 聂海燕、杨光杰:《英国乡村舞蹈》,《世界文化》2009 年第 10 期,第 38 页。

② 涂晴:《英国文学与影视作品中英格兰乡村舞文化运用探析》,《海外英语》2012 年第 2 期,第 283 页。

③ 〔英〕巴里·琼斯:《音乐厅和沙龙中的钢琴音乐(1830—1900 年)》,〔英〕戴维德·罗兰选编《剑桥音乐丛书之钢琴》,马英珺译,人民音乐出版社,2008,第 159 页。

常为女性。正如巴里所说，"普通的年轻女子（基本上没有青年）需要演奏一些适当的曲目"。①哈代在这类小说文本中也提到过这种社会现象。在家庭音乐会中出现的小说人物，如埃塞尔贝妲、斯旺考特小姐、苏茜、艾薇丝等皆为女性，她们都被男性要求弹唱，并接受他们的评论。这其中隐喻了性别与权力的关系。江松洁认为，这是19世纪特有的"男外女内"的家庭模式（男人在外经营，女人在家庭中扮演一个所谓"家庭天使"的完美形象）带来的变化。因为"这一时期的钢琴演奏几乎是每个有身份、有地位的女性都必须要掌握的一门'才艺'。然而对于掌握的程度，人们内心普遍设有一个心照不宣的标准。这一标准与中产阶级所宣扬的'家庭天使'形象是相一致的"，②所以演奏钢琴成为她们拥有良好教养的标准之一。彭尼·博梅哈（Penny Boumelha）也提到，虽然这些女性角色都受过良好的教育，"但这种良好的教育在她们每一位身上所起的作用是一种婚姻的资本，而不是可选择的阶层流动的道路"。③她们通过演奏钢琴打造完美的女性形象，以求得一个理想的婚姻伴侣。例如通过在沙龙里弹唱为自己选择伴侣的埃塞尔贝妲，以及幻想通过演奏钢琴来寻觅到"意中人"的艾薇丝和苏茜。

　　除此之外，哈代小说中的"钢琴演奏"书写常隐射关于身份悖论的问题。例如，当斯旺考特小姐为史密斯弹唱钢琴时，史密斯隐藏了自己的庶民身份。也就是说，史密斯并不具备聆听斯旺考特小姐钢琴演奏的社会地位。同样，当埃塞尔贝妲弹唱克里斯托弗的作品时，包括奈伊、那普尔夫人等听众也都对她低贱的身份一无所知。实际上，她不具备弹唱的资格。哈代将身份悖论问题投射在书写"钢琴演奏"的小说文本中，意在解构家庭音乐会中的身份关联。通过对那些钢琴

① 〔英〕巴里·琼斯：《音乐厅和沙龙中的钢琴音乐（1830—1900年）》，〔英〕戴维德·罗兰选编《剑桥音乐丛书之钢琴》，马英珺译，人民音乐出版社，2008，第160页。
② 江松洁：《钢琴与19世纪中叶欧洲中产阶级女性的关系解读》，周宪、陶东风主编《文化研究》第19辑，社会科学文献出版社，2014，第58页。
③ 〔英〕彭尼·博梅哈：《〈绿荫下〉、〈远离尘嚣〉与〈林地居民〉中的宗法制》，聂珍钊、马弦编选《哈代研究文集》，译林出版社，2014，第175页。

演奏中意欲隐瞒真实身份的人物进行书写，哈代也对这种做法势必会带来悲剧的结果进行了预设。聂珍钊认为"伦理身份有多种分类，如以血亲为基础的身份、以伦理关系为基础的身份、以道德规范为基础的身份、以集体和社会关系为基础的身份、以从事的职业为基础的身份"，"在文学作品中，所有伦理问题的产生往往都同伦理身份相关"。[①]那些违背伦理身份而企图借助钢琴来寻找理想婚姻的女性势必不会如愿，就像埃塞尔贝姐、苏茜、艾薇丝。最终，她们的真实伦理身份会被揭发，其爱情或婚姻也会随之破裂。由此足以证明，小说中出现在家庭音乐会中的钢琴不单象征了身份，也可作为伦理身份错位的悲剧性隐喻存在。

四 礼拜仪式中的乐器

哈代在小说中也描写了许多礼拜仪式。在这些弥撒仪式中，管风琴常常作为伴奏乐器配合圣咏的演唱。早期的宗教歌曲无论是圣咏还是赞美诗都是无伴奏的。公元5世纪前后管风琴进入教堂，逐渐改变了这种无伴奏状态。中世纪管风琴在经历了一系列外形和结构（音管、音栓以及共振箱等）调整和更新后，几乎成为西欧大小教堂的必备之物。前文分析过圣咏作曲家理查·兰登的康塔塔作品。他因为受到了以约瑟夫·凯尔韦为首的"伦敦的斯卡拉蒂派"的影响，所以擅长将旋律性格化，即通过调性与节奏变化让圣咏具备戏剧张力。因此，在管风琴气势宏伟的前奏响起后，苔丝更容易产生庄严的情感。《无名的裘德》中，为接近苏，裘德也来到教堂做礼拜。唱诗班此时歌唱的是《诗篇》的第一百一十九章第二节，而管风琴和着歌唱奏出的是格列高利调。此处的格列高利调就是格列高利圣咏（Gregorian Chant）的调性。格列高利圣咏是"经过圣乐学校的发展而成的一种特殊圣咏，它产生于加洛林帝国分裂成的东法兰克国家和西法兰克国家"，[②]因肃穆朴素、排斥

---

① 聂珍钊：《文学伦理学批评导论》，北京大学出版社，2014，第263页。

② 〔美〕保罗·亨利·朗：《西方文明中的音乐》，顾连理等译，广西师范大学出版社，2014，第65页。

激情亦被称为素歌（Plainsong）。此处管风琴演奏的格列高利调式，属于后人模仿其无伴奏时期八大人声调式的一种。它没有变化音和装饰音，旋律进行简单，音域跨度小，速度缓慢。当格列高利调被管风琴宏大绵长的音响扩散出去时，势必会带来震撼人心的效果，就像哈代形容的那样——"这风琴发出的响亮的声浪围绕唱诗班回响，再次熏陶他的心灵。"（*JO*, 91）由此，裘德也产生了对此前和阿拉贝拉荒诞恋情的反思。

管风琴不单单发展为礼拜仪式中宗教歌曲的固定伴奏乐器，还成为诸如圣咏和赞美诗吟唱中不可或缺的伴奏元素。《无名的裘德》中有一段关于管风琴演奏的描写：裘德因受到一首名为《十字架下》的赞美诗的感染，想要从风琴师那里获得一些关于这首曲子和作曲者的信息。那风琴师除了介绍作曲者是威塞克斯本地人，还提到"有次我们梅尔彻斯特大教堂的风琴师空缺，他还想来补缺"（193）。这句看似无关紧要的话，实际透露出了对于一首赞美诗而言风琴演奏者的重要性。谭艺民认为，中世纪的管风琴师不但地位不高，而且还受唱诗班中领唱的控制。随着新教的发展，"管风琴师在教堂成为一个较为重要的角色。由于众赞歌的旋律逐渐移到高音声部，罗马天主教繁复的对位形态也逐渐让位于四部和声形态，故管风琴的声音充当了众赞歌的旋律声部"。① 管风琴演奏员的身份也由天主教会的传教士转变为专职音乐家。18 世纪管风琴师的地位进一步获得提高，原因在于其不再专为圣歌伴奏，许多管风琴师也同时成为作曲者。例如，那位既是管风琴师，又是《十字架下》的作曲者的威塞克斯乐师。这些管风琴师们还推动了"赋格曲"这一管风琴音乐的重要体裁的出现和发展。然而，18 世纪后，英国管风琴师却被英国社会边缘化。这和清教徒推动取消管风琴以及工业革命后"英国排斥音乐活动的倾向"有关。② 因此，很多管风琴师由于无法在教堂

① 谭艺民：《16—19 世纪欧洲新教管风琴师的身份与地位》，《人民音乐》2008 年第 8 期，第 79 页。

② 谭艺民：《16—19 世纪欧洲新教管风琴师的身份与地位》，《人民音乐》2008 年第 8 期，第 80 页。

中获取应有的报偿，不得不转为参与世俗音乐活动以及各种世俗事务。例如，裘德因为深受《十字架下》这首歌曲的鼓舞，决定到肯尼桥去拜访这位作曲家，然而见面后作曲家只关心作品收入的问题，却对创作思想避而不谈。他说："我还有其他一些曲子跟这首一起发表。但现在每一首还没有得到五英镑。"（JO, 195）除了对自己窘迫的创作收入发牢骚，乐师还提出想要放弃音乐行当，改行做红酒生意。该段描写证明了那时管风琴师身份地位的下降。

也正是因为19世纪以来"教堂音乐中心地位的丧失，管风琴师的地位实质大幅下降"，管风琴也开始"被认为是笨拙的、尖锐的、有力的单音乐器"，[①] 渐渐少人问津。取而代之的，是一些清教徒或是带有清教思想倾向的人在歌唱宗教歌曲时使用钢琴或是竖琴。《德伯家的苔丝》中，克莱尔的父亲是一位低教派信徒。低教派因主张简化仪式，反对过分强调教会的权威地位，所以较倾向于清教徒。众所周知，清教徒最具革命性的提法就是"人人皆祭司，人人有召唤"。也就是说，他们之所以主张取缔宗教仪式中的繁文缛节，是因为相信每个个体都可以直接与上帝交流。他们呼吁宗教仪式变得个人化，其中就包括礼拜仪式中歌唱宗教歌曲的私人化问题。从小受到清教思想家庭教育的克莱尔，当然是这一信条的忠实践行者。《德伯家的苔丝》中，克莱尔选择在阁楼上弹奏竖琴，而非去教堂聆听管风琴演奏。他的演奏虽然"琴音质很差，弹奏水平也很低"（TD, 169），却促成了他同上帝的一次次交流。同样，裘德之所以会情不自禁地用钢琴弹奏之前用管风琴演奏出来的赞美诗《十字架下》，也是因为在一定程度上受到了清教思想的影响（JO, 200）。他这么做只是想完成一次私人礼拜仪式。所以，除了管风琴同教堂礼拜仪式相关，哈代在小说中也反映出竖琴和钢琴这类乐器的地位在19世纪中后期的礼拜仪式中变得更为凸显这一事实。

---

① 谭艺民：《16—19世纪欧洲新教管风琴师的身份与地位》，《人民音乐》2008年第8期，第81页。

第二节　“乐器”书写中的演奏者

哈代在小说中除了书写乐器，还书写了许多乐器演奏者，他们常常会表现出对某件乐器的执着，并用它来演奏自己喜爱的歌曲。因为演奏者在演奏乐曲时实际是对该作品进行二度创作，所以一首作品演绎得好坏与演奏者的专业程度息息相关。另外，作为媒介的乐器本身不能提炼演奏者内心的所思所想，演奏者们表达情感的前提是借助乐器来演奏选定乐曲，因此，对所选乐曲的熟悉程度也会影响乐曲演奏的水平。

一　演奏者的专业程度

伦纳德·迈尔提出，“一首乐曲的每一次表演都会创造出一个独特的艺术作品，就此而言，该表演中所包含的信息是新的”。[①]虽然作曲者将这些曲目创作出来，但他们在创作过程中只是把幻想出的一种乐音关系和音响效果记录下来。这些乐曲在实际演奏时，往往会与他们最初的创作期待有所不同。演奏者在演奏乐曲时实际是对该作品进行二度创作，因此，一首作品演绎的好坏与演奏者的专业程度息息相关。从专业程度来说，其小说中的这些演奏者几乎都没有进行过系统的演奏培训，而都是通过自学掌握演奏技巧的。例如，克莱尔的那架旧竖琴“是他在大减价的时候买下的”（*TD*, 163），弹奏竖琴只是他表达生活趣味和宗教信仰的一种方式，他只能弹奏一些简单的乐曲，且“弹奏水平也很低”（169）。《无名的裘德》中，当费罗生先生准备离开马里格林的时候，裘德建议费罗生先生把那架钢琴留下以减轻负重。这样的举措实际为一个出生在乡村的孩子创造了自学钢琴这件乐器的先决条件。再如农夫奥克，虽然哈代并没有在文中交代他获得长笛的途径，但长笛就

---

① 〔美〕伦纳德·迈尔：《音乐、艺术与观念——二十世纪文化中的模式与指向》，刘丹露译，华东师范大学出版社，2014，第 48 页。

是他沉闷放羊生活的陪伴。他自学这件乐器是为了"消磨枯燥的时光"（*FFMC*, 11）。

总的来说，虽然他们都是业余演奏者，但他们手中的乐器成了生活的必需品。演奏时，他们非常熟悉自己的乐器，就算它们破烂不堪也能够奏出足以感动人心的音乐。如前所述，虽然克莱尔演奏的这架竖琴音质低劣，但它却能制造出"和谐悦耳的"、让苔丝的心随之"上下起伏"（*TD*, 170）的旋律。奥克手中的这支长笛也同样被岁月磨损，但无论是独奏活泼快乐的《乔基赶集》，还是配合芭丝谢芭为柔美平静的《阿兰湖畔》伴奏，他总能自如地吹奏出引发不同情绪的曲调。由此看来，哈代小说中的这些乐器演奏者们同自己的乐器有着奇妙的姻缘，也可以说，这些乐器本身已带有演奏者的生活气息，成为他们借以表达某种生活情感的重要媒介。

二 演奏者与选曲

演奏者对所选乐曲的熟悉程度也会影响其乐曲的演奏水平。作为媒介的乐器本身不能提炼演奏者内心的所思所想。正如哈代在提到奥克的长笛时描述的那样——"在这些食物旁边放着一支长笛，这就是刚才那位孤独的守夜者为消磨枯燥的时光而奏出曲调的乐器。"（*FFMC*, 11）因此，表达人物情感的一定是他们选择性奏出的乐曲，而非传达乐曲的乐器。小说中，这些人物随着其人生经历积累了大量的乐曲。他们所积累的乐曲类型一定是符合其自身的文化背景的。例如，奥克总是以长笛来模仿民谣的调调；克莱尔演奏竖琴时则需要通过阅读杂志社寄给他的乐谱。从演奏方式来看，出生于中产阶级教会家庭的克莱尔具备读谱能力。结合他的文化背景，他演奏的曲目应该是圣歌或者一些流行乐曲。而奥克则具有很强的声音辨识能力和乐感。借助这些能力，他可以自如地将他听过的民谣旋律用长笛吹奏出来。

这些人物在演奏乐器前会经历一个选择乐曲的心理过程。他们所选择的乐曲需要一定程度匹配他们想要宣泄的情感。成熟的演奏者会缩短这一心理过程所耗费的时间。《远离尘嚣》中包含了三段对奥克吹奏长笛的描写。每一次他选择吹奏的乐曲都十分契合他想要表达的情感。第一段描写奥克在山顶吹奏长笛的小说文本出现在开篇。在繁星缓缓移动、连自转都可被感知到的空旷和寂寥下,奥克演奏出的曲调被哈代形容为力道不足且"有些沉闷"(*FFMC*, 9)。但可以想见,在这充满无限想象的空旷背景下,人为的笛声是多么孤寂又曲高和寡。它正象征着一种理想的人格状态:怀有"超凡拔世"的胸怀,暂时忘掉芸芸众生和世间繁相。哈代并没有在文中提到奥克吹奏的曲目名称,但我们仍可根据他对这首曲调的描述寻求这首歌曲的特色。奥克选择的这首乐曲并没有体现长笛的高音特色,它之所以无法"潇洒地飘入空中"(9),是因为乐曲的曲调在长笛中低音区徘徊,色调幽暗偏冷。这样的曲调从这样天高地远的"小诺亚方舟"中传出,能让人感受到演奏者寂寞的心境。同样,该乐曲也在一定程度上让读者感受到奥克的忠实与坦诚。

第二段描写的是奥克在卡斯特桥市集上吹奏长笛。虽然此前他失去了爱情和自己的产业,但是他的乐观精神让他决计从头再来。在市集上等待雇主的询问时,他想要在愉快热闹的氛围下大展身手,于是用长笛吹奏出了一曲《乔基赶集》。前面提到,奥克凭借自己出众的乐感常把民谣改编成长笛演奏的版本,此处即为明证。《乔基赶集》是一首流行于英国西南部的民谣,它在《注释与查询》(*Notes and Queries*)第七期中被描述为"一首极受欢迎的格洛斯特郡歌谣"。[1]

歌词大意是乔基向珍妮示爱,并最终成功地让她与他一同私奔去市集。只看歌词内容,我们似乎能联想到奥克之前对芭丝谢芭的示爱。但与乔基示爱的结局不同,奥克最终没有如愿赢得芭丝谢芭的芳心。尽管如此,依然选择演奏这首歌曲的奥克,在自嘲的同时,也想表达一种对美好爱情和生活重拾信心的期待。

从曲谱(见图 4.1)可以看出,《乔基赶集》是四拍子,具有典型的凯尔特民间舞曲的律动特点。连续使用大量一拍前附点的节奏模拟着不停向前推进追逐之感,再加上连续的极具凯尔特民间调式的装饰音和三

---

[1] "...a very celebrated Gloucestershire ballad", *Notes and Queries*, Vol. vii., p.49.

连音，这种欢快的跳跃式调子非常适合长笛明快而多变的音色。较之于
迈克尔·苏伊里阿布汉茵（Mícheál Ó Súilleabháin）风笛演奏的滞重，
长笛版本则更显轻松地表达出该曲的欢快特质。哈代之所以用"阿卡德
式甜美"（Arcadian Sweetness）（*FFMC*, 42）来形容奥克吹出的曲调，
是因为奥克版的《乔基赶集》能恰当地表达出他如阿卡迪亚人般的乐观
天性。

　　第三段书写奥克吹奏长笛的小说文本出现在芭丝谢芭演唱《阿兰湖
畔》时。这是他在小说中仅有的伴奏经历。这首曲目非常舒缓轻柔，伴
随着芭丝谢芭和博尔伍德的二重唱，奥克投入地伴奏着。他是在心上人
的要求下为她伴奏的，因此这次的联手演出便是他表达爱意的机会。从
另一个角度说，这首曲子虽不是奥克内心选择的结果，却也能应景地表
达出他内心的温柔。

图 4.1 《乔基赶集》曲谱

第三节 "乐器"书写中的情感表达

在"乐器"书写中，乐器演奏者通过演奏乐器直接或间接地表达作者的思想。读者需要解构内嵌于叙事中的情感序列，才能获悉"乐器"书写中乐器演奏者或是聆听者的情感表达内容。情感序列是小说中存在于审美层面的叙事暗流。哈代小说中的音乐元素由小说文本构成，却能在叙事过程中产生如音乐叙事般的跨媒介叙事效果。通过音乐叙事方法解码作者预置的情感序列，一方面，可以让读者更为清晰地了解小说人物的情感变化，获得情节认知的补充信息；另一方面，也能使其在叙事者与人物的双向互动中，更为全面地认知作者的创作立场与叙述声音所隐喻的内容。

一 情感序列

音乐叙事具有独特的叙事特点。施劳米什·里蒙–凯南（Shlomith Rimmon-Kenan）在《叙事性虚构作品》中将叙事作品按照传播媒介的不同分为两类：第一类是以语言作为媒介的叙事作品，包含小说、史诗、叙事诗等；第二类的叙事作品传播则采用其他媒介，如电影、舞蹈、哑剧等。而音乐的叙事艺术应归属于第二类。王旭青认为，"音乐叙事的研究也不能是文学叙事研究方式和内容的简单移植，而应该是一种认同差异性基础上的互文性和创造性'对话'"。[①] 随后，她借助卡尔的观点针对音乐叙事与文学叙事的不同进行了分析，并提出与文学叙事不同，音乐叙事的"行为者"是与主题—动机同源的音乐素材。在音乐演奏中它"通过不同形态的衍展、种种材料的增减与形式层面的作用下形成一个个变化的、动态的、富于'行动感'、相互关联的主题链。这种主题链在相互连接中多重结合、对位，表现了对抗、张力、包容甚至

---

① 王旭青：《分析·叙事·修辞——音乐理论研究论稿》，上海三联书店，2018，第28页。

推拉，构建出一条条精妙平衡的叙述线索，也构建出叙述的力量"。①

　　与音乐作品产生的叙事性不同，作为音乐书写的一种类型，音乐元素书写发生在小说文本中。与音乐叙事不同，阅读音乐元素书写的读者并不能听到由音响材料构成的真实的音乐，他们只能通过联觉产生对叙述语言的音乐联想。然而，音乐元素书写中的人物却不同。由于出现在叙事者所叙述的音乐场景与情节中，人物可以听到音乐，其内心情感也能随着音乐的演绎不断变化。如果仅仅凭借叙述语言来分析其情感状态，只能获取语义层面的信息；在分析音乐元素书写中的人物时，研究者应该借助音乐叙事的方法对叙述潜文本进行分析。潜文本是小说文本"隐性进程"的载体。所谓"隐性进程"就是"一股自始至终在情节发展背后运行的强有力的叙事暗流"。②它除了存在于情节层面，还存在于审美层面。音乐元素书写中人物经验到的音乐以叙事暗流的形式存在。研究者需运用音乐叙事的分析方法对存在于叙事进程中的音乐进行提取与分析，以揭示人物的情感状态与变化。王旭青认为，"音乐叙事的主要目的并不仅仅是为了叙述某个故事，而是指向叙述意义自身，即用'叙事性'进一步刺激听者的联想、想象和感悟，也为研究者提供相互交流的话语空间"。③音乐元素书写正是作者借由文字的构建预设情感序列的叙事方式。读者可以运用联觉能力解码预置的情感序列，由此体验到音乐元素书写中音乐之于人物产生的音乐叙事性。

　　莫妮卡·弗卢德尼克（Monika Fludernik）在建构普世认知模式时，提出体验性是叙事深层结构中三个认知参数里最重要的一个。这一点尤其表现在"第三人称体验性叙事"中。她还在《叙事学导论》中提出传统第三人称叙事与现代叙事的不同在于，前者在叙述人物时通常通过创造"转喻的关联物"来建立读者对人物的情感认知，而后者却倾向于探究建立在人物内部聚焦上的"反映模式"（reflector-mode）。④它可

---

① 王旭青：《分析·叙事·修辞——音乐理论研究论稿》，上海三联书店，2018，第123页。
② 申丹：《隐性进程》，《外国文学》2019年第1期，第82页。
③ 王旭青：《分析·叙事·修辞——音乐理论研究论稿》，上海三联书店，2018，第72页。
④ Monika Fludernik, *An Introduction to Narratology*, New York: Routledge, 2009, p.45.

以建立叙述者、人物与读者更为紧密的情感关联。音乐元素书写中出现的音乐正是"反映符码"（reflector figures）的一种类型。它承载着人物的情感体验。纳迪兹（Jean-Jacques Nattiez）认为"音乐有类似于文学叙事中的'反复'、'期待'和'解决'"，[①]即音乐元素书写中的人物情绪可在音乐的特殊叙事模式中不断变化。人物对音乐的聆听、回忆与期待则嵌入叙事过程中，为揭示人物的情感内核服务。这就证实了在音乐元素书写中运用音乐叙事方法分析人物内心情感的可行性。另外，这种嵌入叙事过程中的"反映符码"又是以序列形式存在的。莉萨·比格（Lisa Biggar）则认为句法是"一种拖延、悬念、强调、集中和方向，在本质上，它是一种控制读者的感官和情感经验的工具"。[②]也就是说，作家通过围绕功能的叙事句子的运用，一方面构建了事件的序列，另一方面也能产生引导读者情感走向的情感序列。这种超过语义层面的情感动力与音乐作品所产生的状况非常相似。因此，我们可以借助分析音乐叙事的方法，探寻音乐元素书写中的情感序列。这种情感序列就存在于哈代小说的"乐器"书写中。

二 "乐器"书写中情感序列的构建

"乐器"书写中，情感序列由塔夫特（Taft）提出的方向性创造。他认为，"句法不仅仅是一种结构，它还具备方向性，一个句子的特定的'顺序'、它在时间与空间中的移动'产生它自己的感知动力……分析一种句法的文体被看作是分析序列方面的问题'"。[③]也就是说，作家在进行叙事时，通过创造连续不断的叙事句子，有意识地将情感信息编辑入叙事进程中。而读者在凭借感知能力解码这些预置的情感序列后，

---

① 王旭青：《分析·叙事·修辞——音乐理论研究论稿》，上海三联书店，2018，第70页。Jean-Jacques Nattiez, "Can One Speak of Narrativity in Music?," *Royal Musical Association*（2），1990, pp. 244-260.

② 〔美〕大卫·姚斯：《小说创作谈：重思关于写作技艺的传统观念》，李安译，中国人民大学出版社，2016，第73页。

③ 〔美〕大卫·姚斯：《小说创作谈：重思关于写作技艺的传统观念》，李安译，中国人民大学出版社，2016，第73页。

就会获得类似于音乐叙事的跨媒介叙事的效果，产生音乐叙事的"叙事性"。王旭青指出，"音乐叙事的主要目的并不仅仅是为了叙述某个故事，而是指向叙述意义自身，即用'叙事性'进一步刺激听者的联想、想象和感悟，也为研究者提供相互交流的话语空间"。[①]

哈代在情感序列的构建中通过安排叙事句子特定的方向性，创造出了音乐叙事所产生的"叙事性"。在《德伯家的苔丝》的"乐器"书写中，始终处于乐器演奏的场景里的苔丝会随着乐曲的变化产生一系列新的音乐情绪。研究者需借助音乐叙事的方法解构叙事文本中的情感序列，从而知悉苔丝在音乐元素书写中的情感体验。例如，在苔丝聆听克莱尔竖琴演奏时，哈代预置的情感序列由苔丝逐步生成的三个情感阶段组成。第一阶段，在刚听到竖琴后，苔丝便不舍得离去了，可以推测，此时她内心产生的更多是对竖琴演奏者克莱尔的好奇。因为她第一次听说这位克莱尔先生是个"会弹竖琴的人"（*TD*, 157），还是从隔壁的姑娘那儿。而后她一直对乳牛场的这位神秘住客充满好奇。此处打破寂静的竖琴声，自然会让她产生联想。在走近、欣赏的过程中，苔丝的情感状态进入到第二个阶段，即产生了物我融一的审美状态。哈代不断强调她这一路与野草、鲜花、蛞蝓、树莓的亲近，并形容她因此曲产生的兴奋竟类似于"凝视着一颗星星时"所产生的（*TD*, 170）。这种审美情绪并非全然来自竖琴的哀婉曲调，它多半受到苔丝自身情感状态的影响。也就是说，克莱尔的演奏已开始触发她的想象，周边暮色四合使她视力模糊，产生幻觉，将周围的大自然普遍人格化了。这种情感体验被戴维·洛奇（David Lodge）称为"感情误置"（Pathetic Fallacy）。[②]笔者认为这种状态是她走入自我情感世界的必经之路。第三个情感阶段出现在演奏结束后克莱尔和苔丝的对话里。当被问及为何悄悄走开，苔丝回答害怕活着，并称克莱尔的音乐可以为她制造一个美丽的梦，把她心

---

① 王旭青：《分析·叙事·修辞——音乐理论研究论稿》，上海三联书店，2018，第72页。

② 感情误置由 J. 拉斯金在其《现代画家》一书中引入，用来指称这样一种误置，即将人类的感情、意向、脾气和思想投射到或归到无生命的东西上，仿佛它们真的能够具有这些品性似的。〔英〕戴维·洛奇：《小说的艺术》，卢丽安译，上海译文出版社，2010。

中所有幻觉统统赶跑。哈代称她的这种情感是"现代痛苦"（*TD*, 171）。对她而言，被诱骗失贞，意外怀胎后孩子又夭折等一系列事件都是她所谓凶残的那一天天。里昂纳尔·约翰逊认为"现代焦虑"（即"现代痛苦"）是一种"对现代思想的关注"。[①]笔者认为，这种具有生命甚至时代精神概括力的"现代痛苦"正是她"短暂的肉体上的痛苦"带来的"精神上的丰收"（*TD*, 172），也可以说是苔丝内心由音乐唤醒的对痛苦、死亡和命运无常的全部体验。演奏结束，她已完全进入自己丰富的内心世界中，对这首歌曲的情感接收也就上升为对其全部生命经历的回顾和思考。通过解构文本信息中的情感序列，研究者可以认知苔丝音乐情绪由浅入深、由个人化上升为普遍情感的变化，由此产生叙事潜文本中的音乐叙事效果。

除了被动的聆听者之外，哈代在书写"乐器"的小说文本里还描写了一些舞者。相较于被动的聆听者，小说中的舞者则在音乐演奏的过程中运用肢体主动表达其所体验到的音乐情绪。高天认为，"舞蹈应被看做是音乐情绪体验的外化，它是音乐情绪作为动机而引起的外部躯体行为"。[②]舞蹈场景中的人物会在乐器演奏中不断表达新的音乐情绪。这种对于其音乐情绪的描写可以出现在一个叙事段落中，也可以分布在叙事进程中不同叙事句子里。研究者可以通过解构不同叙事句子中的情感序列，解密这些舞者的情感内核与变化。例如《还乡》中，哈代在不同的篇章两次描写舞会时都提到了尤斯塔西雅。第一次，为了接近克莱姆，她来到约布莱特太太的家庭聚会中。她虽未能同克莱姆共舞，却看见他与另一位女性共舞。哈代于此处回答了"心灵激情"的问题："跟一个男人跳舞，就意味着在这么一个短暂的时刻，把十二个月里平平常常的热情之火全部集中到他身上。"（*RN*, 157）这种对尤斯塔西雅内心激情的描绘之所以充满着怀春少女般的单纯，是因为她尚未亲身体验激情的共舞。情况在第二次舞会上发生了变化，尤斯塔西雅对于怀尔德夫的

---

① Lionel Johnson, *The Art of Thomas Hardy*, London: Mathews & Lane, 1894, p.244.
② 高天编著《音乐治疗学基础理论》，世界图书出版公司，2007，第47页。

旧情复燃就反映出了这种变化。如果说克莱姆只是理想中的舞伴，那么怀尔德夫则是尤斯塔西雅现实中的舞伴，正是后者挽救她于没有舞伴的尴尬之际。此处，哈代并未对乐手合奏的场面描写太多。从尤斯塔西雅的叙事视角可以看出，舞蹈时她先看到了比例失调的乐手轮廓、踩得乱七八糟的野草、姑娘们灰蒙蒙的白色裙子。随后，她因这狂热的气氛而产生了灵魂出窍之感，却不知这种情感的由来。哈代此时描写道："究竟是他这个人成了这种甜美而复杂的感情的重要组成部分，抑或是这种舞蹈和这种氛围本身是更重要的组成部分，反正这一切组成了一个美妙的时刻，使尤斯塔西雅完全坠入云里雾里。"（305）这一段文字让人联想到笛卡尔所提出的心灵激情。哲学家彼得·基维（Peter Kivy）在其著作《纯音乐：音乐体验的哲学思考》中探讨了关于音乐刺激模式的问题。他引述了笛卡尔的观点："心灵的激情"可被"定义为灵魂的感觉、知觉和情绪……这些东西的激发、维持和增强，靠的是动物元精的某种运动"。[1] 在他看来，由于动物元精受到音乐的影响，人才会不自觉地做出动作，并产生心灵激情，特别是快节奏的音乐更容易让人手舞足蹈起来。这种解释虽然缺乏科学依据，却在某种程度上还原了人物在舞蹈时的狂热状态。在试图解释尤斯塔西雅灵魂出窍之感的由来时，哈代将人物这种特殊的情感状态通过叙事呈现为情感序列，建构出人物在音乐中的陶醉与狂热。

第四节　"乐器"书写的文本功能

"乐器"书写的文本功能，指书写"乐器"的小说文本在小说叙事中发挥的作用。作为一种特殊的叙事策略，书写"乐器"的小说文本是哈代小说中重要而独特的小说文本。这一部分特殊的文本，除了能够真实再现人物情感之外，还对小说文本的建构起到了重要的作用。具体表

---

[1] 〔美〕彼得·基维：《纯音乐：音乐体验的哲学思考》，徐红媛等译，湖南文艺出版社，2010，第24页。

现为三方面：第一，促进了情节的发展；第二，提供了理解情节发展的线索，强化了角色发展的前后对比；第三，强化场景氛围以表现人物性格特征。

首先，书写"乐器"的小说文本可促进故事情节的发展。如前所述，人物在乡村舞会明快舞曲的伴奏下，释放着心灵的激情。他们踩着疯狂的舞步，激烈地擦碰着彼此的肉体，陷入一种近乎迷狂的状态。无论是蔡斯勃勒的那场舞会上充满性暗示的舞蹈场景，还是那些丧失自我意识的疯狂舞者（*RN*，308），无论是芭丝谢芭农场疯狂的舞曲音调（*FFMC*，277），还是《魔琴师》中无法中断的激烈舞步，这些人物都会在迷狂中失去自我，产生欲望。每当开启这样的桥段，人物命运就会发生意想不到的变化。也就是说，书写"乐器"的小说文本在一定程度上促进了故事情节的发展，它甚至还成为人物悲剧命运的分水岭。例如，苔丝在经历了蔡斯勃勒舞会上的恍惚和混乱后，放下了对亚历克的戒心，后者便乘虚而入，对她展开攻势，导致苔丝失去贞操。尤斯塔西雅也是在与怀尔德夫共舞后旧情复燃，反过头来抛弃克莱姆的；而卡罗琳更是两度被欧拉摩尔的琴声引诱，陷入对他的疯狂迷恋中。

其次，书写"乐器"的小说文本为情节发展提供了必要的线索。作为哈代小说结构中重要的组成部分，书写"乐器"的小说文本中常常会设置一些乐器作为情节发展的线索，为情节的变化埋下伏笔或预示情节结构的变化。例如，《无名的裘德》中费罗生的那架钢琴在文中出现两次。故事伊始，关于这架钢琴的叙述文字就出现了。那时，费罗生按照裘德的建议将它留在了马里格林。虽然没有被人演奏，这架钢琴却已象征了受教育的可能，因为，钢琴是在维多利亚时期流行于较高社会地位人家中的一种乐器。而"又小又老"且"坐落在丘陵起伏的高地中间那个山坳里"（*JO*，9）的马里格林却是一个缺乏必要教育条件的地方。教师费罗生的离去，无疑给那些想要出人头地的乡村少年造成巨大打击。当裘德问费罗生离开的原因时，费罗生回答："要想教书，就要有大学毕业证书。"（7）这句话深深印在了裘德的心里，并让他一度视费罗生为人生楷模。由此看来，裘德建议留下钢琴的举动，从表面上看好像分担了费罗生的行旅压力,实则表现出他渴望冲破命运桎梏、接受高等教育的心愿。当这架钢琴二度出现在沙氏屯时,它所象征的教育意义以及良好的师生关系发生了变化。"一架钢琴——实际上就是费罗生先生过去搁在马里格林的那架钢琴,就摆在附近。"(199)那时裘德已放弃进入教会或大学的理想。拜访已嫁作人妇的苏,裘德再次见到了这架钢琴,并在演奏钢琴的过程中,和她"产生了不应该有的感情"(202)。那时,裘德弹奏起赞美诗《十字架下》,苏却偷偷来到他的身后,"把手轻轻按在他弹低音部的那只手上"(200)。此后,他们就在合奏时两次交握双手。三角恋的介入,导致钢琴所代表的良好的师生关系彻底破裂。它从受教育的象征变成了带有情色意味的世俗之物。值得一提的是,无论是最初引入宫廷,还是后来进入千家万户,人们发明并不断改造钢琴,正是为了满足越来越迫切的私人化视听需求。正如玛菲所说,"钢琴的主要意图是要被单独倾听"。①也就是说,钢琴在满足单独倾听需要的同时,也创造了一种隐秘私情和挑逗关系。这一点可从斯旺考特为史密斯弹唱、埃塞尔贝妲练习克里斯托弗的歌曲以及裘德与苏的钢琴合奏等例子中找到证据。因此,哈代小说中的钢琴正是维多利亚时期钢琴文化的缩影。它在小说中反复出现的作用,除了引发读者的文化共鸣之外,还为他们理解人物关系以及角色前后的心理变化提供了重要线索。

最后,书写"乐器"的小说文本还强化了场景氛围,丰富了人物性格。霍华德·巴布(Howard Babb)通过分析《远离尘嚣》中的背景与主题关联,发现哈代常通过强化场景的描写来衬托人物性格。②以芭丝谢芭庄园的舞会中的"乐器"书写为例。奥克和特洛伊对舞会音乐表达了截然相反的态度。他们的态度正衬托出他们各自的性格特征。奥克在舞会伊始就判断出即将到来的暴风雨。随后他因试图提醒芭丝谢芭和特

---

① 〔英〕戴维德·罗兰:《1770年前的钢琴》,〔英〕戴维德·罗兰编《剑桥音乐丛书——钢琴》,马英珺译,人民音乐出版社,2008,第6页。

② Howard Babb, "Setting and Themes in Far from the Madding Crowd," *Journal of English Literary History* 30, 1930, p.147.

洛伊，而根本没受舞会氛围的感染。多次提醒未果，他最终离开舞会现场独自加固麦垛去了。由此看来，对舞会的不关心甚至轻蔑，恰恰反映出奥克的正直、坚毅和忠诚。相反，特洛伊是这次舞会的发起者。他无视芭丝谢芭庄园的财政状况与即将到来的暴风雨，只顾纵情欢乐，险些给庄园带来巨大财产损失。按照巴布的说法，特洛伊使读者联想到已被毁灭的特洛伊城。作为一个逃兵，他在舞会上一再强调自己的军人身份，甚至还要求乐队演奏《士兵的快乐》，充分反映出其颓废的本心。

第五章 哈代小说中的"自然音响"

自然音响就是大自然的各种声响，即大自然中的各种振动源通过交感共鸣给人耳制造出的一种音响效果。文学作品中的"自然音响"，则是小说中描写这种大自然音响效果，以实现对该音响效果的模仿的文本。它只有依靠读者的联觉能力才能实现。

哈代小说中也存在着有关自然音响的大量叙述文本。作为音乐元素的特殊类别之一，这些关于风雨声、鸟声、马声等自然音响的文本各具特色，单一或复合地作用于小说结构以及人物塑造。在建构小说结构方面，"自然音响"同时起到了推动情节发展、呼应人物情感和烘托环境氛围的作用；在人物塑造方面，"自然音响"也起到了强化人物形象与塑造人物原始性格这两方面作用。

哈代小说中的"自然音响"还体现出外部环境与人物情感的共生关系。这种共生关系指的是，哈代小说中的"自然音响"反映了外部世界与人物的情感世界的契合。作为哈代小说环境描写的重要部分，"自然音响"除了对小说结构和人物塑造起到重要作用，也展现出人物内心的情感世界。为了表达人物内心复杂的情感运动，"自然音响"里出现的各类自然音响也绝非单一或者依次出现的，它们具有交响性质，甚至被建构为交响诗。

第一节 "自然音响"书写的定义

哈代小说中的"自然音响"书写指的正是描写风雨声、鸟声、马声等自然音响的那部分小说文本。它是由各类自然音响的发生语境、自然音响的内容以及自然音响中的人物关系和情感所组成的，是各种大自然里的声响效果的描述性文本。其小说中描写的自然音响以鸟鸣、风声、马声最具代表性。与大自然中的自然音响效果不同，哈代描写的自然音响在遵循其自有发声原理的基础上，还具有一定音乐性。其音乐性特点使得哈代小说中的"自然音响"具备特殊的审美价值。

一　音乐元素中的"自然音响"

大自然中的自然音响最初是被古希腊时期的音乐理论家们引入音乐理论体系中的。那时，他们着重研究大自然音响的和谐关系。其中，亚里士多德和托勒密对谐音学的理论构建，奠定了音响学的学科基础。波伊提乌是中世纪谐音学研究的大家，其著作《音乐基本原理》早在12世纪就成为大学音乐学习的规定教材。他发展了古典谐音学的音律和谐标准，并对音乐进行了三重划分。"该划分法包括歌唱与器乐演奏［工具音乐（musica instrumentalis）］、肉体与灵魂的和谐［人类音乐（musica humana）］和宇宙的和谐［宇宙音乐（musica mundane）］。"[①] 他认为，包含星体和谐的关系以及大自然声音和谐关系的宇宙音乐才是"真正的"音乐。17世纪之后的理论家们在开展这方面研究时，容易受到波伊提乌体系的影响。为了有所突破，一部分学者尝试将波伊提乌体系下的音乐分类运用于其他领域之中。例如，18世纪，一部分支持"人类音乐"理论的医学家开始研究音乐对肉体的影响；包括开普勒在内的天文学家们在"宇宙音乐"理论的启发下，开始研究天体与音乐的关系。值得一提的是，罗伯特·弗拉德（Robert Fludd）在《大宇宙和小宇宙的历史》中对大自然的音响关系进行了充分的举证和说明。他创造了神圣测弦仪器，并在测弦仪上将以地球为中心的静态宇宙分为三个层面——"宇宙层（empyrean）、空

---

① 〔美〕托马斯·克里斯坦森编《剑桥西方音乐理论发展史》，任达敏译，上海音乐出版社，2011，第226页。

气层（ethereal）和自然层（elemental）"。[1]他认为，这三个层面的事物自始至终都以共振的形式相互关联着。卡斯勒称，弗拉德对共振原理的初探为此后交感共鸣理论的出现奠定了理论基础。[2]由此看来，从弗拉德开始，研究者们已不再满足于自然音响的概念性探讨，而是深入发声的科学原理的探究中。

此时，一个关于音响学的重要概念——交感共鸣（Sympathetic Resonance）被重新发掘出来。交感共鸣指的是"在共鸣中，旅行于空气中的声波将音响振动物的能量传播到另一音响振动物"。[3]也就是说，之所以人类能听到大自然中的各种声音，是因为人耳与大自然的各种振动源发生了谐振。人耳因为受到"振动物的力学以及振动频率"等因素的影响还能分辨出细微的音高差别。[4]该理论成为现代音响学的重要理论来源。由此看来，自然音响可被定义为大自然中的各种振动源通过交感共鸣给人耳制造出的音响效果。所谓文学作品中的自然音响，则是指小说家们用文字语言去描写的这种大自然中的自然音响效果，以实现对该音响效果的模仿。它只有依靠读者的联觉能力才能实现。

彼得·基韦在《纯音乐：音乐体验的哲学思考》中专辟章节讨论了自然音响的定义。通过分析"鸟发出的类似音乐的噪音"，他发现鸟鸣"似乎具有特定的句法属性"，它也"似乎"具有类似音乐的"和声结构"、"终止式和方向的旋律"或是"暗含的不协和音"。如果作为一个逻辑问题来谈论，这种不属于音乐的鸟的歌唱应归入自然音响的范畴，因为"只有语言使用者能够在合适的条件下赋予'对象'真正的句法和

---

① 〔美〕托马斯·克里斯坦森编《剑桥西方音乐理论发展史》，任达敏译，上海音乐出版社，2011，第231页。

② 〔美〕托马斯·克里斯坦森编《剑桥西方音乐理论发展史》，任达敏译，上海音乐出版社，2011，第139—159页。

③ 〔美〕托马斯·克里斯坦森编《剑桥西方音乐理论发展史》，任达敏译，上海音乐出版社，2011，第248页。

④ 〔美〕托马斯·克里斯坦森编《剑桥西方音乐理论发展史》，任达敏译，上海音乐出版社，2011，第248页。

语义属性"。[1] 而作为自然对象的鸟，不具备人类的语言和思想，自然音响因此不属于音乐。但文学作品对自然音响的描写融入了作家的创作意图和情感，因而具有音乐性。

傅修延在《听觉叙事研究》中提到"音景"概念，认为音景是叙事中的"声音景观、声音风景或声音背景的简称"。[2] 其对于重塑阅读中的感知结构与人物的主体意识具有重要意义。作为音景的重要呈现形态之一，小说叙事中自然音响的特征、形态及建构过程都体现了作家的创作意图。与大自然中的自然音响的非音乐性不同的是，出现在哈代小说中的各类自然音响是具备音乐性的。这要从其创作自然音响的灵感来源上来看。乔恩·格朗迪在对《还乡》里的自然音响进行分析后，提出哈代小说中的"自然音响"，很大程度上受到了瓦格纳歌剧中交响配乐，即环境和鬼魅音乐（Weather and Ghost Music）的启发。[3] "环境和鬼魅音乐"源自哈代 1880 年对格里格交响乐的评论文章。所谓"环境和鬼魅音乐"就是"风雨穿过树林、铁轨、锁眼"制造出的音响。[4] 格朗迪认为，格里格在创作交响乐时，也同样受到了瓦格纳交响配器的启发。从其创作意图来看，哈代常常给予各种自然音响音乐性的修辞，它们成了其用文字模拟真实氛围音乐的关键。在他的笔下，不仅风声能够奏出乐器的音色，鸟儿能够获得人类的歌喉，而且各种自然音响还能组合成一首首充满音高变化、对位关系的交响乐。该艺术手法有效激发了读者对于乐音关系的想象力，使视觉化的阅读过程产生了听觉化的联觉现象。

---

[1] 〔美〕彼得·基韦:《纯音乐：音乐体验的哲学思考》，徐红媛等译，湖南文艺出版社，2010，第 17 页。

[2] 傅修延:《听觉叙事研究》，北京大学出版社，2021，第 143—144 页。

[3] Joan Grundy, *Hardy & the Sister Arts,* New York: Harper & Row Publishers, inc., 1979, p.160.

[4] 原文为 "The wind and rain through trees, iron railings, and keyholes fairly suggested Wagner music"。Joan Grundy, *Hardy & the Sister Arts,* New York: Harper & Row Publishers, inc.,1979, p.160.

二 "自然音响"的分类

"自然音响"书写中出现过许多自然音响,其中以描写鸟鸣、风声、马声最具代表性。鸟鸣是哈代小说中常见的"自然音响"内容。乔恩·格朗迪认为,"有些时候鸟正是通过歌唱评论着台前人物的处境"。[1]哈代熟悉鸟类,他能准确地区分各种鸟的叫声及其音质特点。以夜晚夜鹰(即猫头鹰)的叫声为例。《林地居民》中,哈代之所以将夜鹰比作"令人恐怖的夜间音乐当之无愧的继承者"(W, 189),是因为它发出的无休无止的粗粝鸣叫;《还乡》中,在看望母亲的路上,克莱姆听到了"一只夜鹰憋足了一口气,发出像磨坊运转时才有的那种尖厉的叫声"(RN, 340)。除了制造夜间恐怖氛围、预示不幸之事的夜鹰啼叫,哈代还常提到芦雀(reed-sparrow)的叫声。他认为芦雀的叫声能够制造悲伤的情绪。例如,苔丝在听完杰克·多洛普令人悲伤的故事以后,"只有一只嗓音粗哑的孤零零的芦雀从河边的灌木丛里向她打招呼,那声调悲伤、呆板,就像出自一个已经被她隔断了友谊的昔日的朋友"(TD, 185)。除了描写不同声音特质的鸟鸣,他还将不同音量的鸟鸣运用到不同的场景中。例如,《卡斯特桥市长》中,当亨察德和他的妻小走在威敦普利奥斯村镇布满灰尘的道路上时,鸟儿正用虚弱的声音歌唱一首晚间歌曲。《还乡》中,与迪格雷豪赌的怀尔德夫,听到了"栖息在底下山谷里的鹭发出的低声哀鸣"(RN, 274)。《林地居民》中,夜鹰则在仲夏节前夜尖厉皋叫(W, 189)。弗兰科姆岑冬天恶劣的环境下,鸟儿们却"无动于衷、一声不吭"(TD, 394)。

哈代小说中最常描写的"自然音响"是风声。最初正是风雨穿过各种东西引发的声响才引发哈代对于创作"自然音响"的兴趣。由此看来,风雨声是哈代在小说中创造出的最具音乐特性的"自然音响"。风本来没有声音,但当它与一些物体发生摩擦或共振时,就会产生声响。例如,《绿荫下》和《林地居民》中,哈代多次写到风雨穿过树林的声

---

[1] Joan Grundy, *Hardy & the Sister Arts,* New York: Harper & Row Publishers, inc., 1979, p.161.

音；无论是在《还乡》中克莱尔的房间，还是《林地居民》维恩特波恩的房子里，风都在墙角、窗玻璃和烟囱处制造悲鸣；《贝姐的婚姻》中，埃塞尔贝姐在结婚前夜听到了大风穿过铁轨和海面的声音；还有《还乡》《德伯家的苔丝》《一双蓝色的眼睛》中不断出现的风刮过荒原的声音。哈代敏感地分辨出风在不同事物上制造出的不同声响，并对它们辅以音乐性的修辞。例如，哈代在《绿荫下》开篇就描写了风在不同种类树木上制造的不同声响。它们其后的音乐般的合鸣被格朗迪称为该小说的音响"序曲"（*UGWT*, 9）。当苔丝与克莱尔逃亡到巨石阵时，他们听到的呜呜风声就"好似一架巨大的单弦竖琴奏出的调子"（*TD*, 539）。再比如《林地居民》中，那棵被风吹得发出"忧郁的格里高利声歌似旋律"（*W*, 120）的榆树和《远离尘嚣》里发出"那种像大教堂唱诗班相互间有节奏地对唱的曲调"的诺科姆山坡上的狂风（*FFMC*, 8）。

　　马制造的声响包括马蹄声和马车声。它们的出现常常预示着某位人物的登场。例如《德伯家的苔丝》中，亚历克听到"马儿弄出的轻微声音"后，才找到了苔丝（*TD*, 94）；《林地居民》中，维恩特波恩先听到了查曼德夫人"马车驶近的声音"（*W*, 127），才第一次看到她；《一双蓝色的眼睛》中，勒克西里安勋爵的出现也是伴随着两匹深栗色马的马蹄声的（*PBE*, 175）。另外，马车声也常常展现人物居无定所的漂泊感。如《还乡》中，"到处漫游"（*RN*, 93）的"红土贩子"迪格雷将马车作为自己四处漂泊的家。他最初正是随着单马马车一同闯入约布莱特太太视线的（42）。随后无论是偷看怀尔德夫和尤斯塔西雅的私会，还是同怀尔德夫豪赌，迪格雷身旁的马都会发出声音。同样，《德伯家的苔丝》中，当苔丝被逼举家迁徙时，他们乘坐的马车也发出了"辘辘声"（*TD*, 492）。

第二节 "自然音响"书写与小说结构

"自然音响"书写在构建叙事结构方面具有重要作用，具体表现为两点：第一，书写"自然音响"的小说文本推动了情节的发展。它的出现常伴随着悲剧的降临。第二，书写"自然音响"的小说文本中的自然音响的色彩变化与人物情感相互呼应。音响本无色彩，小说家运用色彩来描述音乐，更利于视听联觉现象在阅读过程中的出现。

一 推动情节发展

首先，书写"自然音响"的小说文本常推动情节的发展。它的出现常伴随着悲剧的降临。哈代在小说中常对暴风雨进行描写。他对自然音响的建构并非一蹴而就，而是用文字一点点地构筑起一首伴随情节发展的具有叙事性的交响曲［以下我们称之为"自然音乐"（Music of Nature）］。[1] 各种人物就在密集音响编织下的台前活动着。

以《还乡》中的"自然音响"为例。书写该段"自然音响"的小说文本，即由暴风雨带来的自然音乐开始于尤斯塔西雅决定出走的那一章节，即第五卷第七章"十一月六日晚上"。暴风雨尚在酝酿时，我们听见"风带来的仿佛有什么东西在啃啮着房子角落的声音，以及几滴雨点打在窗户上的声音"（RN, 411）。格朗迪提出，此处的"自然音响"书写可作为后两章——"大雨滂沱，一片漆黑，焦虑的徘徊者"和"情景和声音把行走之人全引向一处"中逐渐被构筑起来的自然音乐的序曲。[2] 随着该段自然音乐的发展，台前渐次出现了五个人物：尤斯塔西雅、克莱姆、怀尔德夫、托马茜和迪格雷。他们或为受难者，或为目击者，总

---

[1] Joan Grundy, *Hardy & the Sister Arts,* New York: Harper & Row Publishers, inc., 1979, p.161.

[2] Joan Grundy, *Hardy & the Sister Arts,* New York: Harper & Row Publishers, inc., 1979, p.159.

之都是悲剧的参与者。从第八章开始，自然音乐最初的单一形式就逐渐变成"具有交响织体的伴奏物"。①首先感受到这音响的就是克莱姆。那时"大风吹在房子的四角发出刺耳的呼啸声，雨点打在屋檐上发出的声音，就像豌豆打在窗玻璃上的声音"（416）。而后"雨点劈劈啪啪地打在窗玻璃上，风呼啸着吹进烟囱，发出了一种奇怪的低沉的声音，似乎奏出了一场悲剧的前奏曲"（421）。此处，哈代已将风雨声完全交响乐化了。伴随着悲剧情节的发展，这首自然音乐已逐渐进入发展段落。随后，在尽情发泄而打起呼哨的狂风中，托马茜进入花落村山谷。她刚路过迪格雷的马车，怀尔德夫就在一道土坝下出现了。那时风把卵石"刮成了一堆堆后，便投向荒原，击打着灌木，发出啪啪声响"（428）。随之，最终悲剧发生的场景——拦河坝以一声盖过暴风雨喧嚣声的咆哮出现了（428）。最主要的音乐动机已在这首音乐的发展部分出现。最后，随着另一个盖过风暴声的沉闷声音，也就是尤斯塔西雅落入河里的声音（430），起先复杂的交响织体并成一线推入高潮。同样的自然音乐还出现在《林地居民》中，维恩特波恩就是在交替出现的风雨声里逐渐死去的。《无名的裘德》里，苏也是在暴风雨制造的庞大音响氛围中最终向费罗生屈服的。因此，哈代小说中构成"自然音响"的小说文本常起到推动故事情节，特别是推动悲剧情节发展的作用。

二　呼应人物情感

除此之外，"自然音响"书写中自然音响的色彩变化与人物情感相互呼应。音响本无色彩，小说家运用色彩来描述音乐，更利于视听联觉现象在阅读过程中的出现。那么决定音响色彩的因素是什么呢？早在古希腊时期，柏拉图就发现不同的音响色彩可引发人的不同情感。他提出"如果想要去掉悲伤和恸哭，那么就应当去掉'悲伤的'哈莫尼亚②，正如混合利第亚调式和共鸣利第亚调式那样"。③文艺复兴时期，尼古

---

① Joan Grundy, *Hardy & the Sister Arts*, New York: Harper & Row Publishers, inc., 1979, p.159.

② 此处的哈莫尼亚可理解为旋律。

③ 〔英〕杰拉尔德·亚伯拉罕：《简明牛津音乐史》，顾犇译，上海音乐出版社，1999，第32页。

拉·维琴蒂诺和焦塞弗·扎利诺发展了调性理论，提出音乐中不同音程关系造成的音响色彩将产生不同情感。[①] 该音乐美学传统后来发展为感情类型说。后者与"那种认为音乐是声响的数学论点形成针锋相对的反题"。[②] 达尔豪斯认为"感情类型说强调音乐的效果和心灵的感动，其隐含的前提概念是，音乐感情的特征主要是客观的，而且可以被客观化"。[③] 库特·胡贝尔在《音乐基本动机的表现》里重点讨论了"音乐感情客观化"的问题。[④] 他认为，在一次不带偏见的音乐感知活动中，听者产生的诸如严肃、忧郁等情绪，并非源自内心，而源于音响结构本身。然而现实中的音乐接收活动一定带有接收者的主观情绪。美国机能音乐心理学家西肖尔认为，"音乐中的成功或失败，取决于在一个音响世界里以丰富的和再生的想象力为基础的生存能力"。[⑤] 也就是说，音响结构本身和听者的主观情绪都会对音乐接收活动产生影响。由此看来，带来音响色彩变化的因素除了音乐本身的属性（包括调性、音程关系、配器等），还包括音乐聆听者的情感再现能力。

哈代在小说中将自然音响的色彩变化与人物的情感变化关联起来。书写"自然音响"的小说文本本身的结构特点和人物的主观情绪都会影响小说中的音响色彩。例如，《德伯家的苔丝》中描写的自然音响色彩就随着四季和主人公处境的变化而改变。五月，苔丝去特兰特里奇时所听到的音响是清脆的鸟鸣（*TD*, 58）和马车轮子的嗡嗡作响（65）。这种温暖明亮的音响呼应了苔丝对美好生活的期待。当她在寒冬时节回到

---

① 〔德〕卡尔·达尔豪斯：《音乐美学观念史引论》（修订版），杨燕迪译，上海音乐学院出版社，2014，第 32 页。

② 〔德〕卡尔·达尔豪斯：《音乐美学观念史引论》（修订版），杨燕迪译，上海音乐学院出版社，2014，第 29 页。

③ 〔德〕卡尔·达尔豪斯：《音乐美学观念史引论》（修订版），杨燕迪译，上海音乐学院出版社，2014，第 29 页。

④ 〔德〕卡尔·达尔豪斯：《音乐美学观念史引论》（修订版），杨燕迪译，上海音乐学院出版社，2014，第 30 页。

⑤ 〔美〕托马斯·克里斯坦森编《剑桥西方音乐理论发展史》，任达敏译，上海音乐出版社，2011，第 967 页。

马勒特村时，"阵风在冬日的树枝那些被裹得紧紧的叶芽和它的树皮中间呜咽"（115）。这种晦暗的音响色彩则表现出苔丝内心的伤感与自省。第二年的五月，走出阴霾的她即将在陶勃赛农场开始自己的新生活。那时她"在每一阵微风中都听见悦耳的声音，而每一声鸟鸣都使她感到快乐"（143）。暖色调的音响色彩回到主调。然而，好景不长，在这一年的冬天被克莱尔抛弃的她，去弗兰科姆岑务工。那时，哈代描写的自然音响包括"无动于衷、一声不吭"（394）、"沉闷的马蹄声"（397）、"灌木在寒风中沙沙作响"（406）。这类极其灰暗的音响色彩，准确衬托出苔丝的绝望和无助。

第三节　"自然音响"与人物塑造

除了对小说结构产生影响，哈代小说中的"自然音响"书写还对人物塑造起到重要作用。它主要表现为两点：第一，"自然音响"书写在小说中的出现起到了强化角色形象的作用。值得一提的是，"自然音响"书写因符合人物内心活动，从而呼应了人物的内心情感。第二，"自然音响"还呈现了人物最初的性格样式。它是"不变之人"的特质。随着故事的发展，原始的音响被不断修改，人物状态也逐渐背离了最初，陷入究竟是作为"不变之人"还是"多变之人"的缠斗中。

一　强化角色形象

"自然音响"在小说中的出现起到了强化角色形象的作用。按照格朗迪的说法，自然音响有时几乎成了特定人物的"恰当伴奏物"，[1]它可以反映出人物的生存环境和情感状态。例如，《林地居民》中基尔斯和玛蒂这两个角色的塑造就和风声紧密相关。因为小辛托克出产木柴，而

---

[1]　原文为"fitting accompaniment"。Joan Grundy, *Hardy & the Sister Arts,* New York: Harper & Row Publishers, inc.,1979, p.162.

玛蒂和基尔斯从小都在小辛托克长大，也都是当地木材商麦尔布礼的帮工，所以哈代选择用风制造出的各种树木的声音来为他们的出场进行伴奏。玛蒂一出场，就伴随着"风儿不停地刮着，向她耳边送来邻近树林里两枝长得过密的树枝在风中相互摩擦以致断裂的响声，还有别的树枝发出的悲歌"（W, 16）。当基尔斯和玛蒂一同栽种小松树时，他们讨论着有关树木会不会叹气的问题。当"她把一棵小松树竖直放在树坑里，举起了她的一个手指"时，这棵小树上立刻出现了"轻柔的音乐般悦耳的呼吸声"（82）。玛蒂还直接用这种声音表达自己的某种生活感受。他们在观看那棵让老苏斯非常不安的榆树时，听到了"忧郁的格里高利声歌似的旋律"（120）。哈代写道："那树摇动时，苏斯也摇着她的头，谦卑地把它当作自己的首领。"（121）上面三个例子反映出，作为人物生活场景的一部分，风吹过树林的声响，为读者提供了理解人物性格和情感状态的线索。除此之外，这种自然音响也可作为人物命运的音乐性譬喻。基尔斯临死前，哈代小说中更是出现了"咯吱咯吱声"、"尖啸和叫骂声"（413）、"啪嗒声"（415）等狂风所引发的恐怖音响。这种交响氛围强化了暴风雨夜基尔斯的悲剧形象。

小说描写的自然音响也通过捕捉人物心理活动来强化其形象。格朗迪提出"自然音响总与人物当下的情感相匹配"。[1]因此，它也是符合人物内心活动的。例如，在听完杰克·多洛普令人悲伤的故事后，苔丝听到了一只悲伤的芦雀"声调悲伤、呆板"（TD, 185）的鸣叫。这鸣叫声就正好呼应苔丝的悲伤心境。《林地居民》中，和查曼德夫人争论过之后，格雷丝独自走在黑暗的森林里。此时，她听到了风儿"清楚地发出在夜晚才有的那种飒飒之声"（W, 322）。这声音也正符合她内心逐渐升起的不安情绪。《远离尘嚣》中，芭丝谢芭在得知特洛伊和芳妮的私情后，从家里逃了出来。待她第二天在灌木丛中醒来时，先是听到了一只刚睡醒的麻雀"粗哑的啁啾"，接着又听到一只燕雀的"喊吱"声，知

---

① 原文为"In all these instances the music of nature harmonises with or is appropriate to the feelings of the characters"。Joan Grundy, *Hardy & the Sister Arts,* New York: Harper & Row Publishers, inc., 1979, p.162.

更鸟的"汀克"声和松鼠的"恰克"声（*FFMC*，347–348）。这四种自然音响正好映射出她此时的心理活动。正如哈代所述，芭丝谢芭此时已从前夜的冲动中冷静了下来，依次注意不同动物的声音，表明她清晰的逻辑。从中我们可以发现，此时她应该正在寻求解决问题的办法。

二　展现性格冲突

自然音响的设置还展现了人物性格间的冲突。哈代常在小说叙事中设置两种属性相异的音景。这类"相异的音景"在傅修延看来暗喻了两种文明的冲突，即农业社会的"高保真"音景与工业社会的"低保真"音景。[①]其中，"高保真"音景表现为自然音响，"低保真"音景表现为机器制造的现代音响。这两类音响常在哈代小说中伴随着两类截然不同的人物形象出现，即以原始的自然音响为特质的"不变的人"与以机器制造的现代音响为特质的"多变的人"。它隐藏在叙事中，隐射了人物的性格属性与变化。一般来说原始音响会随着叙事线索的展开不断朝机器音响转化。在转化的过程中，人物本身也会逐渐背离初始性格，陷入究竟是作为"不变之人"还是"多变之人"的缠斗中。

唐纳德·戴维森认为，哈代小说中展现的"不变之人"即是"那些承认大自然的不可变的人"；"多变之人"即为那些妄图采取粗暴的普罗米修斯式的手法改变自然的人。[②]"只有在不变的人物和多变的人物发生激烈冲突时才会出现悲剧。"[③]笔者认为，"自然音响"强化了"不变之人"的特质。这些"不变之人"常会因"多变之人"的混淆视听，而丧失听辨自然音响的能力。《德伯家的苔丝》中，"预言天亮的鸟儿嗓音清脆"（*TD*，58）的歌声和"使她感到快乐"（143）的鸟鸣最初表现了苔丝身上"不变"的特点。它们所呈现的音响色彩应该是温暖纯

---

① 傅修延：《听觉叙事研究》，北京大学出版社，2021，第 143 页。

② 〔美〕唐纳德·戴维森：《托马斯·哈代的小说的传统基础》，陈焘宇编选《哈代创作论集》，丁耀林译，中国社会科学出版社，1992，第 135 页。

③ 〔美〕唐纳德·戴维森：《托马斯·哈代的小说的传统基础》，陈焘宇编选《哈代创作论集》，丁耀林译，中国社会科学出版社，1992，第 136 页。

洁的。然而，当苔丝到"坡居"以后，原始的鸟鸣声发生了变化。那时，她被古怪的德伯太太安排到鸡舍里教鸣禽唱歌。此处，苔丝之所以练习吹口哨，是为了模仿鸟叫声。虽然一开始她"根本吹不出清晰的曲调"（74），她却在"多变之人"亚历克·德伯的示范下学习了一首带有猥亵意味的世俗小调。根据唐纳德·戴维森的说法，既然"德伯家的产业，连同它的十分荒谬的养殖鸡群，都是一个伪造的农村产业"（137），那么苔丝从亚历克口中学到的鸟鸣声肯定也并非真正的鸟鸣。它实际带有强烈的猥亵意味，隐射了亚历克冒名顶替、虚伪狡诈的"多变"性格特征。笔者曾研究过这首世俗小调在维多利亚中后期的伦理环境，[①]认为这首小调实际反映了亚历克对苔丝的性欲。由此看来，苔丝在"坡居"学到的鸟鸣声实际是人造的鸟鸣，并非能表达其最初性格的自然音响。而这种人造的鸟鸣在小说中被赋予了负面的，甚至邪恶的意味，即"凡是有鸟儿动听地歌唱的地方，就有发嘶嘶声的毒蛇"（101）——人造的鸟鸣实际是毒蛇发出的。尽管如此，苔丝仍在亚历克的错误示范和混淆视听下，以为自己学会了鸟鸣——"从善于唱歌的母亲那儿学会许多曲调，完全适用于那些鸣禽"（76）。事实上，在"多变之人"的诱导和干预下，那时的她已逐渐丧失了区分真实的自然音响与人造音响的能力，从而背叛了其性格中"不变的"特质。在亚历克"多变"性格的影响下，苔丝渐渐丧失了她原始自然的"不变"属性，并最终导致"性格悲剧"。而这种"性格悲剧"与"不变之人"丧失听辨自然音响的能力正构成呼应关系。例如，在弗兰科姆岑恶劣的寒冬里鸟儿已"无动于衷、一声不吭"（394）。也就是说，那时的鸟儿在苔丝丧失了这种听辨能力后已不会鸣叫。由此看来，完全背离"不变"特质的苔丝，已无力面对悲剧。

《还乡》中的"红土贩子"迪格雷，也是一个典型的"不变之人"。因为他将马车作为自己四处漂泊的家，所以马的声响可以表现出其身

---

① 王希翀：《论〈德伯家的苔丝〉中歌唱文本的伦理表达》，《外国文学研究》2016年第4期，第32页。

上"不变"的特点。最初他伴随着马声闯入约布莱特太太的视野，（RN，42）小说的最后他也伴随着"马车车轮声"（468）迎娶了托马茜。由此看来，贯穿全文的马声代表了迪格雷作为"不变之人"始终如一的性格特点。他并没有像苔丝一样被"多变之人"影响，而总是能用自己的"不变"去战胜"多变之人"的"多变"性。其具体表现为马声在"多变之人"身上产生的两种作用：第一，它能挫败"多变之人"的阴谋。第二，它能将"多变之人"的"多变"转化成"不变"。唐纳德·戴维森认为，在《还乡》里的三个"多变之人"——怀尔德夫、尤斯塔西雅和克莱姆中，怀尔德夫是一个"以一种粗鄙的方式"受到"普罗米修斯式"影响的"多变之人"。[①]他的"多变"性格主要体现在他的爱情观上。"怀尔德夫这人的本性总是越难到手的越拼命要得到，不费什么事弄到手的就会厌倦，他喜欢可望而不可即的，而不喜欢眼前的。"（256）这种爱情观与迪格雷从一而终的爱情观截然不同。故事中段，怀尔德夫从克里斯廷那里骗来了约布莱特太太给托马茜和克莱姆的钱。这一切都被迪格雷看到了。为了捍卫托马茜一家，他毅然加入同怀尔德夫的赌局中。在激烈的赌局中，怀尔德夫突然听到了"筊筊声"。（274）他"凝神看了一会儿，才发觉围上来的东西原来是荒原小马，它们的头都冲着这两个赌博的人，专注地看着他们"。（RN，274）虽然怀尔德夫后来将它们轰走，但他的小题大做却隐射出他内心的慌乱。他开始认为包括马声、萤火虫的声音在内的大自然亘古不变的音响，才是导致他痛失好局的关键。笔者认为，这些分散怀尔德夫注意力的自然音响，正是迪格雷"不变"性格特征的外化。这一点我们可以从赌局的结果看出来。赌局结束后，哈代并没有对输得精光的怀尔德夫进行心理描写，而只提到了从迷雾冈传来的"轻便马车声"。（278）当他分辨出这声音是从搭载着新婚宴尔的尤斯塔西雅和克莱姆的马车上发出的时候，他才感到尤斯塔西雅的珍贵。"每发生一件事都使他想起他们之间毫无希望的分手，便

---

① 〔美〕唐纳德·戴维森：《托马斯·哈代的小说的传统基础》，陈焘宇编选《哈代创作论集》，丁耀林译，中国社会科学出版社，1992，第136页。

使她的可贵在他眼里成几何级数般地增加。他能感觉到那已经淡隐的悲哀又重新充溢了他的心头。"（279）这就说明，怀尔德夫在承认自己阴谋失败的同时，还受到了迪格雷爱情观的影响。此时后者则随着马车的声音将那两袋子钱物归原主。由此看来，正是马声所隐射的"不变之人"迪格雷的执着挫败了"多变之人"怀尔德夫酝酿的阴谋。另一位"多变之人"托马茜则"跨过了这条界限"。① 我们可以从她力排众议与怀尔德夫结合这一点看出她的"多变"。她一直都受到热恋她的迪格雷的暗中护佑。例如，最初正是迪格雷邂逅身体抱恙的托马茜并送她回家的，一路上都伴随着马车的咯吱声。在遭遇一系列挫败后，托马茜最终没有选择克莱姆或者怀尔德夫，而是乘着迪格雷的马车开始了全新的生活。由此可见，在她决定同迪格雷开始新生活的时候，她性格中的"多变"已转化成了"不变"。

第四节 "自然音响"书写的情感表达

"自然音响"书写反映了外部世界与人物的情感世界的契合。作为哈代小说环境描写的重要部分，"自然音响"书写除了对小说结构和人物塑造起到重要作用之外，也展现出人物内心的情感世界。这种"自然音响"书写与人物内心情感的呼应关系，被称为"共生关系"。为了表达人物内心复杂的情感运动，"自然音响"书写中的各类自然音响也绝非单一或者依次出现的。它们通过对"主题—动机"的演绎，具有交响性质，甚至被建构成为交响诗。

一 "共生关系"的跨媒介演绎

乔恩·格朗迪认为，哈代小说中最令人难忘的背景音乐旅程，就

---

① 〔美〕唐纳德·戴维森：《托马斯·哈代的小说的传统基础》，陈焘宇编选《哈代创作论集》，丁耀林译，中国社会科学出版社，1992，第136页。

是《还乡》里尤斯塔西雅步行于两处篝火间的那一段小说文本。因为，这段叙事中充满了爱敦荒原的自然音响。罗伯特·里戴尔（Robert Liddell）在分析哈代对背景的设定时否定了它与尤斯塔西雅的内在关联性。格朗迪对此予以了回击。他认为，这一段自然音响"准确地唤起了我们对于尤斯塔西雅的情绪和困境的关注"。[①] 西蒙·加特莱尔（Simon Gatrell）称这种由自然音响带来的相互影响的关系为"共生关系"。[②] 他认为，《还乡》中环境与人的这种相互影响关系，并非主从的，而是共生的。他所说的"共生关系"实际上指的是"荒原在决定人物的命运"时，人只能与之合作，并顺应荒原提供的命运安排。[③] 笔者认为，这种共生关系，并不仅仅归为文本意义范畴，而应该属于一种音乐情绪范畴。后者来自音乐元素书写制造的背景音乐。它具有通过隐喻的支撑将声音事件转化为意义结构的音乐叙事效果。研究者需要解构音乐元素书写中预置的情感序列，才能破译这种更深层次的情感体验。

让音乐元素产生音乐叙事的艺术效果，就需要满足音乐叙事的先决条件，即小说文本中是否包含音乐叙事活动的承担者与行为者，即主题—动机。米克·巴尔（Mieke Bal）提出"叙述者是叙述文本分析中最中心的概念"。[④] 王旭青认为音乐中虽没有第一人称或第三人称的叙述手法，却存在具有叙事功能的"行为者"，也就是主题—动机。音乐中的主题就相当于文学作品的"承载'主题'思想的行为者——人物、物象或由意象与韵律等构筑的形式载体"。[⑤] 在音乐作品中，它推动着情节

---

① 原文为 "Robert Liddell, in a generally imperceptive account of Hardy's use of background, tells us that this music is 'irrelevant' to Eustacia. It is not: It is an exact evocation if her emotions and predicament."。Joan Grundy, Hardy & the Sister Arts, New York: Harper & Row Publishers, inc.,1979,p.162.

② Joan Grundy, Hardy & Sister Arts, New York: Harper & Row Publishers, inc., 1979, p.162.

③ 〔英〕西蒙·加特莱尔:《〈还乡〉：人物性格与自然环境》，选自聂珍钊、马弦编选《哈代研究文集》，译林出版社，2014，第211页。

④ Mieke Bal, Narratology: Introduction to the Theory of Narrative, Christine Van Boheemen（trans.），Toronto: University of Toronto Press，1985，p.19.

⑤ 王旭青:《分析·叙事·修辞——音乐理论研究论稿》，上海三联书店，2018，第111页。

的发展，是情节与结构的中心点，亦统摄着整部作品。《还乡》中的尤斯塔西雅具有音乐叙事中"主题—动机"的特性。她所诠释的"主题—动机"不单单指一个人称代词或是其简单的文本形象，而是具有"单一至复杂轴"的音乐叙事特色。因此，《还乡》中的这一段"自然音响"书写正是在作为核心动机的尤斯塔西雅通过不断变化、扩充、冲突、分层、向复杂方向延伸等才具有音乐叙事的叙事性。这类"自然音响"书写中的情感序列建立在作品的"主题—动机"的"单一至复杂轴"的生成过程中。作家需要在创作中控制叙事节奏与强弱，达到其叙事意图；研究者则要充分运用自身的联觉能力，解构由"主题—动机"的变化带来的情感序列。

> 确实，这风看来是应景而起，就像此景应此种时刻而随之出现一样。有时，风声听起来十分特别，此时此刻所听到的风声在别处是不可能听得到的。一阵紧接一阵的大风频频从西北方刮来，而每一阵风吹过便分化成了三种声音，能让人听出有最高音、次低音和低音。风儿吹过洼地和高处形成了一种高低起伏的风声，奏出了这曲最凝重的和声。接着还能听到一株冬青发出的浑厚的男中音。还有一种声音，听起来比前两种声音力量小，但音调却更高，它渐次减弱，拼命发出一种粗糙嗄哑的音调，那便是此处特有的声音。这种声音比其他两种声音更轻微，更难以立即听清，却更能拨动人的心弦。这种声音或许便可称作这片荒原的语言特点；这种声音除了在荒原上能听见外，恐怕别处再也难寻，这倒也隐隐可解释这个女人之所以全神贯注的原因，她跟先前一样，始终伫立在那儿，一动不动。（RN, 63）

尤斯塔西雅是这段描写"自然音响"的小说文本中的人物，虽然主语是风，但是这风却在尤斯塔西雅的联觉中变得更加具体，也就是说，尤斯塔西雅才是这一描写音乐元素段落中的核心动机。读者也将围绕她及其所感知的世界产生联觉。虽然没有如音乐作品一样的旋律性，影响

联觉活动的便是风在不同的对象上产生的三种音高。周海宏认为，音高
与情态兴奋性相关。[①]尤斯塔西雅此时能辨识出风发出的最高音、次低
音和低音。它们能依次表现其内心的情态组合。然而，此时中低音还是
她所听见的主要音高。也就是说，她的情感体验倾向于抑制性。[②]但她
在这种抑郁之中极力想要听到的是一种轻微的音调。这就涉及了音强与
情态强度之间的联觉。"过弱的音响，会由于需要较高的注意力，而使
人产生紧张感。"[③]因此，此时极力分辨那种更轻微声音的尤斯塔西雅，
其情感状态应是抑郁且神情紧张的。

> 十一月里所刮起的这一阵阵悲怆的风声，听起来跟一个从九十
> 岁老人喑哑的破嗓子里唱出的声音非常相似。它是一种嘶哑的飒飒
> 声，声音干枯，薄如破纸，它从耳畔刮过，让人听来声音是如此真
> 切，这种久已听惯、被风刮过荒原的边边角角所造成的飒飒声，简
> 直让人觉得可以用手触摸到。它也是无数细小植物被风刮过后一起
> 发出的响声……（*RN*, 63–64）

在出现第一次联觉后，尤斯塔西雅的脑海中出现了对该音响表现对
象的认知。她听到的风声成了一个苍老、悲伤的老人形象。也可以说，
这段关于象征性环境的描写正是爱敦荒原的第一个譬喻。之前情感状态
的铺陈在此获得了明确的对象性。这个对象也从情感上解释了尤斯塔西
雅抑郁紧张的原因：她想逃离此处。然而，这样高频率无处不在的风的
音响，却笼罩着她。乔恩·格朗迪在对《还乡》里的自然音响进行分析
后，提出哈代小说中的"自然音响"书写很大程度上受到了瓦格纳歌剧

---

① 周海宏：《音乐与其表现的世界——对音乐音响与其表现对象之间关系的心理学与美学研
　究》，中央音乐学院出版社，2004，第52—57页。

② 周海宏：《音乐与其表现的世界——对音乐音响与其表现对象之间关系的心理学与美学研
　究》，中央音乐学院出版社，2004，第53页。

③ 周海宏：《音乐与其表现的世界——对音乐音响与其表现对象之间关系的心理学与美学研
　究》，中央音乐学院出版社，2004，第68页。

中交响配乐，即环境和鬼魅音乐的启发。所谓"环境和鬼魅音乐"就
是"风雨穿过树林、铁轨、锁眼"制造出的音响。[①]此处的风声处在高
音区。瓦格纳为了强化其作品的悲剧性，常在序曲部分重叠高音区的
配器编制。例如，其在《罗恩格林》的序曲部分"将所有的小提琴分
为两组，每一组小提琴都被分为四个独奏的声部，形成四个八度的多层
重叠，加强每个独奏声部的音势。这一做法对于音色以及情感氛围的营
造起到很大的作用"。[②]"无数细小植物被风刮过后一起发出的响声"与
"数百片叶子发出的声音"（RN, 64）正是这种情感强化后的音乐叙事
效果。

> 一片干瘪的石楠叶的声音低不可闻，而数百片叶子发出的声音
> 也只是在四下一片沉寂中才能听到，因而这整个山坡上无数片枯叶
> 发出的声音，传到这女人的耳朵里，也只不过是一些时断时续的平
> 板枯燥的宣叙调而已。（64）

宣叙调又称"朗诵调"（Recitative），一般以引子的形式出现在咏
叹调之前。这种歌唱形式因为在同一音高上做快速吐字，所以缺乏抒情
性。尤斯塔西雅将无数枯叶发出的声音视作平板枯燥的宣叙调，展现
出她因无法逃离而产生的无谓与空虚的情感体验。哈代在接下来写道：
"这女人也发出了声音，就好像她要在其他同样滔滔不绝的声音中掺和
上一句似的。"（65）此处就表达出她与她内心所呈现的那个外部世界融
为了一体。哈代预置了她内心的情感前提，即她不愿一直生活在一种压
抑的环境中，不愿一直处于一种慵懒、呆滞的情况之下，她容易被爱敦
荒原风声的声音特质影响，产生压抑、伤感等情感。同样，这种情感投
射出来的外部世界印象便是永恒无望且沉闷的。由此我们证明了格朗迪

---

① Joan Grundy, *Hardy & the Sister Arts,* New York: Harper & Row Publishers, inc., 1979,
   p.160.

② 周凌霄：《探寻瓦格纳歌剧"交响化创作思维"在序曲中的体现》，《音乐与表演》2013 年
   第 4 期，第 86 页。

的"狂风卷击树林以及山谷所制造出的音响与她内心的激情以及她渴望自由的灵魂相一致"的结论（见表5.1）。[①]

表5.1 "主题—动机"生成

	"自然音响"书写的演绎	音乐形态	对音乐形态的体验	情感序列的"叙事性"
1	风吹过的三种声音：高音、次低音、低音	三种声音具有可能的三种情绪，它们自然地交替产生情绪变化	在这时，三种声音情感价值并不明确	一个巨大的复杂情绪在内心中翻涌，显得很不安，由此展现沉重的感情。这种感情在脆弱的声音体验中感受到了那份一切都薄如蝉翼的空洞，生命最终是一场无奈与徒劳的过程
2	风儿吹过洼地和高处形成了一种高低起伏的风声	〜〜〜〜〜 起伏的旋律对应不安的心态	—— 焦虑、不确定、易逝	
3	凝重的和声	高叠和弦＼复和弦的不谐和链接	沉重的情景	
4	声音力量小	力度：ppp	脆弱、易逝	
	音调高	高音区的联觉：亮、白	空洞、生命力弱	
	渐次减弱	力度：pppp	消失、消逝、寂灭的过程	

注：该表依据曲式分析提取。

卢梭认为，"节奏和声音都是伴随音节而生的：激情激发了所有的发声器官，所有声音的表达都受到激情的影响。于是，不管是诗词，歌曲，还是言说，都有一个共同的起源"。[②]受到情感影响的声音，借助一定的音高与节奏变化成为诗与音乐。作为跨媒介叙事的根源，这种早期集体无意识的创作模式，让文学与音乐的跨媒介叙事成为可能。虽然，音乐与文学在随后的发展中形成了各自的艺术与学科范例，但其情感表达功能仍是彼此重新联结的纽带。哈代小说中的音乐元素书写正是这种跨媒介叙事的创作演绎。在"自然音响"的叙述文本中，哈代通过在

---

① Joan Grundy, *Hardy & the Sister Arts,* New York: Harper & Row Publishers, inc., 1979, p.162.

② 〔法〕卢梭、吴克峰：《卢梭论音乐》，《人民音乐》2012年第7期，第5页。

"主题—动机"的演绎中构建情感序列，让读者在解码过程中获得背景音乐之感。

二 "自然音响"书写的交响性质

有关暴风雨的描写成为哈代小说中的"自然音响"书写的重要组成部分。他对这类自然音响的建构体现在其通过文字所构筑的一首首具有叙事性的自然交响曲〔以下我们称为"自然音乐"（Music of Nature）〕上。[1]各种人物就在密集交响编织下的台前活动着。

乔恩·格朗迪所认为的自然音响可理解为人物精神世界或者行动动机的外部"回音"。[2]这种类似的自然音响与人体音响的关系，同罗伯特·弗拉德的"天体交响"学说极为类似。其有关大自然与人体的共振关系的探究一定程度上启发了后世的天文学家和医学家。其中，他将以地球为中心的静态宇宙分为三个层面——"宇宙层（empyrean）、空气层（ethereal）和自然层（elemental）"，[3]并用毕达哥拉斯律制的音阶比例展示在测弦器上。宇宙各组成部分之间都以共振的方式相互关联。这就跟琉特琴的弦振一样——"在一把琴上拨动琴弦，旁边的另一把琴上相同音高的琴弦就会引起振动"。[4]因此，人的精神运动也可同大自然中某种运动产生共振。虽然"天体交响"在一定程度上可以满足我们对自然音响影响下的外部世界与人物内心世界共生关系的遐想，但是毕竟缺乏科学依据。周海宏在《音乐与其表现的世界——对音乐音响与其表现对象之间关系的心理学与美学研究》中解决了关于这种共生关系

---

[1] Joan Grundy, *Hardy & the Sister Arts*, New York: Harper & Row Publishers, inc., 1979, p.161.

[2] 原文为 "It is an exact evocation of her emotions and her predicament"。 Joan Grundy, Hardy & Sister Arts, New York: Harper & Row Publishers, inc., 1979, p.160.

[3] 〔美〕托马斯·克里斯坦森编《剑桥西方音乐理论发展史》，任达敏译，上海音乐出版社，2011，第231页。

[4] 〔美〕托马斯·克里斯坦森编《剑桥西方音乐理论发展史》，任达敏译，上海音乐出版社，2011，第199页。

的科学表述问题，提出了"联觉"概念。[①] 凭借这种联觉能力，读者可以感受到哈代小说中的自然音响所呼应的人物情感。格朗迪提出，"哈代小说中的那种交响乐的印象感正是被管弦乐配器方法的效果创造出来的"。[②] 哈代在小说中通过诉诸文字语言实现了自然音响的隐性叙事化。这种内嵌在文本中的叙事内容，能够激发读者的听觉想象，让其感受到与自然音响相关的更深层次的隐喻与象征意义。

马弦在分析《还乡》中的暴风雨时提出，出现在尤斯塔西雅落难时的暴风雨意象就"体现了多层次的象征意义"。[③] 它除了"隐喻她内心深处狂风暴雨般的悲伤哭泣，更预示着如同暴风雨般的不幸和灾难即将降临到她的身上"。[④]

以《远离尘嚣》中的自然音响为例。"气温也发生了变化，刺激自身活动更有利。凉凉的微风打着透明的漩涡，环绕着奥克的脸。风转了一两个罗经点后，刮得更猛了。十分钟后，天上的每股风都似乎在任意吹拂。"[⑤] 此处哈代一一描述了包括空气、凉风、大风所制造出的自然音响。这就好比交响诗前奏部分，各个乐器逐一出现。不明确的情绪价值逐渐明确。然而，最后它们却"集结成了一种音量逐渐增强的和谐或不和谐的音响效果"。[⑥]《无名的裘德》中哈代并没有对风声和雨声进行白描。读者只能从艾德琳太太的话中感受到风雨声带来的音响效果。她两

---

① 周海宏:《音乐与其表现的世界——对音乐音响与其表现对象之间关系的心理学与美学研究》，中央音乐学院出版社，2004。

② 原文为 "Elsewhere in Hardy's novels, a symphonic impression is created by the orchestration of effects"。Joan Grundy, *Hardy & the Sister Arts,* New York: Harper & Row Publishers, inc., 1979, p.166.

③ 马弦:《哈代小说的原型叙事和创作观念研究》，浙江大学出版社，2019，第 37 页。

④ 马弦:《哈代小说的原型叙事和创作观念研究》，浙江大学出版社，2019，第 37 页。

⑤ 原文为 "The air changed its temperature, and stirred itself more vigorously. Cool breezes coursed in transparent eddies round Oak's face. The wind shifted yet a point or two and blew stronger. In ten minutes every wind of heaven seemed to be roaming at large"。此译文选用版本为〔英〕哈代《远离尘嚣》，汪良等译，南方出版社，1999，第 291 页。

⑥ Joan Grundy, *Hardy & the Sister Arts*, New York: Harper & Row Publishers, inc., 1979, p.167.

次提到了那晚的风雨声。第一次是他告诉苏,"你只能间或听到他的声音（费罗生的鼾声）"（*JO*, 404），那是因为外面的风雨声很大；第二次是她在得知苏已献身费罗生后，感叹说:"风刮得这样紧！雨下得这样大！"（406）通过艾德琳的这两次强调，读者仿佛能够听到一种隐藏在故事场景背后的宏大音景。此处侧面描写并未削弱其在行文中产生的艺术效果，相反它如人物无法摆脱的命运，或者交响叙事中的乐器编织的宏大氛围那样，一直隐含着叙事的发展。费罗生的鼾声则成为包蕴其中的叙事主题。虽然它并非自然音响，但此时已与风雨声融为一体。苏之所以神经质地认为听不到他的鼾声，他就死了（404），是因为只有费罗生的死才能解决苏的命运困境。然而，他发出的鼾声却将她逼向悲剧的边缘。正如格朗迪所说，"自然音响"书写的交响氛围"有些时候是延伸的和持久的"。[1] 此处的延伸可理解为，哈代小说中的自然音响可以通过营造悲剧氛围，将人物的情感经历延伸到伴随角色发展的悲剧主题及其整个悲剧情节中。同样的自然音乐还出现在了《林地居民》中——维恩特波恩也是在交替出现的风雨声里逐渐死去的。哈代在自传中强调，透过这种复杂的交响织体，他想要看到的是"事物的本质"。[2] 通过营造风雨雷电的自然音响效果，哈代实际上引导人们关注的是人物内心的情感经历及其不断抗争的命运。

---

[1] Joan Grundy, *Hardy & the Sister Arts*, New York: Harper & Row Publishers, inc., 1979, p.166.

[2] Joan Grundy, *Hardy & the Sister Arts*, New York: Harper & Row Publishers, inc., 1979, p.147.

第六章 哈代小说中的音乐形式书写

对小说中的音乐形式进行书写，即小说家通过模仿音乐节奏、音乐结构、音乐的叙事特性等构成音乐的特定形式要素，让小说产生如同音乐的跨媒介叙事效果。哈代小说中的音乐形式书写具体表现为哈代在进行小说创作时诉诸模仿音乐作品的结构和叙事特征的一种跨媒介叙事策略，例如其在模仿音乐作品结构时所寻求的文本建构形态"音乐之网"与瓦格纳交响配乐部分要素的同构性；又如其在模仿音乐作品的叙事特征时所表征的文本的叙事线索与音乐主题动机的关联。

哈代小说以书写音乐元素的小说文本为内容基础，以书写音乐形式的文本形态为艺术形式，体现出独特的音乐特性，从而实现了一种跨媒介的审美效果。

第一节 哈代小说的音乐结构

哈代在进行文本建构时常会模仿音乐作品的特殊形式美。根据唐纳德·戴维森、乔恩·格朗迪、G.伊恩、吴笛等学者的研究，哈代对音乐作品的结构跨媒介模仿策略，具体表征为对复调艺术、"音乐之网"以及音乐作品的曲式结构的模仿。例如，哈代常借鉴复调艺术的对位和卡农等技术处理其小说情节和人物对话。他还用文本建构"音乐网络"以折射出人物在交往过程中呈现的一种相互联系与交织的状态。另外，"序曲"和"奏鸣曲式"（Sonata Form）这类曲式结构也常被其运用到小说写作中。

一 复调艺术与多线叙事

哈代小说中的多线叙事与复调艺术有着紧密的联系。复调艺术指的是，音乐作品中两条或两条以上的旋律，通过对位、卡农等技术性处理，和谐地结合在一起。文学作品中并行发展的两条或两条以上的叙事线索正如复调艺术中两个或两个以上声部，它们彼此之间互相独立且互为补充，最终构成一部完整统一的作品。"威尔士和英格兰发达地音乐生活促使很多著述家宣称，这里是演化复调音乐最早的地区。"[①]保罗·亨利·朗（Paul Henry Lang）通过研究基拉尔度斯·卡姆布伦西斯的著作《威尔士描述》提出，复调艺术与威尔士地区一种古代的通俗音乐形式——卡农轮唱有关。然而，这种歌唱表演并不是刻意的艺术体现，"而是习惯使然"。[②]也就是说，它几乎融入当地人的每一个生活细节中——无论是说话、讲故事，还是聚会歌唱。

米兰·昆德拉认为复调"以隐喻的方式运用在文学上"，必须具备两种前提条件，即"一、各条'线'之间的平等；二、整体的不可分割"。[③]与文学的对照性在于并置主题或对同一主题的多重演绎。维尔纳·沃尔夫则将这一创作思想上升到文学批评层面。在《小说的音乐化：媒介间性的理论与历史研究》中，他对詹姆斯·乔伊斯的《尤利西斯》进行声部分析，即"三个声部可以对应于三个独立和不同（组）的人物"，[④]以叙事线索的交织发展类比声部的对位变化，从而参与到对作家思想的形塑中。

哈代也在小说中涉及对复调艺术的模仿。唐纳德·戴维森、卡尔·韦伯等研究者们发现，哈代小说的创作吸收了丰富的乡村生活素

---

① 〔美〕保罗·亨利·朗:《西方文明中的音乐》，顾连理等译，广西师范大学出版社，2014，第141页。

② 〔美〕保罗·亨利·朗:《西方文明中的音乐》，顾连理等译，广西师范大学出版社，2014，第142页。

③ 〔法〕米兰·昆德拉:《小说的艺术》，尉迟秀译，上海译文出版社，2020。

④ 〔奥〕维尔纳·沃尔夫:《小说的音乐化：媒介间性的理论与历史研究》，李雪梅译，华东师范大学出版社，2022，第171页。

材。哈代之所以能够在多线叙事中巧妙借用复调艺术的形式，是因为乡村生活体验已经潜移默化地浸入他的文学创作中。以《德伯家的苔丝》为例，我们可以参照聂珍钊有关伦理线与伦理结的概念去寻求小说的叙事策略。聂珍钊认为，"伦理线即文学文本的线性结构"，[①]而伦理结则"是文学作品结构中矛盾与冲突的集中体现"。[②]一部完整的叙事作品是由伦理线与伦理结共同组成的。《德伯家的苔丝》中包含着两条伦理线，每一条伦理线都拥有一个对应的伦理主题，即罪恶与纯洁。一条线一直强调苔丝作为一个通奸者，甚至一个杀人犯的身份存在，暗示她的悲剧命运是她罪恶生活经历的必然结果；另一条线却又不断提出她的纯洁、无辜以及她对爱情的忠贞。这两条伦理线在小说的叙事过程中纠结在一起，共同推动着悲剧情节的发展。这种多线叙事方法与复调艺术的特殊结构极为类似。同时，这两条伦理线会在苔丝每一次进行伦理选择时，发生伦理主题并置的情况，由此生成对应的伦理结。这些伦理结的形成类似复调艺术中由对位与卡农这种复调写作技术产生的结构特征。这些技术性方法，保证了复调音乐在对位关系的演绎中是逐步发展的。例如，新婚前夜，独自一人在楼上试穿新婚礼服的苔丝，就陷入类似的伦理困境中。那时她想到了一首叫作《男孩与披风》的民谣，内容讲的是一个男孩送给亚瑟王一件只有贞洁的女人才能穿的披风，亚瑟王命令王后穿上，这披风瞬间变成碎片，由于"它永远不会适合／那曾经失足的妻子"（*TD*, 283）。通过回忆这首歌曲，她已把自己比作那个背德者格妮维尔王后。她害怕克莱尔送给她的这套衣裙会变成碎片"而把她过去的事情暴露出来"（284）。因此，她陷入伦理两难中：一方面害怕克莱尔知道她过去的事情；另一方面，内心由伦理自觉带来的不安又促使她去坦白。两条伦理线于此处交会在一起，使罪恶主题和纯洁主题并置，从而形成了一个伦理结。笔者认为，那首民谣的出现正是对一次对位的成功模仿。叶宪提出，作为写作复调艺术重要

---

① 聂珍钊:《文学伦理学批评导论》，北京大学出版社，2014，第265页。

② 聂珍钊:《文学伦理学批评导论》，北京大学出版社，2014，第258页。

的技法之一，对位法主要以两种方式实现：对比和模仿。"对比就是使曲意在各声部之间互为补充或相辅相成，偏重从变化中求得统一；模仿则是在一个主题型内作各种节奏的、音区的、调式调性的发挥，偏重从统一中求得变化。"① 昆德拉也提到，"所有主张复调曲式的伟大音乐家，都有一个基本原则，那就是声部之间的平等"。② 而此处的对位正发生在两个声部之间，也就是说，在想起这首歌前，苔丝对于自己的婚姻生活充满了期待；为了不让其中任意一条伦理线变成主调旋律，哈代运用了这首民谣来帮助苔丝记起自己的罪恶，补充了叙事。由此，两条叙事线索没有任何一条成为主要部分。它们继续保持类似复调进行中两个声部的制衡关系，在接下来的情节发展中持续对位着。也可以说，哈代此处正运用了对位法中的对比手法，及时补充了声部之一的薄弱，保持了复调叙事的整体性。

二 对"音乐之网"的跨媒介模仿

"音乐之网"是乔恩·格朗迪赋予哈代小说审美特色的评价概念。在《哈代与姊妹艺术》中，她引述了《无名的裘德》中有关苏的一段描写："就像一把竖琴，来自别人内心的情感之风，哪怕极其微弱，也都会拨动她的心弦，激起强烈的冲动。"依此提出"网就是一种关系，一种联系和交织，一种紧密的、部分与部分的关系……网络中包含节奏、旋律、和声，完全可以被称作是'音乐之网'"，③ 由此界定"音乐之网"，即哈代在小说中运用节奏、旋律以及和声效果创造的叙事网络。该叙事网络以文学艺术为媒介本位，通过模仿音乐艺术的一些技术与特征，达到像音乐艺术一样的跨媒介叙事效果。在格朗迪看来，哈代小说中"音乐之网"的模仿对象是瓦格纳的音乐戏剧。"从某种程度上来说，

---

① 叶宪：《〈喧哗与骚动〉中复调结构与对位法初探》，《浙江大学学报》（人文社会科学版）1990 年第 2 期，第 156 页。

② 〔法〕米兰·昆德拉：《小说的艺术》，尉迟秀译，上海译文出版社，2020，第 103 页。

③ Joan Grundy, *Hardy & the Sister Arts*, New York: Harper & Row Publishers, inc., 1979, p.172.

正是一种瓦格纳音乐戏剧的文学对应物。"①格朗迪的观点在加里·斯迈斯的论述中找到了回声，后者同样认为为了描绘叔本华纯粹的意志行动，哈代采用了浪漫主义时期德国作曲家理查德·瓦格纳音乐戏剧中的很多技巧，开发出一种以"音乐之网"为基础的类型小说，以此满足其哲学视野与审美的诉求。②

在类比哈代小说中的"音乐之网"与瓦格纳的音乐戏剧时，格朗迪更为关注"音乐之网"与音乐戏剧中交响配乐的同构性。例如，她认为"音乐之网"由内心的声音、对话声、歌声、乐器声音、自然音响、噪声等一根根线织就，其振动可能发生在任何一根线或者任何一个节点上。这与瓦格纳的音乐戏剧中"角色的噪音和行动同时被设置并融于一连串来自交响乐的旋律组织里"的情形类似。③其中，格朗迪一方面将哈代小说中人物的叙事声音与瓦格纳音乐戏剧中的角色歌唱声音进行对比，另一方面也将小说中人物的叙事声音纳入构成小说叙事的自然音响、叙事节奏等叙事背景中，如同"与管弦乐队的旋律组织形成对比，并与之融合"的角色歌唱声音。④也就是说，"音乐之网"本质对应了瓦格纳音乐戏剧中的交响配乐。其通过模仿瓦格纳音乐戏剧中交响配乐的特性，达到跨媒介叙事的效果。

哈代之所以构建"音乐之网"实现对瓦格纳音乐戏剧交响配乐的模仿，原因在于他肯认瓦格纳之于叔本华音乐哲学的创作实践。叔本华在《作为意志和表象的世界》中提出音乐的形而上学，认为音乐是唯一可以表达意志本身的艺术形式。1854 年后瓦格纳受到叔本华音乐哲学的影响，认为音乐"表现了内在本质，表现了所有表象的自在，

---

① Joan Grundy, *Hardy & the Sister Arts,* New York: Harper & Row Publishers, inc., 1979, p.172.

② Gerry Smyth, *Music in Contemporary British Fiction: Listening to the Novel*, Bsingstoke: Palgrave Macmillan, 2008, p.75.

③ Joan Grundy, *Hardy & the Sister Arts,* New York: Harper & Row Publishers, inc., 1979, p.172.

④ Joan Grundy, *Hardy & the Sister Arts,* New York: Harper & Row Publishers, inc., 1979, p.166.

表现了意志本身"。① 为了达到能够表述意志本身的音乐效果,瓦格纳深化了传统歌剧中交响配乐的功能。他认为,较之于传统歌剧与法国大歌剧,音乐戏剧中的交响配乐不仅应发挥戏剧伴奏作用,还应如贝多芬的交响乐一样具有独立于戏剧情节的功能。他在《特里斯坦和伊索尔德》的创作实践中重塑了交响乐在音乐戏剧中的功能。他认为,对于整体的艺术再现来说,音乐戏剧应由两个元素组成:"一个元素对应到本体,而这就是音乐,另一个元素是本体借以使自己成为可见的,而那就是舞台戏剧",② 即交响音乐"所体现出来的可不仅只是人物角色,而是人类赖以存在其中的整体事物的宇宙结构"。③ 通过充分开掘交响音乐表述功能这一创作实践,瓦格纳实现了对叔本华意志本体的阐述与外部舞台展现这样"内在与外在现实的统一表达"。④

马克·阿斯奎斯在《托马斯·哈代:形而上学与音乐》中指出,哈代在刚走上职业写作道路时,深受瓦格纳此类实践的影响。1880 年,他重点评价了瓦格纳音乐戏剧中的交响配乐,并称其为"环境和鬼魅音乐"。⑤ 格朗迪认为该评价表达了哈代对瓦格纳交响配乐形而上特征的思考,即它是如何脱离具体的时间和地点,成为"对人类在宇宙中地位观念的一种表达"。⑥ 由此,阿斯奎斯推论,受到瓦格纳音乐戏剧中交响配乐启发的哈代,为了回应叔本华的哲学观点与审美需求,开始寻求通过语词建构"音乐之网"以模仿瓦格纳交响配乐效果的小说叙述技巧。"音乐之网将叙事中展开的事件编织在一起,形成(哈代的)阴郁连贯

① 〔德〕卡尔·达尔豪斯:《音乐美学观念史引论》(修订版),杨燕迪译,上海音乐学院出版社,2014,第 377 页。

② 转引自聂珍钊、马弦编选《哈代研究文集》,译林出版社,2014,第 222 页。

③ 转引自聂珍钊、马弦编选《哈代研究文集》,译林出版社,2014,第 203 页。

④ 转引自聂珍钊、马弦编选《哈代研究文集》,译林出版社,2014,第 202 页。

⑤ Joan Grundy, *Hardy & the Sister Arts,* New York: Harper & Row Publishers, inc., 1979, p.160.

⑥ Joan Grundy, *Hardy & the Sister Arts,* New York: Harper & Row Publishers, inc., 1979, p.75.

的形而上愿景的统一表达。"[①] 这一观点虽然指出"音乐之网"在叙事中达到的模仿效果，却并未对其叙事特性与构成进行分析。后者正是促成其达成创作意图的关键因素。

第一，从特性上来说，"音乐之网"表征了跨媒介叙事。在对瓦格纳交响配乐进行模仿的过程中，音乐之网"并不是小说家在创作小说时利用音乐艺术的基本语言——音符来进行叙事，而是说：小说家创作的基本工具仍是语词，但通过模仿和借鉴音乐艺术的某些特征，在'内容'或'形式'上追求并在很大程度上达到像音乐那样的美学效果"。[②] 在这种美学效果的影响下，读者并不能通过阅读哈代小说中"音乐之网"听到由音响材料构成的真实的音乐，却能通过联觉产生对叙述语言的音乐联想，感受到交响配乐般的音乐叙事效果。

既然"音乐之网"所依赖的媒介本位不是音乐艺术，而是体现了一种运用语词从内容与形式上模仿音乐的跨媒介的叙事技巧，那么"音乐之网"的构成要素就不应简单地被音乐术语套用。对"音乐之网"媒介本位的误读是导致一些学者对其含糊界定的主因。格朗迪认为"音乐之网"由节奏、旋律、和声等构成；阿斯奎斯提出其"以唯意志论为灵感，诉诸瓦格纳风格的发声，包含诸如奠定基调的序曲、戏剧情节展开过程中发挥合唱功能且不能缓和的背景音乐，或将个体困境隐喻成一个物种神话习语等"。[③] 笔者认为，"音乐之网"由构成"音乐之网"的叙述文本组成。它们包含了哈代对瓦格纳交响配乐形式与内容的模仿，体现了跨媒介叙事的叙事技巧。

哈代小说中的"音乐之网"主要是对瓦格纳交响配乐中"特里斯坦

---

① Mark Asquith, *Thomas Hardy, Metaphysics and Music*, London：Palgrave Macmillan，2005，p.7.

② 龙迪勇：《"出位之思"：试论西方小说的音乐叙事》，《外国文学研究》2018 年第 6 期，第 117 页。

③ Gerry Smyth, *Music in Contemporary British Fiction: Listening to the Novel*, Basingstoke: Palgrave Macmillan，2008，p.75.

和弦"与"语言与音乐共生的结构"的模仿。①聂珍钊认为"内在意志"
（Immanent Will）与"大意志"（即自然和社会环境）的冲突是哈代悲
剧的核心。②哈代通过模仿瓦格纳"特里斯坦和弦"中两种主导动机的
对抗性，达到对这种冲突的表达与意志本来面目的揭示。特里斯坦和弦
出现在瓦格纳的音乐戏剧《特里斯坦和伊索尔德》中，"是一个明显带
有一种扩张性涌动或者肿胀性蠕动，甚至类似于婴儿分娩时的突破性躁
动奋力挤出母体的声音……每次模进由于绝对音高的不断攀升，局部感
觉都会有一些或多或少的变化，但总体而言，每次途经这个和弦，都会
有一些阻碍进程持续被突进的结构性直觉"。③

此处的结构性直觉对应为声音运动制造的联觉效果。哈代通过叙述
环境中的自然音响与人为音乐组合的动态变化，模仿该和弦模进时的结
构形态特性，表达类似"特里斯坦和弦"的音乐叙事效果。例如《远
离尘嚣》中，哈代以叙述诺科姆山的自然音响为开篇，制造了代表"大
意志"的主导动机。该动机以风制造的自然音响作为主要的音乐材料。
"歇斯底里式的隆隆雷吼……穿过树林顶端的枝干后"弱化成的低声哀
鸣、"枯叶的剧烈抖动"和"拍击树干的喧嚣吵闹"（FFMC, 7），这些
自然音响都是风制造的声音。这些声音由远及近、由"沟壑"（7）到
"峰峦"最终到星辰（8），呈现出一种渐次加入的上升式扩张的过程。
哈代的这种"空间—时间"的建构方式契合瓦格纳的音乐结构观念，即
"由简单的旋律开始，逐渐累积、叠加至复杂宏伟的发展概念"。④通过
文字对大意志动机模进的模仿，哈代意图展现意志的一系列行为。这种
行为带来的宏伟概念——意志本身，是人物无法触及的。"此刻人类的
本能只能是静静地站立，侧耳谛听左右两侧树林的相对哭嚎或那种像大

① 〔德〕克里斯蒂安·蒂勒曼、克里斯蒂·莱姆克‐马特维：《我的瓦格纳人生》，彭茜译，
广西师范大学出版社，2019，第 39 页。
② 聂珍钊等：《哈代学术史研究》，译林出版社，2014，第 117 页。
③ 韩锺恩：《音响诗学——瓦格纳乐剧〈特里斯坦与伊索尔德〉乐谱笔记并相关问题讨论》，
《音乐文化研究》2020 年第 1 期，第 22 页。
④ 韩锺恩：《音响诗学——瓦格纳乐剧〈特里斯坦与伊索尔德〉乐谱笔记并相关问题讨论》，
《音乐文化研究》2020 年第 1 期，第 20 页。

教堂唱诗班相互间有节奏地对唱的曲调。"（*FFMC*, 8）然而，单纯上升的主导动机，并不能带来特里斯坦和弦的音响效果。其张力源自两个主导动机的对抗。韩锺恩以《特里斯坦与伊索尔德》序曲部分的"渴望"（Longing）与"欲望"（Desire）两个动机的张力分析为例，揭示了该音响效果的结构特性（见图 6.1）。①

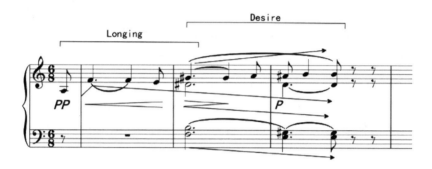

图 6.1 "特里斯坦和弦"谱例

较之于瓦格纳的"欲望"动机，哈代则建构了一个代表内在意志的主导动机。内在意志"在哈代的作品中主要指的是人的意志力，即人在精神上产生的一种力量"，②因此，该动机也是"人的意志"的动机。它以农夫奥克的长笛声作为唯一的音乐材料，属于人为的音乐。"附近传来一连串出人意料的音符，悠悠然直逝入渺渺夜空。"（*FFMC*, 8）该主导动机直接阻碍了此前代表自然意志的主导动机的发展。我们从"狂风根本不会发出如此清晰的声音"以及"大自然也不会发出如此抑扬入调的音响"（8-9）可以体验到该主导动机与此前动机的对抗性。这种对抗性的复现在瓦格纳音乐戏剧作品中常带来一系列"极度疑惑并深度迷惘的提问"，也即"从情感探问到意志询问再到宿命自问"。③对于这部分小说

---

① 韩锺恩：《音响诗学——瓦格纳乐剧〈特里斯坦与伊索尔德〉乐谱笔记并相关问题讨论》，《音乐文化研究》2020 年第 1 期，第 17 页。

② 聂珍钊等：《哈代学术史研究》，译林出版社，2014，第 117 页。

③ 韩锺恩：《音响诗学——瓦格纳乐剧〈特里斯坦与伊索尔德〉乐谱笔记并相关问题讨论》，《音乐文化研究》2020 年第 1 期，第 22 页。

文本无法触及的表述，哈代选择了隐喻或者暗示。海伦·加伍德（Helen Garwood）认为叔本华的意志可以被诗歌和音乐直接表达出来，而小说"只能通过暗示"来表达。[①] 哈代并没有在叙述过程中直接提出宿命式的问题，反而在叙述中将人类意志在冲突中的无力之感体现为奥克笛声中匮乏的音乐动力。"它听起来似乎有点沉闷，仿佛是由于力度的匮乏而难以飘得更高、传得更远。"（*FFMC, 9*）这种描写反而模仿出特里斯坦和弦中"阻碍终止"（Interrupted Cadence）的音乐效果，即属和弦进行到其他的和弦，而不回归主和弦，带来终止受阻的状态，形成一种"无法解决"的听觉印象。这正是哈代在该段音响结构的叙述中呈现的效果，即代表大意志的主导动机突破了代表人类意志的动机阻力，向无终旋律（通过各种方式规避终止以扩张结构）范畴发展，为人类意志带来了新的挣扎与痛苦。

第二，哈代小说中的"音乐之网"通过模仿"语言与音乐共生的结构"达到类似瓦格纳"音响狂欢"的叙事效果。[②] "语言与音乐共生的结构"是瓦格纳之于歌剧的重大改革。他尝试用"一连串的'音乐诗乐段'"来替代常规歌剧引子的那种朗诵式的宣叙调。[③] 他将人声用作乐器的一个声部，让它们浮动在管弦乐之上，"唱出的音符都远远不是从诗句当中衍生，而是从交响乐队当中衍生的"，[④] 以此提供一种"文字语言和音乐语言之间联络和阐释的纽带"。[⑤] 由此，传统歌剧中人声的权威性被解构，原本为歌唱伴奏的音乐，彻底从歌唱所表达的戏剧情节中解放

[①] Helen Garwood, *Thomas Hardy: An Illustration of the Philosophy of Schopenhauer*, Charleston: Nabu Press,inc., 1911, p.84.

[②] 〔德〕克里斯蒂安·蒂勒曼、克里斯蒂·莱姆克－马特维：《我的瓦格纳人生》，彭茜译，广西师范大学出版社，2019，第43页。

[③] 〔英〕杰拉尔德·亚伯拉罕：《简明牛津音乐史》，顾犇译，上海音乐出版社，2013，第807页。

[④] 〔英〕布莱恩·马吉：《瓦格纳与哲学：特里斯坦和弦》，郭建英等译，中国友谊出版公司，2018，第241页。

[⑤] 〔英〕布莱恩·马吉：《瓦格纳与哲学：特里斯坦和弦》，郭建英等译，中国友谊出版公司，2018，第278页。

出来，甚至具有隐喻更为宏大的叙事主题的功能，以此达到狂欢化的叙事效果。

之所以认为瓦格纳的"语言与音乐共生的结构"与哈代小说中的"音乐之网"具有对应关系，是因为瓦格纳和哈代都解构了原本作为叙事主导的戏剧元素，诉诸多种音响组合，收到狂欢化的效果。瓦格纳消解了歌剧中歌唱在叙事方面的主导地位，让交响配乐发挥更为复杂的叙事作用，由此形成更具开放性的狂欢化叙事效果。"那是音乐，它为不可言说者发现一种语言，只有感觉能理解它；那是语言，它们与音乐互相联系，并与它一起组成一种新的意义范围；那是情节和活动中的节奏；那是人们彼此之间的立场，空间的张力。"[①]而在"音乐之网"中，哈代则寻求各种形式的艺术元素（包括口头文学、民谣、乡村舞曲、舞蹈、口技等）及其音响的混杂和融合，否定一切权威，注重叙述内容的开放性，由此制造出"音响狂欢"的联觉效果。以《德伯家的苔丝》中蔡斯勃勒的舞会为例，这场舞会中的音响组合包括小提琴伴奏的声音、踢踏舞的脚步声、咳嗽声、大笑声以及舞伴摔倒的声音等。在叙述过程中，哈代让这些声音交织渗透着，编织出"音乐之网"。网中"气喘吁吁""旋转狂舞"（*TD*, 81）的舞者则被形容为希腊神话中那些充满性意味的半人半神的形象："萨提拥抱宁芙，如许多潘神拉着许多西琳克丝旋转不停，又好像洛提丝企图躲开普里阿普斯却总归失败。"（80）他们如同狂欢节上那些戴着假面跳舞的人们，内心的原欲被充分释放。"狂喜和恍惚开始了，而在如此精神状态中，感情成了宇宙间唯一的物质。"（81）他们不辨你我，只享受着纯粹人际关系下的笑谑、模拟和嘲讽。《卡斯特桥市长》中的"音乐之网"由一次大规模的群众性庆祝活动构成。它由苏格兰舞步声、乐器演奏的声音、笑声以及挖苦权威的议论声——"他是榆木脑袋"，"他的账本乱得不像话"，"要不是这个年轻人，他的工作很难说会成什么样子"（*MC*, 103）编织而成，产生了狂

---

① 〔德〕吕迪格尔·萨弗兰斯基：《荣耀与丑闻——反思德国浪漫主义》，卫茂平译，上海人民出版社，2014，第 296 页。

欢化的艺术效果。由此，先前存在的等级关系暂时被取消，任何东西都可以成为模拟讽刺的对象。其中，法夫纳的权威性在舞会中被解构。与亨察德因为大雨泡汤的庆典不同，法夫纳筹备的舞会充满了对权威的讽刺。他设计的舞台穹顶造型虽像"天主教堂正堂，但里面并没有一丁点儿宗教气氛"（103）。在舞会中，"在人员混杂的大帐篷下与人跳舞"（106）的伊丽莎白，几乎忘了她作为市长继女的身份。同时，作为卡斯特桥一市之长的亨察德，也被众人公开讥讽。由此可见，在法夫纳舞会所编织的"音乐之网"中人们可以尽情亵渎神圣世界和权力。

三　曲式结构与文本结构

哈代小说的文本结构与音乐作品的曲式结构具有一定关联。首先，哈代在小说的文本建构中模仿了序曲曲式。序曲（Overture）指的是歌剧、舞剧开篇部分的短曲，具有给整部剧定基调的作用。从 18 世纪中后期德国音乐家格鲁克的歌剧改革起，艺术家们将剧情因素引入序曲，使之逐步与歌剧的戏剧性融合，从而更有效地引导观众进入歌剧的发展过程。19 世纪以后序曲逐渐演变成单乐章的交响诗形式。正如钱仁康所说，"序曲（Overture）和交响诗（Symphonic Poem）是同出一源的两种单乐章器乐体裁，通常都是标题性的交响音乐"。他还指出，"李斯特效法 19 世纪前半叶的标题性序曲，如贝多芬的'Coriolan'（1807）、柏辽兹的'LeRoiLear'（1831）、门德尔松的'Hebrides'（1829—1832），创造了交响诗；他的最初几首交响诗（'Taso'、'Les Prélude'、'Orpheus'、'Hamlet'）曾被称为'序曲'"。[1]

哈代对序曲曲式的跨媒介模仿具体表现为：第一，给人物的命运定下基调；第二，隐喻悲剧的形而上意义。第一点较为常见，例如，哈代在《德伯家的苔丝》的开篇部分先描绘了五朔节的"联欢游行"上的舞蹈。这是苔丝与克莱尔最初相会的情景（TD, 15–18），却又是他们错过

---

[1]　钱仁康：《德沃夏克的序曲与交响诗》，《上海音乐学院学报》2008 年第 1 期，第 16—21 页。

共舞的时刻。这段寓意深刻的序曲，无疑为两位主人公的命运悲剧定下了基调。

其次，为了模仿序曲的音乐形式，哈代在序章中运用文字描绘音乐的跨媒介叙事方法，使文本中的自然音响组合具备序曲的音乐叙事特性。前文提到，自然音响是小说中具有代表性的音乐元素之一。它指小说中通过描写这种自然音响效果，以实现对该音响效果的模仿。它只有依靠读者的联觉能力才能实现。其叙事性并不以音乐音响的形态呈现，而由描绘自然音响组合的语词构成。这些语词构成的"音乐之网"通过模仿不断变化、扩充、冲突、分层、向复杂方向延伸的交响音乐的"主题—动机"，最终生成模仿音乐情绪的情感序列。哈代常在主体情节开始前设定一个序章，以此达到瓦格纳序曲在整部音乐戏剧中的叙事效果。瓦格纳在序曲创作上更加重视管弦乐队的表现，让器乐独立演绎"主题—动机"从"单一向复杂轴"的变化，以此透过复杂的交响织体寻求对事物本质的表达。他创作的序曲不仅可为其整部音乐戏剧奠定情感基础，亦可抵达叔本华的意志本身。笔者曾对《还乡》序章进行了音乐叙事分析。该"自然音响"书写通过描写风制造的若干声音的生成与发展，从音强、音高、音型三方面，表征出人物相对应的情绪体验，由此构建出该段情感序列的"叙事性"，即"一个巨大的复杂情绪在内心中翻涌，显得很不安，由此展示沉重的感情，这种感情在脆弱的声音体验中感受到了那份一切都薄如蝉翼的空洞，生命最终是一场无耐与徒劳的过程"。[①]

将分析结果进一步同瓦格纳序曲进行关联可发现，表征"音乐之网"的《还乡》序章主要从三方面模仿了瓦格纳的序曲形式。其一，序章中的主要人物尤斯塔西雅具有序曲的音乐叙事中"主题—动机"的特性。音乐中的主题相当于小说中"承载主题思想的行为者——人物、物象或由意象与韵律等构筑的形式载体"。[②]作为序章中具有叙事功能的"行为

---

① 王希翀：《文学叙事中音乐元素及其情感序列构建——以哈代小说为例》，《山东外语教学》2020年第4期，第98页。

② 王旭青：《分析·叙事·修辞——音乐理论研究论稿》，上海三联书店，2018，第111页。

者",她是自然音响的实际联觉者。序章也是根据她的联觉经验展开叙述的。各种音响的强弱、远近、高低通过她的联觉形成了丰富多变的意象群;反过来,这些意象群又隐喻了她内心的变化,由此形成西蒙·加特莱尔所谓的"共生关系"。[1]这种关系实际归于"一种音乐情绪范畴"。[2]由此,序章中的叙述人物尤斯塔西雅正是对序曲中"主题—动机"的模仿。其二,小说中自然音响的建构过程参照了瓦格纳序曲中"环境和鬼魅音乐"的音响设计。哈代曾评价瓦格纳的"环境和鬼魅音乐"类似于"风雨穿过树林、铁轨、锁眼"制造出的音响。[3]虽然单靠语词无法模仿出交响乐的编配织体,但"音乐之网"中的音响效果仍能通过联觉经验到。《还乡》序章中的自然音响主要由书写风声的叙述文本构成。通过对风势、风声的描写,哈代构建了一个类似于沉浸在瓦格纳序曲中的音响空间。例如,描写风势的"无数细小植物被风刮过后一起发出的响声"与"数百片叶子发出的声音"(RN, 64),具备类似于瓦格纳《罗恩格林》序曲中重叠高音区配器编制的形式特征。描写风声的"一些时断时续的平板枯燥的宣叙调"(64)则获得《特里斯坦和伊索尔德》序曲中"介于说话与唱歌之间的曲调"制造的音响效果。[4]其三,瓦格纳常通过特殊的音乐语汇传递出形而上的哲学思想。例如,狄特·波西迈耶尔指出瓦格纳在《莱茵的黄金》(Das Rheingold)的序曲部分就尝试运用降 E 大调的主音"与这种世界的无定形的原始音结伴的"五度音,来寻求"万物的神话本源的表达"。[5]为了传递出序曲中包蕴的象征意味,哈代则进行了原型叙事的创作尝试,以此隐喻悲剧的形而上意义。《还乡》

---

① 王旭青:《分析·叙事·修辞——音乐理论研究论稿》,上海三联书店,2018,第 111 页。

② 王希翀:《文学叙事中音乐元素及其情感序列构建——以哈代小说为例》,《山东外语教学》2020 年第 4 期,第 96 页。

③ Joan Grundy, *Hardy & the Sister Arts,* New York: Harper & Row Publishers, inc., 1979, p.160.

④ 韩锺恩:《音响诗学——瓦格纳乐剧〈特里斯坦与伊索尔德〉乐谱笔记并相关问题讨论》,《音乐文化研究》2020 年第 1 期,第 22 页。

⑤ 〔德〕狄特·波西迈耶尔:《理查德·瓦格纳:作品—生平—时代》,赵蕾莲译,黑龙江教育出版社,2015,第 224—225 页。

的序章部分就出现了对《圣经》的原型叙事。马弦认为，尤斯塔西雅的原型就是"以实玛利"，而作为背景的爱敦荒原则是以实玛利被放逐的居住地——巴兰的旷野，"暗示了小说中人物的生存状况和未来的命运"，[①]由此，更为深刻地诠释出无望且沉闷的外部世界与个人意志永无终止的对立冲突，获得诸如序曲中无终旋律般"规避中止以扩张结构"的象征意蕴。[②]

最后，哈代在小说中经常通过情景和意象的再现来强化人物的悲剧性格和命运，这一点和奏鸣曲式的再现部结构具有相似特点。"奏鸣曲式"是一种大型曲式，是奏鸣曲主要乐章常用的一种结构形式。它包含几个不同主题的呈示、发展和再现以及特定的调性布局。其中，再现部是奏鸣曲式的最后一个部分，主部仍在原调上再现，并通过连接段，使副部在主调上出现，以取得再现部的调性统一。也就是说，再现部常通过一些变化将呈示部重复出来。哈代经常会在小说的结尾处仿效奏鸣曲式的结构特色，让故事首尾呼应。比如《还乡》中坎特大爷的歌唱。在开篇不久，坎特大爷演唱了一首《埃莉诺王后的忏悔》的民谣。这首歌讲述的是埃莉诺王后在做忏悔时，吐露了她与典礼大臣之间的私情。笔者非常同意马弦和刘飞兵的观点，他们认为这首歌"就像回响在整个故事里的主旋律，影射和暗示了将来有可能发生在游苔莎、韦狄和克林之间的悲剧"。[③]它就像是整部小说的呈示部，展示出了一个悲伤的故事引子。而之所以在新婚之时唱这样的歌曲，是因为坎特大爷一行人并不认为这桩婚姻会幸福美满。这从他们一行人的对话就可以明显感受到，如费厄韦提到的约布莱特夫人在教堂里对结婚公告的公开质疑以及奥利·道顿的心声："当我听到他们的结婚遭到反对时，我真是高兴。"（RN, 24）这便解释了坎特大爷为何没有选择表达快乐美好情感的歌曲

---

① 马弦：《哈代小说的原型叙事和创作观念研究》，浙江大学出版社，2019，第31页。

② 韩锺恩：《音响诗学——瓦格纳乐剧〈特里斯坦与伊索尔德〉乐谱笔记并相关问题讨论》，《音乐文化研究》2020年第1期，第21页。

③ 马弦、刘飞兵：《论哈代"性格与环境"小说的民谣艺术》，《外国文学研究》2007年第2期，第112页。

为托马茜和怀尔德夫的婚姻祝唱。然而，故事的最后，坎特大爷又赶去
为一对新人歌唱助兴了。那时花落村的悲剧已经告一段落，而勤劳忠诚
的"红土贩子"迪格雷和托马茜喜结连理。正如托马茜所说："如果我
结婚，我一定是跟迪格雷结婚。他比任何人都对我好，还以我都不知道
的各种方式帮助我。"（462）不单是托马茜这么认为，迪格雷和托马茜
的婚姻在众人看来也是能够幸福的。所以，坎特大爷这一次选择歌唱高
音调的《大麦堆》。"她从上面的窗格里，召唤着她的心上人：'哦，外
面雾浓露重，快进来吧。'"（468）相较于之前那首歌所表达的不贞和欺
瞒，这首歌的歌词则表达了一种对爱情的守候和捍卫。因此，坎特大爷
在结尾处的歌唱，正是对于文章开头那次歌唱的主题再现。此处的再现
部并没有重复呈示部内容，而是在呈示部的基础上发生了改变——歌唱
的内容、歌者的心情、歌唱引发的议论等。通过制造这种首尾呼应类似
奏鸣曲式的艺术效果，哈代让读者再次听见那一夜的悲剧交响的余音。

第二节　"音乐书写"的音乐叙事化

哈代小说中的"音乐书写"在叙事方面也具有一定的音乐特点，具
体表现为其借鉴了一些音乐体裁的叙事特色、"音乐书写"中的视角变化
以及叙事线索的动机化。哈代小说的叙事手法在一定程度上模仿了民谣、
歌剧等声歌体裁的叙事艺术。从艺术构思上来说，哈代在叙事手法、情
节构思与场景安排方面借鉴了民谣与歌剧艺术。在其"歌唱"、"乐器"
以及"自然音响"书写中，叙事视角常由第三人称全知性视角导入歌者
内心世界。在他的叙事中常常出现类似音乐主题动机的叙事线索。

一　对音乐体裁的模仿

哈代小说的叙事手法在一定程度上借鉴了民谣、歌剧等声歌体裁的
叙事艺术。从艺术构思上来说，哈代在构思与设计小说情节方面受到了
民谣艺术的影响。道格拉斯·邓恩在论及哈代短篇小说的叙事艺术时，

提出哈代小说的叙事方法多为"传统口头式"。"哈代写作的显著特征之一在于他'传统传播者'的身份……是苏格兰和爱尔兰的传统歌手和故事叙述者，特别在盖尔语文化和旅行者的歌谣中。"[①] 唐纳德·戴维森也在《托马斯·哈代的小说的传统基础》中提出，"具有哈代特色的长篇小说是根据口述（或吟唱）的故事那样构思的……它是传统的民谣或口头故事，以现代散文小说的形式扩大而成"。[②] 也就是说，哈代小说在构思和讲述故事的时候，受到了民谣艺术的影响，具体表现在其情节构思上。

从情节构思方面来说，哈代小说中的情节许多都脱胎于民谣。唐纳德·戴维森以《林荫下》、《远离尘嚣》、《卡斯特桥市长》、《还乡》、《林地居民》和《德伯家的苔丝》这些"严格意义上的威塞克斯小说"为例论证他的观点。[③] 他认为哈代小说情节的故事取自"乡村故事"，也就是"学者们所说的 17、18 世纪民谣中所唱的那类故事"。[④] 为了证实这个论点，他分别解释了《林荫下》的范西·戴与民谣《几个厚颜无耻的人物》中托尼·凯兹、《远离尘嚣》的范妮·罗宾与《荒郊野外的玛丽》中那个被人遗弃的少女的深刻关联，并提出在哈代小说中"处于主导地位的是事件，而不是主旨、或心理、或评论"。[⑤] 因此，与同时代的小说家查尔斯·狄更斯、乔治·爱略特相比，哈代的小说情节显得更为紧凑且戏剧性更强。这些构成叙事的事件和民谣中的故事情节息息相关。例如在《远离尘嚣》中，奥克出身低贱，却爱着一位高阶层的人，虽然经历种种考验，但最终收获了自己理想中的爱情。唐纳德·戴

---

① 〔英〕道格拉斯·邓恩:《托马斯·哈代的叙事艺术:诗歌和短篇小说》，聂珍钊、马弦编选《哈代研究文集》，译林出版社，2014，第 158 页。

② 〔英〕唐纳德·戴维森:《托马斯·哈代的小说的传统基础》，陈焘宇编选《哈代创作论集》，丁耀林译，中国社会科学出版社，1992，第 126—127 页。

③ 〔英〕唐纳德·戴维森:《托马斯·哈代的小说的传统基础》，陈焘宇编选《哈代创作论集》，丁耀林译，中国社会科学出版社，1992，第 127 页。

④ 〔英〕唐纳德·戴维森:《托马斯·哈代的小说的传统基础》，陈焘宇编选《哈代创作论集》，丁耀林译，中国社会科学出版社，1992，第 128 页。

⑤ 〔英〕唐纳德·戴维森:《托马斯·哈代的小说的传统基础》，陈焘宇编选《哈代创作论集》，丁耀林译，中国社会科学出版社，1992，第 127—128 页。

维森认为它与以《杜鹃钟》为代表的民谣情节类似。而《还乡》中的情节——"约布莱特太太被蛇咬；尤斯塔西雅和怀尔德夫溺死在同一个水池里，构成一种传奇式的同时死亡"。[①] 在《德伯家的苔丝》中，在爱情中受到伤害的皆为挤奶工出身的姑娘，这也和民谣故事中挤奶女工总是特别容易被人诱奸这一情节雷同。事实上，依照唐纳德·戴维森的思路，笔者在小说中发现了更多哈代在文本建构中对民谣艺术借鉴的例子。例如《还乡》中民谣《埃莉诺王后的忏悔》的情节（RN，20）与小说中怀尔德夫与尤斯塔西雅的私情类似，《林肯郡的偷猎者》（The Lincolnshire Poacher）歌唱的布置机关抓猎物的情节，让人联想到《林地居民》中辛托克森林里埋设在偷猎者必经之路上的捕人夹（W，473）。

除了在情节构思上借鉴民谣故事，哈代还在场景与情节安排上借鉴了歌剧的内容，以此强化叙事的戏剧性。乔恩·格朗迪提出，哈代的小说中的部分叙述情节也同歌剧中的戏剧情节有着特殊的关联。例如《贝姐的婚姻》中，克里斯托弗在罗京顿林园凝视着一扇被照亮的窗户里埃塞尔贝姐的轮廓（HE，75）。这一幕让人联想到威尔第的歌剧《游吟诗人》第二幕中曼里科和卢纳在黑暗的花园里望着莱奥娜拉的窗户的情景。再如《计出无奈》《远离尘嚣》中同时出现的火灾场景，也让人联想到梅耶贝尔的大歌剧剧作《法国新教徒》（Les Huguenots）中故事最后圣巴塞洛缪大屠杀的现场。上述研究都表明哈代在小说创作时对民谣、歌剧这两种音乐体裁的借鉴。唐纳德·戴维森和乔恩·格朗迪也从哈代的生平中寻找到许多证据来证明他与这两种音乐体裁的关系。正因为吸收了民谣以及歌剧中独特的叙事艺术，哈代的小说在艺术构思上呈现出音乐化的特色。

二 音乐元素书写中的视角转换

在哈代小说的音乐元素中，叙事视角常常会发生转换。具体表现为

---

① 〔英〕唐纳德·戴维森：《托马斯·哈代的小说的传统基础》，陈焘宇编选《哈代创作论集》，丁耀林译，中国社会科学出版社，1992，第 129 页。

在书写"歌唱"、"乐器"以及"自然音响"等小说文本中，叙事视角常由第三人称全知性视角导入歌者内心世界；在音乐互文性文本中，人物常在对话中又讲述一个有关音乐的故事。在这种故事嵌套的叙事模式中，叙事视角也会从全知性视角暂时转变为第三人称限定性视角。陈静提出，哈代在写作长篇小说时常选择第三人称全知性视角进行叙述，全知叙述者是指叙述者无所不知，无所不晓，如同"上帝"般"可从任何角度、任何时空来叙述：既可高高在上鸟瞰地貌，也可看到在其他地方同时发生的一切，对人物的过去、现在和未来均了如指掌，也可任意透视人物的内心"。① 然而这种叙事会给读者了解人物的内心情感带来阻碍。为了让读者洞悉人物的思想感情，哈代诉诸书写"歌唱""乐器""自然音响"的叙述文本或音乐互文性文本来将读者导入人物的内心世界中。

其一，叙事人称视角会在书写"歌唱"、"乐器"以及"自然音响"的小说文本中发生变化，这具体表现为这些音乐元素书写中的情感表达功能。前面三章已经分别重点分析了这些音乐元素是如何展现小说人物或作者的情感的。如在"歌唱""乐器"这两种涉及表演场景描写的音乐元素中，人物成为表演者（歌者或乐器演奏者），读者可以通过阅读描写他们表演过程的文字来感受其内心情感。在书写芭丝谢芭演唱《阿兰湖畔》的小说文本中，哈代先以第三人称全知性视角描写道："她站在敞开的窗口里，面对着大家。蜡烛在她的身后，奥克在她的右侧，紧靠窗框的外侧，博尔伍德已站到她的左侧。"（FFMC, 178）这一部分是该段小说文本中描写歌唱场景的文字。其中哈代有意将叙事焦点集中在芭丝谢芭的身上。这是在为其叙事视角的转变做好铺垫。而后，哈代开始书写芭丝谢芭的歌唱过程："她的初唱轻柔而又极富婉转，很快歌声又变得平稳嘹亮起来。随后就是聚在这里的人中有好几个经过几个月，甚至几年之后还能记起的一段歌词。"（178）结合着歌词的引用，读者此时已进入芭丝谢芭的内心世界中，她时而婉转轻柔、时而平稳嘹亮的

---

① 陈静:《简论〈德伯家的苔丝〉中的叙事策略》,《芒种》2014年第22期, 第58页。

歌声，表现出她虽渴望被守护，却始终等候真爱的情感。同样，读者也能从描写奥克三次吹奏长笛的小说文本中，感受到人物决然不同的三种心境（详细分析请参见第四章第二节）。

与书写表演场景的音乐元素不同的是，"自然音响"书写是通过制造小说人物与大自然的共生关系深入人物的内心世界。例如第五章第四节中分析了尤斯塔西雅与风声的情感关联。"一片干瘪的石楠叶的声音低不可闻，而数百片叶子发出的声音也只是在四下一片沉寂中才能听到，因而这整个山坡上无数片枯叶发出的声音，传到这女人的耳朵里，也只不过是一些时断时续的平板枯燥的宣叙调而已。"（RN, 64）这一段中无数枯叶发出的声音完全是尤斯塔西雅内心情感的表达，即她不愿一直生活在一种压抑的环境中，不愿一直处于一种慵懒、呆滞的情况之下。所以，在这一段书写"自然音响"的小说文本中，哈代的叙事视角实际上也已转到小说人物身上了。

其二，哈代也会通过设置音乐互文性文本，特别是有关音乐事件的描述性对话，将读者导入人物的内心世界中。因为，对话本身已不再是小说叙述者叙事了，而是叙述者借小说人物之口进行讨论和讲述。从人物的对话中，我们能够更加贴近人物本身。例如《德伯家的苔丝》中那一段有关歌唱是否能够刺激奶牛产奶的对话。克莱尔正因为加入这一段讨论里，才被苔丝注意到。构成这一段音乐元素最重要的部分就是乳牛场主人讲述的威廉杜威和公牛的故事。如果故事不以乳牛场主的身份讲述，而是以作者的叙事形式出现的话，那么它将会变为一段描写小提琴演奏的小说文本。因为乳牛场主在故事中讲述了威廉是如何用小提琴拉奏圣诞欢歌躲过公牛追赶的。"于是他突然拉起圣诞欢歌的曲子来，完全就像圣诞节人们唱颂歌时一样。这时候，瞧啊！这头公牛愚蠢地以为这真是圣诞前夕耶稣降临的时刻，以双膝弯曲跪倒在地上。"（TD, 155）这一段故事虽然只是乳牛场主为了证明自己的观点"公牛比母牛更容易受音乐的影响"（154）想到的，但在他讲述的同时，哈代已将叙述视角还给人物本身，让人物发表自己的观点。其中，读者也能感受到说话者的个性、信仰以及他们新鲜抑或离奇的观点。同时，作为一位"传统歌手和故事叙述者"，哈代本就擅长用讲故事的方式进行叙事。在这样的对话文本中，他可以从第三人称全知性视角回到以人物观察世界的视角的讲述中去。

三　叙事线索与主题动机

"音乐之网"中的叙事线索对交响配乐中的主导动机进行了模仿。主导动机"是一个音乐短语，旨在表示叙述世界中的一个角色、对象或抽象概念"。[①]它是形成瓦格纳交响配乐音乐结构范式的基础，也是贯穿其整部作品的核心音乐素材。道格拉斯·布朗认为，文学中的主导动机"都必须相对较短，而且必须同上下文有语法联系，且指的是超出音调或词语所包含的东西"。[②]由此，小说中某些叙事线索可作为音乐作品主导动机的对应物。为了模仿瓦格纳的主导动机，哈代在"音乐之网"中通过塑造不断复现的意义载体，设置音乐化的叙事线索，建构小说的内在结构。下面以《无名的裘德》中的"钢琴"与"钟声"这两个叙事线索为例。

作为叙事线索之一的钢琴出现在小说的开始。那时，费罗生按照裘德的建议将它留在了马里格林。虽然没有被人演奏，这架钢琴却已象征了受教育的可能。因为，钢琴是维多利亚时期流行于较高社会地位之人家中的一种乐器，而"又小又老"且"坐落在丘陵起伏的高地中间那个山坳里"（*JO*, 9）的马里格林却是一个缺乏必要教育条件的地方。教师费罗生的离去，无疑给那些想要出人头地的乡村少年造成巨大打击。当裘德问费罗生他离开的原因时，费罗生回答："要想教书，就要有大学毕业证书。"（*JO*, 7）这句话深深印在了裘德的心里，并让他一度视费罗生为人生楷模。由此看来，裘德建议留下钢琴的举动，从表面上看好像分担了费罗生的行旅压力，实则表现出他冲破命运桎梏、获得高等教育的心愿。作为叙事线索的钢琴于此处象征了主导动机"渴望"。海

---

① Gerry Smyth, *Music in Contemporary British Fiction: Listening to the Novel*, Basingstoke: Palgrave Macmillan, 2008, p.75.

② Douglas Brown, *Thomas Hardy,* London: Longman, 1954, p.211.

伦·加伍德提出"无序的自然世界暗示着它的对立面，无序的人类世界。这是哈代面对历史时的态度，没有任何结果，只是在不同的时间和地点，单调地重复相同的动机以及相同的原因"。[1]笔者对此观点持否定意见，因为哈代并没有让主导动机单纯重复，而是在瓦格纳的启示下，通过创造人物关系与象征意味的变化，达到主导动机所指的变化。在《无名的裘德》中，哈代的模仿实践就赋予了原先叙事线索所隐喻的人物关系与情景变化的属性。当钢琴第二次出现在沙氏屯时，"一架钢琴——实际上就是费罗生先生过去搁在马里格林的那架钢琴，就摆在附近"（JO, 199）。那时，裘德已放弃进入教会或大学的理想。在和费罗生夫人苏演奏钢琴的过程中，他们间"产生了不应该有的感情"（202）。裘德弹奏起赞美诗《十字架下》，苏却偷偷来到他的身后，"把手轻轻按在他弹低音部的那只手上"（200）。此后，他们就在合奏的时候两次交握双手。对肉欲的渴望解构了钢琴原本象征的教育价值与师生关系。由此，在叙事过程中，虽然读者回忆起钢琴所象征的渴望动机，但其寓意却发生了变化，即从对教育理想的渴望，转变成对世俗肉欲的渴望。

另一个重要的叙事线索是钟声。《无名的裘德》中的钟声与瓦格纳的《尼伯龙根的指环》（Der Ring Des Nibelungen, 1874）密切相关，因为二者都通过钟声展现"个人意志融合到宇宙意志"的时刻。[2]裘德第一次听到钟声是在马里格林村外走夜路的时候，那时他远远看到基督寺的灯火。"突然间，随风飘来另一样东西，那就是从那边传来的信息，好像是住在那边的人传给他的。没错，这就是钟声，那城市的声音。那声音轻柔悦耳，在对他呼唤：'我们在这里非常愉快。'"（JO, 20）此时，钟声对裘德来说似乎代表着"古老的希望和幸福感"。[3]事实上，钟

---

[1] Helen Garwood, *Thomas Hardy: An Illustration of the Philosophy of Schopenhauer*, Charleston: Nabu Press,inc., 1911, p.30.

[2] Gerry Smyth, *Music in Contemporary British Fiction: Listening to the Novel*, Basingstoke: Palgrave Macmillan, 2008, p.76.

[3] Gerry Smyth, *Music in Contemporary British Fiction: Listening to the Novel*, Basingstoke: Palgrave Macmillan, 2008, p.76.

声制造的音乐暂时让作为听众的裘德逃脱了个人意志的束缚，进入宇宙意志中。"他完全陶醉在自己神飞意扬的遐想之中，忘却了自己置身何处。"（JO，20）吕迪格尔·萨弗兰斯基认为，这种"个体的意识越过它的边界，参与其事"的瞬间，可以形成被瓦格纳称为"真实生命的压缩形象"。①由此，钟声代表主导动机"顿悟"。当裘德重返基督寺，与苏和三个孩子冒雨寻找住处的时候，钟声再次响起：

> "啊。你听！"裘德还没有跟女主人打招呼就冒出这样一句话来。
> "听什么？"
> "钟声啊，那是哪个教堂的钟声？音调听起来好熟悉啊！"
> 从很远的地方又发出一阵钟声齐鸣的声音来。（JO，333）

卡罗琳·阿巴特和罗杰·帕克认为，瓦格纳作品中的主导动机，"通常最先以简单的形式出现，然后再产生变化"。"这种关联和变化的过程被称为音乐的'语义化'（Semanticization），即动机伴随意义的逐渐渗透。"②同样，此前钟声所代表的主导动机的意义，此时发生了变化：它已不再象征人物内心的渴望与狂喜，反而象征了其对执念的放弃。裘德的独白——"这一辈子都是个门外汉""以后再也不迷恋这该死的地方了"（JO，332）正表露了这一点。主导动机"顿悟"虽被重复演绎。其意义和此前钢琴所代表的主导动机"渴望"一样，因人物与周围关系发生变化而改变。由此，"听者就不可能回到原来的'纯粹'内涵"。③

---

① 〔德〕吕迪格尔·萨弗兰斯基：《荣耀与丑闻——反思德国浪漫主义》，卫茂平译，上海人民出版社，2014，第295页。

② 〔美〕卡罗琳·阿巴特、〔英〕罗杰·帕克：《歌剧史：四百年的视听盛宴和西方文化的缩影》，赵越、周慧敏译，中国画报出版社，2020，第420页。

③ Gerry Smyth, *Music in Contemporary British Fiction: Listening to the Novel*, Basingstoke: Palgrave Macmillan, 2008, p.77.

第三节　哈代小说的音乐特性

哈代小说的音乐特性指哈代小说以书写音乐元素的小说文本为内容基础，以书写音乐形式的文本形态为艺术形式，从而体现的一种跨媒介叙事征候。其中，书写音乐元素的小说文本，作为思想内容的重要组成部分，以其自身的语言特点及其所带来的审美体验在小说内容表达与文本建构等方面发挥了重要的作用。艺术形式的音乐化则通过模仿音乐的形式特征，整体上实现文本结构和语言表达上的音乐化，制造联觉效果，让读者在阅读音乐化的小说文本时，产生聆听一首交响曲或观看一部歌剧的审美体验。

一　文本内容的音乐化

哈代小说充满了书写"歌词""歌唱""乐器""自然音响"的叙述文本以及音乐互文性文本等。作为构成内容音乐化的基础，这些书写音乐元素的小说文本以其自身的语言特点及其所带来的审美体验呈现了哈代小说的音乐特性。除此之外，它们还能在哈代小说文本中发挥情感表达与文本建构的作用，以此赋予哈代小说有别于同时代其他小说家作品的音乐性形象。

首先，音乐元素书写在情感表达上发挥了重要的作用。表情达意是评价一部小说拥有艺术价值的重要因素。在小说写作中，作家可通过景物描写、人物与情节塑造或是表露思想情感来表情达意。除了常规的叙述技巧，格朗迪提出，哈代还常在自己的叙述中加入音乐话题、对话、书信、画作、诗歌等元素来表达某些特殊的感情。其中，对音乐元素进行书写和恰当的情感表达是哈代惯常使用的方法。为了让读者能够真正在阅读音乐元素书写的过程中产生音乐情绪并感悟到其与人物的情感关联，哈代在对音乐元素进行书写过程中始终遵循音乐的情感传递规律。例如，在书写"歌唱"的小说文本中，哈代以歌唱艺术本身的情感表达特点为依据，对歌唱场景，歌者的歌唱状态、声音特色、歌唱内容以及由此带来的听者的情绪和神情的变化都进行完整且细腻的刻画。由此，读者不仅能感受到人物借助歌曲抒发的内心情感，也能追踪该歌曲在聆听者们面部或内心激起的音乐情绪。在书写"乐器"的文本中，哈代则以乐器演奏中的情感传递方式为依据，重点描写了不同的乐器演奏者是如何在不同的演奏场景下通过各自的乐器表达情感的。其中，哈代不仅用文字忠实还原了那些在乡村舞会、家庭沙龙抑或教堂弥撒中的演奏情景，还敏锐地捕捉到由音色在演奏过程中的细微变化引发的聆听者们音乐情绪的变化，例如书写苔丝聆听克莱尔演奏竖琴的小说文本和书写卡罗尔聆听魔琴师欧拉摩尔的小说文本。在书写"自然音响"的小说文本中，哈代则建立了不同类型的自然音响与不同种人物情感的关联，例如第五章分析过鸟鸣是如何呼应苔丝的不同情绪的；维恩特波恩的情感世界又是怎样呼应不同的风声的。值得一提的是，哈代还在书写"自然音响"的文本中尝试赋予自然交响形而上的意义，隐喻了悲剧性主题。例如《还乡》中的"音乐之网"，其所统摄的情感变化反映了音乐情绪的动态变化，具有深沉的复杂性和艺术张力。

书写音乐元素的小说文本还在文本建构上发挥了积极作用，具体表现在人物塑造以及文本建构方面。分析书写音乐元素的小说文本何以构成哈代小说音乐性内容的基础的关键在于，寻求书写音乐元素的小说文本在哈代小说音乐特性中发挥的基础性功能，即这些书写音乐元素的小说文本对小说内容音乐化起到的重要构建作用，具体表现为书写音乐元素的小说文本中的人物以及场景的音乐化修辞及其在小说结构中的重要位置。例如，书写"歌唱"的小说文本中常包含了对小说人物声音的音乐暗示。这种对歌声的隐喻与书写"乐器"的小说文本中的乐器属性一样，常成为贯穿小说始终的重要线索。在音乐叙事中，它们就成了"一个不断重复、变奏的'主题动机（leitmotiv）'"。[1] 例如，小说文本中的

---

[1]　张磊：《肯认与焦虑——乔治·爱略特小说中音乐文化的意识形态研究》，中国国际广播出版社，2012，第4页。

演奏情景，除了为情节发展营造必要的氛围，还能在一定程度上破解人物关系的谜题，推进人物关系的发展。这些我们已在书写法夫纳举办的卡斯特桥狂欢节和描写特洛伊的乡村舞会的小说文本中具体分析过。例如，书写"自然音响"的小说文本中自然音响随着人物境遇的变化而变化，也能呼应小说结构。而有关音乐的描述性对话文本则可在一定程度上补充小说叙事。

二　艺术形式的音乐化

哈代小说中书写音乐形式的文本形态亦成了构建其小说音乐化的形式基础，使得他创作出最接近音乐的小说作品。何为哈代小说文本形态的音乐化？聂珍钊在《哈代的"悲观主义"问题探索》中提到，通过20世纪上半叶格兰特·理查德、欧内斯特·布伦克、阿格尼斯·斯丁贝克等人对该主题的构建，"哈代的悲观主义就成了批评界一个通常使用的观点。这些批评者把叔本华的'内在意志'看成是哈代悲观主义哲学的基础，把哈代作品中人物的苦难遭遇和无法避免的悲剧性命运简单地看成宿命论观点的表现，并以此来证明哈代的悲观主义哲学"。[1]而吴笛在其论文《文字和音乐的奇妙结合——论哈代文学作品中的音乐性》中指出，"哈代命运观方面的'偶然'、'内在意志力'等概念，与音乐性有着密不可分的联系"。[2]此处的音乐性重点指其小说文本形态的音乐化。

最早提到叔本华哲学与哈代小说音乐性关联的是海伦·加伍德。他在1911年发表的《托马斯·哈代：叔本华哲学的图解》（*Thomas Hardy: An Illustration of the Philosophy of Schopenhauer*）中提出，"上帝已经忘记了这个地球。所有的生灵都无缘由地抱怨着且忍受着痛苦。这就是哈代小说的主题。就像瓦格纳歌剧中的动机一样，它不断重复着。同样，这也是叔本华的主题：无目标性的生活，毫无原因，永恒

---

[1] 《文学伦理学批评及其它——聂珍钊自选集》，华中师范大学出版社，2012，第115页。

[2] 吴笛：《文学与音乐的奇妙结合——论哈代文学作品中的音乐性》，《浙江大学学报》2001年第1期，第46页。

运转的车轮以及那引向任何目标的失败性事件"。[①]此处，加伍德尝试构建哈代小说的主题、瓦格纳的音乐动机以及叔本华的哲学论题这三者之间的关系。从他的观点上，我们可以发现哈代小说的音乐性同哈代小说的哲学思想具有一定关联。

　　乔恩·格朗迪在《哈代与姊妹艺术》中从两个方面讨论了哈代小说中音乐性的问题。第一，哈代小说中的音乐性与瓦格纳音乐戏剧的关联。在其涉及瓦格纳的少量乐评中，哈代着重提到了瓦格纳在音乐戏剧中营造的广阔的背景音乐氛围。例如我们在第五章提到过的他于1880年对格里格音乐的评价——格里格交响乐中制造出的"风雨穿过树林、铁轨、锁眼"的音响效果让他想到瓦格纳的音乐。[②]因此，格朗迪认为哈代在小说中对于自然音响的营造正是受到了瓦格纳音乐中的"环境和鬼魅音乐"的启发。[③]第二，格朗迪延伸了对于哈代哲学思想与叔本华之音乐观共通性的探讨。他提出，叔本华在《作为意志和表象的世界》中除详细解析了"内在意志"之外，还提到艺术的对象就是理念。他着重强调了艺术中的音乐，认为身处所有艺术最高级的音乐，能够"携带我们直抵世界自在的本身"。[④]正是因为受到了叔本华哲学创作实践的启发，哈代开始不满足于用文字写作的方式创造其作品的音乐性。虽然他并没有在自己的创作笔记中直接透露出这一点，但我们可以从他的创作实践中找到佐证。

　　从他的艺术美学思想来说，哈代在创作中对多种艺术形式都持包容

---

①　原文为 "God has forgotten the Earth. All creation groaneth and travaileth and for no reason. This is the theme that recurs again and again like the motif of a Wagner opera...This, too, is the theme of Schopenhauer: The purposelessness of life, the lack of reason, the eternal revolution of the wheel, and the failure of events to lead to any goal". Helen Garwood, *Thomas Hardy: An Illustration of the Philosophy of Schopenhauer,* Charleston: Nabu Press, inc., 1911, p.13.

②　Joan Grundy: *Hardy & the Sister Arts,* New York: Harper & Row Publishers, inc., 1979, p.160.

③　Joan Grundy, *Hardy & the Sister Arts,* New York: Harper & Row Publishers, inc., 1979, p.160.

④　〔德〕叔本华:《作为意志和表象的世界》，石冲白译，商务印书馆，2018，第364页。

态度。诺曼·佩吉指出，"对知识非凡的开放态度，即对各种知识的接纳，是哈代最显著的特征之一"。哈代本人也在自传中表示，"一切艺术具有内在统一性"。而这种内在的统一性反映在创作上就是"将自身调整进新的联合中去"。①这一联合就是包括造型艺术与绘画艺术、诗歌、音乐在内的各种艺术形式。此处，哈代关于艺术的划分正呼应了叔本华的艺术三分类：造型艺术、诗歌和音乐。他认为，"叙述为了在艺术上具有说服力"，就需要依赖这个艺术的统一体。因此，我们可以在他的小说中发现各种艺术家身份的人物，例如《一双蓝色的眼睛》中的建筑师斯蒂芬，《意中人》中的雕塑家主人公，《贝姐的婚姻》中的作曲家史密斯和诗人埃塞尔贝姐。哈代在小说中还常常引用诗歌、歌谣等，并对它们进行分析。乔恩·格朗迪在《哈代与姊妹艺术》中分别将哈代小说与绘画艺术、戏剧艺术、电影艺术、音乐舞蹈艺术以及其他综合艺术进行了主题研究。这就足以表现出其小说创作对于各类艺术体裁的吸收和借鉴。

哈代在创作时受到了瓦格纳音乐戏剧中用乐队营造的"环境和鬼魅音乐"的启发。瓦格纳在音乐戏剧中大量使用管弦乐队和人声乐器的创作实践，正受到了叔本华有关音乐"是普遍程度最高的语言"②的影响。通过格朗迪的引述，我们了解到哈代对文字语言局限性的无奈——"这荒凉中既没有文字也没有音乐，只有一声拙笨的哭喊"。③然而，他却致力于寻求最佳的跨媒介叙事策略。哈代在小说中书写了大量包括"歌词""歌唱""乐器""自然音响"等在内的小说文本。此前的批评家们将书写"音乐元素"的文本看作独特的艺术特色，笔者认为，它们还代表了哈代致力于将小说艺术音乐化的伟大创作尝试。

因此，哈代小说的音乐特性可被定义为对叔本华艺术思想的演绎，

---

① 〔英〕诺曼·佩吉:《艺术与美学思想》，聂珍钊、马弦编选《哈代研究文集》，译林出版社，2014，第121—136页。

② 〔德〕叔本华:《作为意志和表象的世界》，石冲白译，商务印书馆，2018，第361页。

③ 原文为 "The desolations have no word nor music, only an endless inarticulate cry"。 Joan Grundy, *Hardy & the Sister Arts,* New York: Harper & Row Publishers, inc., 1979, p.175.

亦是对瓦格纳音乐戏剧的跨媒介叙事尝试。它是由书写音乐元素的小说文本与书写音乐形式的文本形态共同建构出来的。其中，对音乐元素的书写是构建其小说音乐性的基础，实现路径为：音乐书写总能引发读者联想到文字之外的音乐，产生联觉效果。也就是说，读者除了可以阅读一段段有关歌唱或者乐器演奏场景的表述，还能听到或是唱起一首首动听的歌谣。除了能够读到自然音响的文字性表述，还能如临其境地聆听到它们交织在一起时的宏大音响，甚至犹如置身在大型管弦乐团的音乐音响中。例如，《德伯家的苔丝》《远离尘嚣》《还乡》中提及的那些民谣，一部分是通过人物的音乐记忆回想起来的，如《破晓》《男孩与披风》。通过人物的音乐记忆回想起来的民谣，也容易唤醒有过相同听觉经验的读者的音乐记忆，由此引发读者对这些歌曲进行超越文本的声音思考。这些民谣更多出现在歌唱、乐器演奏中的音乐表演过程里。如芭丝谢芭、奥克和博尔伍德共同演绎的那首《阿兰湖畔》，特洛伊歌唱的《士兵的快乐》以及琼·德比歌唱的《花点母牛》等。出现在乡村舞会、歌会上的这一部分民谣除了能够唤起读者的类似听觉经验，还能使读者置身于小说中描写的音乐表演现场。他们能够对正在经历的一次音乐性事件产生联想与联觉，由此产生音乐情绪。另外，音乐元素书写中的自然音响也能产生由视觉到听觉的联觉效果。然而，对音乐元素的书写并不是构成哈代小说音乐性的唯一原因，哈代还对音乐形式进行了书写，模仿了音乐的曲式结构、音乐的叙事类型以及音乐自身的节奏和韵律等。这种跨媒介的创作思考和尝试共同促成了哈代小说独特的音乐性特色。哈代对音乐形式的书写最终促成了哈代小说文本形态的音乐化。小说中借鉴音乐结构的方法，在 19 世纪英国文学中并不鲜见。例如乔治·爱略特就曾在《米德尔马契》中借鉴复调艺术的形式，将多萝西和利德盖特的婚姻和事业进行交错式安排。哈代则常在创作小说结构上吸收音乐的艺术形式。本章第一节，我们已分析了其小说作品中呈现的类似音乐形式的文本形态，如模仿复调艺术与各种曲式结构的文本式样等。这形成了哈代小说有别于其他作家作品的形式特点。

另外，哈代小说中也吸取了音乐的叙事类型。例如在艺术构思的阶段，他就开始汲取民谣、歌剧等音乐体裁的叙事艺术。在小说中，哈代不仅广泛采纳和模仿民谣与歌剧中的精华情节与场景，而且还让小说的叙事以歌唱或讲述的形式发生。同时，他还在书写音乐元素的小说文本中转换叙事视角，让读者体验那种"不可充分翻译、不可直接说出，只能以抽象、隐喻的方式去体会的'绝对语言'"音乐及其映射的人物内心的情感世界。[①] 为了读者能更好地理解小说的情节，哈代还在小说叙述中安插叙事线索。它们就像是音乐中的主题动机，使散漫的表述有了连贯的内在逻辑性。如果说对音乐元素的书写是促使其小说内容音乐化的主要因素，那么对音乐形式的书写则成为这种跨媒介模仿实践的形态所在。后者从整体上赋予小说文本音乐特征，让读者对小说的大篇幅文本形态产生了犹如聆听音乐般的联觉效应。

---

① 张磊:《肯认与焦虑——乔治·爱略特小说中音乐文化的意识形态研究》，中国国际广播出版社，2012，第5页。

第七章　音乐书写中的伦理表达

　　哈代常在小说的音乐书写中进行道德教诲。这就形成了哈代小说中独特的表达主题。综观哈代的所有小说，音乐书写不仅构成了哈代小说的艺术特色，也构成了哈代小说的伦理表达。通过阅读哈代小说，读者不仅从中获得了音乐书写的审美快感，也获得了更深层次的道德教诲。这种理解和欣赏有时也包括批评在内，主要是感观方面的。当这种对歌唱文本的理解和欣赏转变为对好与坏、对与错、善与恶的思考与评价的时候，则上升到伦理的层面。此时的批评便可称为伦理批评，其目的就是进行教诲。换一种说法，伦理批评需要借助审美的批评以实现教诲的目的。例如，当我们倾听一首美妙的歌曲，我们因其声音的美好及歌词内容被感动，这就是审美。我们被打动，进而理解了歌曲，情感得到升华，道德修养得到提高，这就进入伦理的层面。

　　哈代小说中的音乐书写，并非只在审美层面影响小说作品的艺术形式及内容表达。它们已直接影响到读者有关好与坏、对与错、善与恶的思考与评价，由此进入伦理层面。也就是说，这些音乐元素除了会引发读者的审美快感，还会在一定程度上给予他们道德教诲。因此，哈代小说中的音乐书写也在文本中形成了一种特殊的伦理表达。这为我们理解小说文本的伦理环境（Ethical Enviroment）和伦理语境（Ethical Context）提供了参照。

第一节　音乐书写与伦理环境建构

　　伦理环境和伦理语境是理解哈代小说伦理思想的前提条件。丁世忠将构成哈代小说伦理叙事的伦理环境分为婚恋、家庭、宗教、乡土与生态五类。它们都被哈代巧妙地设置在了音乐书写之中。音乐书写从反映婚恋伦理环境、乡土伦理环境以及艺术伦理环境开始，全方位构建了哈代小说的伦理环境。首先，音乐元素书写中的"歌唱"构成了维多利亚中后期婚恋伦理语境的一部分；其次，音乐元素书写中的"自然音响"构成了统摄整篇小说的乡土伦理环境；最后，对"乐器"的书写也构成了维多利亚中后期艺术创作的伦理环境。

一　小说文本中的伦理环境

研究哈代小说中蕴含的伦理思想的前提就是分析哈代小说中描写的伦理环境。正如胡俊飞所说，"要索解哈代小说的伦理思想，对哈代小说创作伦理道德历史语境的探讨便成为题中应有之义"。[①] 所谓伦理道德历史语境，也就是文学伦理学批评中的伦理环境，即"文学产生和存在的历史条件。文学伦理学批评必须回到历史现场，即在特定的伦理环境中批评文学"。丁世忠在《哈代小说伦理思想研究》中指出哈代在其"性格与环境小说"中全面展示了维多利亚中后期英国的历史环境。其在第一章"哈代小说伦理叙事的历史语境"中，分别梳理了维多利亚时期及此前的英国文学表现出的婚恋、家庭、宗教、乡土与生态等五方面伦理思想状况。[②] 下面将重点分析构成哈代小说伦理环境的婚恋伦理与乡土伦理。

婚恋伦理是构成哈代小说伦理环境的基础。他在小说中展现了威塞克斯地区农民朴素的爱情观以及维多利亚时期的贞操观等。维多利亚时期，女性的贞洁被世人重视。玛丽莲·亚隆（Marilyn Yalon）提出，"无论爱情的吸引力多么的强烈，恋爱期间双方是多么的亲密，丈夫和妻子都必须遵守结婚后才能行夫妻之事的社会习俗"。[③] 女性未婚先孕在那时是不符

① 胡俊飞:《在新旧伦理道德秩序夹缝中的挣扎——评丁世忠〈哈代小说伦理思想研究〉》，《世界文学评论》2009年第1期，第294页。
② 丁世忠:《哈代小说伦理思想研究》，巴蜀书社，2008。
③ 〔美〕玛丽莲·亚隆:《老婆的历史》，许德金等译，华龄出版社，2002，第217页。

合伦理的事情。苔丝正是因为遭到亚历克的亵玩未婚先孕，所以遭到了马勒特村民的冷眼与克莱尔的始乱终弃。回到马勒特村的苔丝将自己被诱奸的实情告诉母亲。母亲的反应是："那你怎么没有想法子让他娶了你？有了那样的事，任何一个女人都会要求和他结婚的，谁会像你这样！"（*TD*，110）她的话正是关于维多利亚时期婚恋伦理语境最好的佐证。而后，从村民们在得知实情后的态度以及苔丝刻意回避众人的目光和议论中更加可以看出，她的做法因不符合集体伦理而不被当时社会舆论所接受。哈代曾在作品中提到维多利亚时期英国乡村中婚姻公示的传统，也就是教堂会在结婚前几周将待结婚的情侣姓名进行公示，以期获得村民的祝福，当然，如果这对情侣在婚前有过一些不端行为，也会遭到其亲朋好友的非议。其中约布莱特太太正是以这样的方式质疑怀尔德夫与托马茜的婚姻的。裘德也是看到了苏与费罗生的婚姻公示而一度丧失希望的。除了对婚姻公示这种呈现集体伦理规范方式的描写，哈代还将当时的婚恋伦理规范内化于人物的心中。遵循这一规范的主人公会受到众人祝福，而尝试打破伦理禁忌、挑战集体伦理底线的人，则会陷入伦理两难之中。例如在婚姻无法受到父母祝福的情况下，斯蒂芬决定与斯旺考特小姐私奔并秘密结婚。为了逃避婚姻公示带来的名声之累，他们选择拿结婚证明去伦敦教区办理。然而，一路上，斯旺考特小姐都在艰难挣扎着，纠结的重点就是秘密结婚对未来声誉的影响。"埃尔弗丽德过去还不了解名声不好带来的痛苦，就像当地的野禽不知道克罗索第一枪的厉害一样。现在，她可以看得更远一点，更远一点。"（*PBE*，140）斯旺考特小姐正是因为预想到违背禁忌的悲剧后果，才对他们私奔的未来丧失信心的。

乡土伦理也是构成哈代小说伦理环境的重要部分。"从长篇小说《远离尘器》开始，哈代虚拟了'威塞克斯'（Wessex）这片'北起泰晤士河，南抵英吉利海峡，东以海灵岛至温莎一线为界，西以科尼什海岸为边'的地域，作为人物活动的自然环境，从而构建了一个引人注目的'威塞克斯王国'。"[①]这里原本充满了田园牧歌式的景象和人伦，却在

---

① 丁世忠：《哈代小说伦理思想研究》，巴蜀书社，2008，第162—163页。

资本主义生产方式以及工业文明侵入后，发生了巨变，具体表现为宗法制度的解体以及乡村传统的崩塌。"哈代所关注的课题乃工业革命对整个英国农村所造成的影响。工业革命侵入农村之后，机器取代人工，资本左右市场，传统的经济和社会结构于是起了变化，原有的民俗风情、生活方式、语言习惯等都受到冲击而改变。"① 此处的民俗风情、生活方式与语言习惯共同构成了宗法制度下的伦理语境。小说中，哈代常用感受的语调刻画宗法制度被破坏后威塞克斯人的悲伤处境。我们可以在其小说中读到苔丝一家人随着其父病故、丧失祖产后流离失所的惨状；可以看到利益竞争对亨察德与法夫纳友谊的伤害；还可以看到商业无孔不入，就连妻儿乃至女子的头发也可被拿来买卖的荒唐现实。对后果的展现都为了让读者更深入地认识到资本主义生产关系对宗法制度的毁灭性打击。另外，哈代还在小说中展现了被资本主义大生产破坏了的乡村景象。如《远离尘嚣》中人们对诺科姆森林的破坏，《林地居民》中由乱砍滥伐带来的坟墓式的死寂，以及《无名的裘德》中表达出的对损坏的历史遗迹的感伤和愤懑。正是传统生活的凋敝与资本主义工业文明和生产生活价值观的侵入，导致了威塞克斯人在现实与怀旧中徘徊不前。一心回归爱敦荒原实践教育改革抱负的克莱尔，却在与尤斯塔西雅的爱情纠葛与眼疾的困扰下，逐渐成为一个务实的人。因为生存现实太过残酷，一心想要重振家业的芭丝谢芭却因为自私狡猾的特洛伊的介入，而大散钱财。哈代笔下的这些人物都在维多利亚时期乡村伦理环境中发生着关联。

二 营造伦理环境的音乐书写

哈代小说中的音乐书写参与到建构小说伦理环境的过程中。聂珍钊提出"文学伦理学批评的主要任务是利用自己的独特方法从历史的视角对文学中各种社会生活现象进行客观的伦理分析、归纳和总结，而不是简单地进行好坏和善恶评价。因此文学伦理学批评要求批评家能够进入

---

① 丁世忠：《哈代小说伦理思想研究》，巴蜀书社，2008，第81页。

文学的历史现场，而不是在远离历史现场的假自治环境中评价文学"。[①]
因此，理解哈代小说的前提就是回到历史的现场，还原当时的伦理环境。音乐书写中包含了许多故事发生时期的历史因素。因此，音乐书写从反映婚恋伦理环境、乡土伦理环境以及艺术伦理环境开始，全方位构建了哈代小说的伦理环境。

首先，哈代小说中对"歌唱"的书写构成了维多利亚中后期婚恋伦理语境的一部分。"伦理语境（ethical context）虽与伦理环境基本相同，但它更强调伦理环境中的语境，即文学作品中人物的意识、思考、观念和语言交流的伦理环境。"[②]作为歌曲重要的组成部分，歌词承载着人们的意识、思考以及观念。歌唱者在歌唱所选曲目的同时，也就选择了符合其歌唱情境的歌词。也就是说，歌唱某些歌曲，就是在强调某种伦理语境。《还乡》中，哈代提到作为当地人们替新婚夫妇送去祝福的一种方式，歌唱被认为是符合威塞克斯地区集体伦理的习俗之一。然而，坎特前后两次却选择了两首不同的民谣。第一次他歌唱《埃莉诺王后的忏悔》（RN, 20），这首民谣讲述了埃莉诺王后不慎吐露她与典礼大臣之间私情的故事。这首民谣表达了一个违背伦理禁忌者的悲剧故事。坎特大爷在欢乐的时候之所以选择歌唱这首民谣，是因为他并不相信托马茜和怀尔德夫的婚姻会幸福。事实证明，他们也并没有结成婚。然而，当迪格雷和托马茜结婚的时候，坎特大爷却选择了《大麦堆》（RN, 468）。与《埃莉诺王后的忏悔》不同，这首民谣则讲述了一个符合当地伦理语境的忠贞的爱情故事。由此看来，对坎特大爷两次歌唱的描写，成功地构成了对威塞克斯地方婚恋伦理的叙述。

其次，哈代小说中的音乐书写构成了统摄整篇小说的乡土伦理环境。哈代小说中，"自然音响"书写可作为这类环境表达意义的媒介。"自然音响"书写并非只在审美层面影响小说作品的艺术形式及内容表达。通过分析书写"自然音响"的小说文本，我们可以寻求其中隐含的

---

① 聂珍钊：《文学伦理学批评导论》，北京大学出版社，2014，第256页。
② 聂珍钊：《文学伦理学批评导论》，北京大学出版社，2014，第270页。

有关伦理环境的表达。在《德伯家的苔丝》中，哈代将自然音响与机械噪声对立起来，其目的在于隐射城市与乡村、资本主义生产方式和小农经济的二元对立。早在20世纪50年代，马克思主义批评家道格拉斯·布朗就对哈代小说中的城乡二元对立问题进行了全面的研究。通过阶级分析法，他提出哈代作品反映了维多利亚后期英国的社会现实，即加速的城市化进程带来农业社会的瓦解，并认为苔丝正是乡村经济走向毁灭时刻的见证者。[①] 阿诺德·凯特尔（Arnold Kettle）也运用阶级分析法对《德伯家的苔丝》进行分析。他认为哈代在作品中描绘的正是19世纪后期威塞克斯地区社会和经济变革的图景。[②] 总的来说，《德伯家的苔丝》中表现的这种城市与乡村、资本主义生产方式和小农经济的二元对立特点，常被理论家们置于阶级对抗的语境之下。因此，哈代在该作品中制造的自然音响与机械噪音的对立，也隐射了城乡二元对立的叙事背景。在弗兰科姆岑农庄工作时，苔丝根本听不到陶勃赛乳牛场那田园交响曲般的自然音响。此地没有鸟鸣、牛的哞哞声，没有微风吹过草场的悦耳声响，更没有劳作时人们随性而起的民谣，有的只是脱粒机运转时发出的震耳欲聋的噪声。哈代在第四十七、四十八节详细描写了蒸汽脱粒机工作的场景。其中他特别提及了脱粒机制造的噪声。第一次出现在众人眼前，它就"持续不断地在那儿发出嘶嘶的声音"（*TD*，446），并在开始运转时发出令人"毛骨悚然"的"那种钻心的嗡嗡声"（448）。这种"噪音使人无法交谈，而当放到滚筒上去的麦子的数量少于正常数量时，这噪音更是响得如暴怒的人在胡言乱语"（449）。只要是在持续工作，脱粒机就会发出无法中断的"哐啷声、麦秆的飒飒声以及轮子转动的嗡嗡声"（456）。作为这种侵袭大自然音响的强大存在，它无疑代表了资本主义大机械化的生产方式。在机械化带来的全新社会分工和经济结构下，人们被强行装入了马克斯·韦伯（Max Weber）所

---

① Douglas Brown, *Thomas Hardy*, London: Longman, 1954, p.91.

② Arnold Kettle, "Tess of the d'Urbervilles," *An Introduction to the English Novel,* Vol.2, London: Hutchinson's University Library, 1953, p.45.

说的"钢铁般坚硬的盒套"中，[①]也成为艾兴多夫笔下那个自行运转的钟表机构里的一枚小小的齿轮。[②]哈代在小说中是这样描写机器与人的关系的：在那架可以"充当小小世界的原动力"的脱粒机旁边，人成了一个"处于恍惚之中"的"黑乎乎的形体"（TD, 446）。这种极具现代性的叙事手法，让人联想到新小说派作品里那些无思想、无个性的人物形象。哈代在作品中所揭露的单调哐啷声侵袭和替代大自然的田园交响曲的现实，亦呼应了诺瓦利斯的论断："自然被奴役为……单调的机器"，而"现代的思维方式把无限的创造性的宇宙音乐，糟蹋成一座庞大石磨的单调嘎啦声"。[③]

　　除了自然音响，对音乐元素中"歌唱"的书写也可构成其乡土伦理叙事的一部分。《卡斯特桥市长》讲述的是以资本主义农业技术为代表的法夫纳战胜以落后农业生产方式为代表的亨察德的故事。小说中的很多情节都侧面反映出人物所处的伦理环境。例如狂欢节上一个市民的观点。他提到亨察德计量粮食和草堆的办法是用"笔画道道"和"用两只胳膊"去掂量（MC, 104），而法夫纳用的是计量衡器。这种产业革命下制造的仪器，代表着生产的专业化与精确化。再如亨察德和法夫纳对播种机表现出的截然不同的态度。亨察德对待播种机的态度"更着重在讥笑"，并认为它"用起来不一定好"（163）。相比之下，法夫纳则提出"它会使这一带播种革命化"的技术至上论（164）。除了这些关于人物态度的直接描述，哈代前后两次对法夫纳演唱的民谣《友谊地久天长》（50, 263）的描写则更为艺术化地隐射出故事发生的乡土伦理环境。哈代将这首歌两次植入小说的目的，是运用反讽的手法表达城市化过程中资本主义竞争的残酷。马弦和刘飞兵的观点"哈代安排法弗雷两

[①]〔德〕吕迪格尔·萨弗兰斯基：《荣耀与丑闻——反思德国浪漫主义》，卫茂平译，上海人民出版社，2014，第213页。

[②]〔德〕吕迪格尔·萨弗兰斯基：《荣耀与丑闻——反思德国浪漫主义》，卫茂平译，上海人民出版社，2014，第213页。

[③]〔德〕吕迪格尔·萨弗兰斯基：《荣耀与丑闻——反思德国浪漫主义》，卫茂平译，上海人民出版社，2014，第214页。

次唱这只歌，并非有意歌颂友谊的真正力量，相反，似乎成了对资本主义原始积累时期的利益角逐和物质追求的讽刺和鞭挞"①也证明了这一点。因此，代表法夫纳真实心声的并不是这首歌曲，而是他在播种机上歌唱的另一首民谣。如果说歌唱《友谊地久天长》表达的是他对于资本主义残酷竞争下友谊的嘲讽，那么歌唱《刚利姑娘》则表达了他对大机械化生产的无限期许。正如哈代借伊丽莎白之口说出的一句玩笑话——"播种机会唱歌真是奇事"（MC, 164）。播种机并不会歌唱。因为法夫纳在驾驶播种机时唱了《刚利姑娘》，所以伊丽莎白才会误以为是播种机在歌唱。而《刚利姑娘》的歌词节选描述了基蒂穿上崭新衣服后的欢乐情绪。这就隐射出法夫纳在驾驶这架新机器时内心的快乐和自信。因为这架播种机正代表着高效的大机械化生产方式以及资本主义农业社会的未来。由此看来，哈代小说中的"歌唱"书写也是构建维多利亚后期乡土伦理环境的重要因素。

最后，哈代小说中的音乐元素还可构成维多利亚中后期艺术创作伦理环境的一部分。其中，书写"乐器"的小说文本可作为该伦理环境表达意义的媒介。我们可以从小说中那些特定场景下乐器演奏段落看出来。比如家庭音乐会中的钢琴演奏。19世纪中后期，随着资本主义市场经济的发展，艺术创作逐渐沦为艺术生产，艺术作品也流入艺术市场，逐渐商品化。艺术商品化的重要标志就是艺术消费转向室内。张磊提出，"19世纪英国制造业、印刷业的迅猛发展，使得一些乐器（尤其是钢琴）与乐谱的价格不断降低，不再是少数贵族独享之物"。②因此，家庭室内音乐活动在贵族抑或是在中产阶级的家中开始频繁上演。在这些音乐会中充当演奏或伴奏的作曲者、演奏者不需要具备多高超的技术，他们的演奏多半是应景式的，仅以制造取悦主人或宾客的效果为标准。他们"甚至干脆可以'砸琴'，来利用钢琴简单的'打击乐'效

---

① 马弦、刘飞兵：《论哈代"性格与环境"小说的民谣艺术》，《外国文学研究》2007年第2期，第114页。

② 张磊：《肯认与焦虑——乔治·爱略特小说中音乐文化的意识形态研究》，中国国际广播出版社，2012，第41页。

果，产生虚假的'戏剧性'"。[①]哈代在《贝姐的婚姻》中描写了这种家庭音乐会中的乐器演奏情节：埃塞尔贝姐将亲自演唱她自己作词的歌曲《烛光美好的时候》。那时，已经有三四个作曲者为这首歌曲谱写了旋律，其中就包括克里斯托弗的谱曲版本。和其他作曲人的初衷一样，他费尽心力为这首歌词配曲无疑是为了讨好埃塞尔贝姐，以此受到她的青睐和提拔。而只有少数几位听众能对这些创作提出中肯的建议。一首作品如没能产生娱人娱心的效果，那么在多数情况下会被听众嗤之以鼻，甚至会干脆不被要求演奏。[②]大多数人并不会有克里斯托弗这么好的运气。多数艺术家的艺术才能是会被埋没的。正如吕迪格尔·萨弗兰斯基提供的一个例子那样。在勒德莱因的一场家庭音乐会中，乐队指挥克莱斯勒因不满被人当作音乐娱乐者，故意"用演奏对娱乐来说过于沉重的、巴赫的'戈尔德堡变奏曲'的方式，把听众驱散"。[③]虽然克莱斯勒的反应有些极端，但也恰恰宣泄了他的不满情绪。再如，教堂仪式中缺席的管风琴演奏。（第四章第一节提到 19 世纪管风琴没落的问题，在此不做赘述）作为教堂礼拜仪式约定俗成的伴奏乐器，管风琴对于构成当时的伦理环境具有重要的意义。然而，《无名的裘德》中本应演奏《十字架下》这首赞美诗的管风琴师当天却意外缺席。也就是说，原本应该演奏该歌曲的管风琴师却没有出现在那天的唱诗班中。裘德因为深受《十字架下》这首歌曲的鼓舞，决定到肯尼桥去拜访这位同时也是曲作者的管风琴师，却在打算探讨歌曲创作时，发现他只关心作品收入的问题。他说："我还有其他一些曲子跟这首一起发表。但现在每一首还没有得到五英镑。"（JO, 195）除了对自己窘迫的创作收入频发牢骚，他还提出想要放弃音乐行当，改行做红酒生意。也就是说，管风琴

---

①　张磊：《肯认与焦虑——乔治·爱略特小说中音乐文化的意识形态研究》，中国国际广播出版社，2012，第 42 页。

②　〔德〕吕迪格尔·萨弗兰斯基：《荣耀与丑闻——反思德国浪漫主义》，卫茂平译，上海人民出版社，2014，第 84 页。

③　〔德〕吕迪格尔·萨弗兰斯基：《荣耀与丑闻——反思德国浪漫主义》，卫茂平译，上海人民出版社，2014，第 215 页。

师缺席管风琴演奏的真正原因是受到了当时艺术创作伦理环境的影响。那时艺术创作已经不能满足艺术家的生活需求，因此他们不得已放弃了自己的艺术追求，或是干脆转行。哈代笔下的这位作曲家的遭遇实际反映了他本人在成名之前的类似经历。根据何宁的研究，成名之前的哈代"在创作时不得不考虑到杂志读者群的偏好。因为，他们的喜好和态度在当时是决定一个作者是否能成功的关键"。正如何宁所述，"因为是连载，就必须一直保持着读者的好奇心，作品的情节要曲折动人，否则就无法吸引读者"。①然而，作为一位艺术创作者，他同时"想看到背景下面的更深刻的现实，看到那有时被称之为抽象的想象的表现"。②他本人却如克莱斯勒一样，一直坚守着其自身的艺术洞察力和创作准则。比如他尝试"在杂志连载中删除部分可能引起读者不快的描写和情节，而在结集出版时再恢复"。③哈代虽然没有像克莱斯勒那样公开自己对那些所谓"庸人"的不满，④却也多次通过自传和书信抱怨自己的创作苦恼，并将更多不满发泄到作品中。

除此之外，"自然音响"书写中构建的自然音响与机械噪声的对立亦隐射了文本之外的艺术创作环境，即艺术作品也沦为同质化现象严重的艺术产品。那么在标榜理性、功利主义以及机械论的艺术创作背景下，艺术家应该秉持怎样的创作观呢？哈代小说中表露出的对自然音响的迷恋以及对机械噪声的鄙夷，正从侧面反映出了哈代的创作观，即他希望将艺术创作"引入伊希斯神庙"以对抗甚嚣尘上的艺术商品化现象。⑤作为哈代这一创作观的体现形式之一，自然音响的书写正是哈代对叔本华音乐哲学思想的实践，以此实现其对主流创作伦理的批判。关

---

① 何宁：《哈代研究史》，译林出版社，2011，第 24 页。

② 〔美〕M.扎贝尔：《哈代为其艺术辩护：不协调的美学》，陈焘宇编选《哈代创作论集》，王义国译，中国社会科学出版社，1992，第 101 页。

③ 何宁：《哈代研究史》，译林出版社，2011，第 24 页。

④ 〔德〕吕迪格尔·萨弗兰斯基：《荣耀与丑闻——反思德国浪漫主义》，卫茂平译，上海人民出版社，2014，第 217 页。

⑤ 〔德〕吕迪格尔·萨弗兰斯基：《荣耀与丑闻——反思德国浪漫主义》，卫茂平译，上海人民出版社，2014，第 216 页。

于哈代创作哲学与叔本华音乐哲学思想的关联研究始于 1920 年。那时学者们大多在讨论其作品中的悲观主义思想，将其同叔本华的悲观主义、达尔文的进化论、穆勒的功利主义以及孔德的实证哲学思想进行比较研究。从 20 世纪 40 年代开始，部分学者尝试从艺术思想的层面来剖析哈代的创作哲学。M. 扎贝尔在《哈代为其艺术辩护：不协调的美学》一书中提出哈代并没有将叔本华的哲学思想说教式地摄入创作中，而是"使用诗的方法和他对隐喻价值的倾向"将其演绎于作品中。[①] 他指出哈代本人亦在其小品文中提到只有将展现宇宙知识和力量的作品自身放入新的艺术联合中去，才能提升作品的艺术说服力。对此我们可以在著名哈代评论家诺曼·佩吉的论文《艺术与美学思想》中听见扎贝尔观点的回声。[②] 她认为哈代的小说创作在很大程度上源于他的个人气质。因此，浸润其创作思想的正是他广博丰富的艺术见识。通过对《林地居民》《意中人》以及部分诗歌的分析，佩吉呼吁评论界应该更多关注哈代在作品中体现出的艺术内在统一性，其中包括音乐艺术。针对哈代音乐艺术思想的哲学化问题，乔恩·格朗迪在《哈代与姊妹艺术》[③] 以及尤吉尼·威廉姆森在《托马斯·哈代和弗雷德里希·尼采：理性》[④] 一文中都提出了这一领域开创性的观点。前者受到哈代的文学笔记中对瓦格纳评价的启发，将哈代在晚期写作中的整体艺术观同叔本华在《作为意志和表象的世界》中的艺术哲学观联系到了一起。而威廉姆森则将尼采的《悲剧的诞生》和《无名的裘德》以及诗句《列王》关联起来，讨论音乐是酒神的艺术这一哲学思考对哈代小说创作的深远影响。哈代在小说中对自然音响的构建，正体现了他所崇尚的叔本华的音乐哲学观点。

---

① 〔美〕M. 扎贝尔：《哈代为其艺术辩护：不协调的美学》，陈焘宇编选《哈代创作论集》，中国社会科学出版社，1992，第 91—119 页。

② 〔英〕诺曼·佩吉：《艺术与美学思想》，聂珍钊、马弦编选《哈代研究文集》，译林出版社，2014，第 121—136 页。

③ Joan Grundy, *Hardy & the Sister Arts*, New York: Harper & Row Publishers, inc., 1979, pp.134–176.

④ Eugene Williamson, "Thomas Hardy and Friedrich Nietzsche: The Reasons," *Comparative Literature Studies* 15.4, 1978, pp.403–413.

通过格朗迪的引述，我们了解到哈代对作为情感表达载体的文字语言的
无奈——"这荒凉中既没有文字也没有音乐，只有一声拙笨的哭喊"。[①]
在《文学笔记 I 》中，哈代写道："意志的现象……只能被看作光、热、
电巨大的自然能量通过人类神经系统神秘参与的最终转化形式……它和
依赖它的一切都从属于统治整个自然的力量王国。"[②]这段话表达了现实
生活中的自然现象与人的意志的深刻关联，恰恰呼应了叔本华的音乐哲
学观。既然自然是意志的表征，那么自然音响则是最接近意志的语言。
叔本华在《作为意志和表象的世界》中提出，"我在阐明音乐这一整体
讨论中努力要弄清楚的是音乐〔如何〕用一种最普遍的语言，用一种特
有的材料——单是一些声音——而能以最大的明确性和真实性说出世界
的内在本质，世界自在的本身——这就是我们按其最明晰的表出在意志
这一概念之下来思维的东西"。[③]也就是说，叔本华认为音乐可以清晰表
达意志。虽然无法用文字创作真正的音乐，哈代却深知"〔文艺的〕宗
旨显然还是让读者在这些概念的代替物中直观地看到生活的理念，而这
是只有借助于读者自己的想象力才可能实现的"。[④]于是，他在小说的写
作中寻求了音乐的替代物——书写"自然音响"的文本。后者以隐性叙
事的方式作用于小说的审美过程，激发了读者有关音乐的听觉联想，从
而表达出作品中的意志。哈代创作观受到了叔本华有关音乐"是普遍程
度最高的语言"[⑤]的影响。这一点正好呼应了诺瓦利斯有关"无限的创
造性的宇宙音乐"的想法。和克莱斯勒、诺瓦利斯、霍夫曼、瓦格纳等
一批德国浪漫主义艺术家的终极创作目标相似，哈代也希望将艺术从

---

① Joan Grundy, *Hardy & the Sister Arts,* New York: Harper & Row Publishers, inc., 1979, p.175.

② 〔英〕安琪莉可·理查森：《哈代与科学：偶然篇》，聂珍钊、马弦编选《哈代研究文集》，译林出版社，2014，第 111 页。

③ 〔德〕叔本华：《作为意志和表象的世界》，石冲白译，商务印书馆，2018，第 364 页。

④ 〔德〕叔本华：《作为意志和表象的世界》，石冲白译，商务印书馆，2018，第 335 页。

⑤ 〔德〕叔本华：《作为意志和表象的世界》，石冲白译，商务印书馆，2018，第 361 页。

"平庸生活之愚蠢的行为和活动中带出"，[①]并让艺术摆脱资本主义的奴役，从而制作出某种神话精神。[②]他在自传中曾写道，"在伦敦城里，正是城镇生活的恶魔般的精确或机械使得老弱病残这样难以忍受"。[③]作为一位艺术创作者，他"想看到背景下面的更深刻的现实，看到那有时被称之为抽象的想象的表现"。[④]

第二节　音乐书写中的伦理情感表达

伦理情感是小说人物必经的情感阶段。它是在自然情感上升到理性的高度时转换而来的情感。在书写"歌唱"或"乐器"的小说文本中，伦理情感常伴随着人物的音乐表演与欣赏产生。通过对"歌唱"或"乐器"这两种音乐元素的分析，我们发现对小说描写的表演者而言，伦理情感可以通过他们的歌唱与演奏表达出来。作家书写"歌唱"与"乐器"的小说文本中对听众音乐情绪的描写，亦能展现人物的伦理情感。特别是在某种约定俗成的伦理语境下，伦理情感是可以直接在听众心中生成的。

一　小说文本中的伦理情感

解读哈代小说伦理思想的另一个要务，就是深入人物的情感世界

---

① 〔德〕吕迪格尔·萨弗兰斯基：《荣耀与丑闻——反思德国浪漫主义》，卫茂平译，上海人民出版社，2014，第216页。

② 神话精神的提法来源于瓦格纳，他指出19世纪功利主义思想甚嚣尘上的原因正是那时的社会生活缺少一种决定性意义的思想。随即他提倡艺术家制造一种神话精神，"将人统一在一种共同的观点"中，促使观众产生内心转化的体验。〔德〕吕迪格尔·萨弗兰斯基：《荣耀与丑闻——反思德国浪漫主义》，卫茂平译，上海人民出版社，2014，第286—295页。

③ 〔美〕M.扎贝尔：《哈代为其艺术辩护：不协调的美学》，陈焘宇编选《哈代创作论集》，王义国译，中国社会科学出版社，1992，第103页。

④ 〔美〕M.扎贝尔：《哈代为其艺术辩护：不协调的美学》，陈焘宇编选《哈代创作论集》，王义国译，中国社会科学出版社，1992，第103页。

中，分析其情感结构的变化，即自然情感与伦理情感的转化问题。自然情感来自本能。"本能是与生俱来的，但是要在一定条件的刺激下才能出现，如饥饿产生的寻找食物的欲望，口渴寻找饮水的欲望等，都属于人的本能反应。"[①]自然情感是本能的情感表达形式，如人在饥饿时会产生饥饿感，口渴时会产生干渴感。这些感受都属于自然情感的范畴。在它们的刺激下，人会产生自然意志力。后者在不受理性约束的情况下，引发满足自然情感的行为。因此，自然情感不受道德的控制，同时也是自然意志的体现。哈代小说中的许多人物身上都有着这种动物性残留。他们无法节制自己的欲望，并在自然意志与自由意志的驱动下，挑战集体伦理制度，造成严重的道德后果。例如《德伯家的苔丝》中，亚历克正是在性欲的刺激下，不断诱惑苔丝，最终得逞的。而苔丝却并不是一个绝对的受害者。她虽遭到亚历克的诱奸，却也在一定程度上回应了亚历克的性暗示。具体说来，在与亚历克发生关系的当晚，苔丝也产生了自然情感。正如哈代的描写："苔丝的护卫天使在哪里？她天真纯朴地信仰的神在哪里？也许，像那个爱挖苦人的提比斯人所说的那另一位神一样，他在说话，或在追猎，或在旅行，或者，他正在睡觉，唤也唤不醒呢。"（*TD*, 95）从这句话可以看出，在和亚历克发生关系时，苔丝会从沉醉中醒来。那时她的理性并没有让她注意到伦理规范。她一部分是在源于本能的自然情感的驱动下就范的。

伦理情感则是一种具有道德自知的情感。它是在自然情感上升到理性的高度时转换而来的情感。伦理情感是进行理性判断的情感基础。在伦理情感的影响下，人会产生理性意志，产生符合伦理规范的道德行为。文学伦理学批评认为，文学作品的艺术价值在于展现人性因子与兽性因子的此消彼长，其中就包括对小说人物自然情感与伦理情感的转换与对垒过程的揭示。[②]《无名的裘德》中，裘德和苏的内心就多次进行过这样的情感争斗。裘德对苏的追求之所以遮遮掩掩，主要是横亘在他

---

① 聂珍钊：《文学伦理学批评导论》，北京大学出版社，2014，第247页。

② 聂珍钊：《文学伦理学批评导论》，北京大学出版社，2014，第275—277页。

们之间的血缘关系。其中就涉及了两种情感的对峙。裘德首先承认这种感情"是自己无法抑制的感情"（*JO*，157），即源于性本能的自然情感。同时他又明确表达了这种感情是"十分错误的感情"（157）。这就证明他还能用理性去判断与苏的情感属性。其由一部分自然情感转换而来的伦理情感，使他明白这种源自性本能的自然情感，是不符合伦理规范的。"按照自然法则和两性关系法则，此时此刻唯一的措施就是接吻。"（157）然而，裘德"还是宁愿按照他们共同承认的亲戚关系的隔阂去跟她谈话"（158）。这就表明在与苏相恋之初，裘德内心中由伦理情感激发的理性意志尚能约束由自然情感带来的自然意志。后来，当裘德来到沙氏屯探望已为人妇的苏时，他们在费罗生的钢琴上合奏了一曲《十字架下》。这是一首原本能激发伦理情感，使人产生理性意志的赞美诗，此时却激发了他们体内的自然情感，促使他们做出不道德的行为。正如裘德调侃的那样，此时"心情是支配头脑的"（200），"人性的一面要比神性的一面强大得多"（207）。自然情感带来的自然意志已经逃脱了由伦理情感引发的理性意志的管束。然而，在裘德与苏的孩子在他与阿拉贝拉孩子的带领下集体自杀后，苏开始在宗教信仰中寻求内心的慰藉，而裘德则开始反思他们的不伦之恋。处于伦理悲剧之中，他和苏的一段对话正展示了他们内心正重新恢复秩序。当裘德认为他们相亲相爱的时候，苏提出："你们的，我们的，那都是错误的。"（350）她也非常坚定地拒绝了裘德提出的申请婚约的要求。因为，苏已经认定违背伦理禁忌的结合势必带来不可逆转的悲剧后果。所以，她才会最终重回费罗生的身边，回到符合伦常的婚姻契约之中。人物内心不断生成变化的情感纠结，使得哈代小说中的人物形象获得了极高的艺术价值。

二 表达伦理情感的音乐书写

除了构成哈代小说伦理环境和伦理语境，哈代小说中的音乐书写还能展现人物内心自然情感与伦理情感的缠斗。哈代小说中反映音乐表演过程的音乐元素书写，呼应了人物内心的真实情感状态。一次艺术表演活动中，表演者在表达音乐作品时，也恰如其分地表达了自己内心的音乐情感。换言之，一次足够成功且能给听众带来极大视听享受的音乐表演活动，需要表演者拥有敏锐的艺术直觉和丰沛恰当的情感表达能力。因此，书写"歌唱"或"乐器"的小说文本中，表演者能够通过艺术表演直接表达伦理情感。听众也能在观赏表演的过程中或在音乐的作用下，产生类似于自然情感或伦理情感的音乐情绪。

首先，对书写"歌唱"与"乐器"小说文本中的表演者而言，伦理情感可以通过他们的歌唱与演奏直接表达出来。例如，法夫纳通过在三水手酒馆中演唱《哦，故乡》与《友谊地久天长》表达出了思乡与渴望美好友谊的情感。这两种情感都具有伦理情感的属性。因为，它们都激起了听众对法夫纳游子身份的同情，也使他们对自身的伦理境遇做出思考。例如《德伯家的苔丝》描写蔡斯勃勒私人舞会的小说文本中，哈代用混乱无序的文字构建起了乡村舞会的情景。从他连续使用的几个与性能力相关的神话人物隐喻可以看出，舞会中人们试图疯狂表达内心源于性本能的自然情感。然而，由自然情感带来的自然意志却仍被由伦理情感带来的理性意志约束。因为，舞者与舞伴间存在着正当的伦理关系，即"在特兰特里奇，相互间有感情的夫妇一起跳舞是很平常的事"（TD，81）。虽然舞会上的舞蹈充斥着色情的意味，但是它们仍旧发生在该地区正当的伦理关系之下，并无触犯伦理禁忌之虞。因此，苔丝在跳舞时，内心中的伦理情感还能占据上风。

其次，书写"歌唱"与"乐器"小说文本中对听众音乐情绪的描写，亦能展现人物伦理情感的生成过程与结果。哈代常在音乐书写中追踪伦理情感的生成过程，建立其与救赎的关联，并借助"走调"的伦理救赎，最终寻求伦理悲剧的道德启示。《德伯家的苔丝》中出现了一些书写人物歌唱圣歌的文本，它们表明了克莱尔对苔丝失败的伦理救赎。在遭到亚历克·德伯的世俗小调的诱惑而丧失贞洁后，苔丝在陶勃赛遇到了生于教士之家的克莱尔。根据珍妮特·金的说法，亚历克·德伯和克莱尔是"肉欲的人"和"精神的人"的对照。[1] 此处"精神的人"则

---

[1] 聂珍钊、刘富丽：《哈代学术史研究》，译林出版社，2014，第120页。

可理解为克莱尔被哈代有意塑造成一个"理性的人"。为了表现克莱尔是一个能够通过理性意志约束自然意志，从而被视作道德模范之人，哈代除了描写克莱尔所受的较为严格的宗教教育，也赋予了他极强的宗教音乐暗示，这表现在他创作的克莱尔歌唱圣歌的歌唱文本中。克莱尔的理性意志某种程度上集中体现在他的圣歌演奏与歌唱上。作为一种中世纪沿袭而来的宗教表现形式，圣歌通过表达教徒们对上帝的赞美使其无限接近上帝的意志，从而达到心灵净化和向善的目的。因此，这类宗教歌曲在一定程度上也是具有伦理教化功能的，在这方面的作用甚至比民谣更直接。如果说民谣给予苔丝尚未形成的美好天性以道德暗示的话，那么歌唱圣歌则是她在不幸触犯禁忌后抚慰心灵的办法。重回马勒特村后，哈代对苔丝唱圣歌的心理和动作有着细腻的描写，"她从爱唱歌的母亲那儿继承了爱好曲调的天性"（TD, 114），此处的天性正是指其被母亲歌谣启蒙的伦理意识。正是这种伦理意识的复萌使她渴望在触犯伦理禁忌后，从宗教歌曲中得到宽慰和救赎。当她和亚历克·德伯的孩子——那个不请自来的"劣等礼物"（130）很快夭折的时候，苔丝的嗓音从歌唱民谣时的甜美，变得"就像是从管风琴闭管主音栓发出来的"（129）。这正说明了面对那个出生随即夭折的孩子，苔丝已经无法从民谣中找到宽慰，此时的她正试图开始从圣歌中寻求伦理救赎。换言之，苔丝既然已触犯了民谣中所歌唱的禁忌，也许只有转而接受圣歌的净化才能获得救赎。所以，苔丝正是在内心经历了这样的转变过后第一次遇到克莱尔的。那是在一场关于唱歌可以提高奶牛产量的对话中，乳牛场主讲了一个叫杜威的人被圣歌救赎的故事，它贯穿了苔丝和克莱尔的邂逅过程。从某种意义上来说，这个关于圣歌救赎的故事再一次强调了触犯禁忌的苔丝此时对宗教歌曲的投入，同时也预示了即将出场的克莱尔的伦理身份，而苔丝是因为克莱尔在对话中提到他的竖琴这件事而"注意到"（TD, 153）他的。随着情节发展，苔丝也正是被他在竖琴伴奏下的圣歌打动，感到所谓的"现代痛苦"（171）。该歌唱文本记录了苔丝产生伦理情感的全部过程，其中包括两次转换：第一次是由自然情感转换成自然意志，第二次是由自然意志转换为伦理情感。那是在夏日的黄昏里，克莱尔"拨动了琴弦，打破了寂静"（169）。作为一个乳牛场挤奶的女工，显然不具备区分弹奏水平好坏的听力。事实上，苔丝一听到克莱尔的演奏，就被吸引住了。哈代把她形容为"一只着了迷的鸟儿，舍不得离去"（169）。也就是说，克莱尔的竖琴演奏唤起了她的自然情感，这种自然情感就是源于本能的一种与生俱来的感受。随后，她之所以冒着被克莱尔发现的风险穿过花园，是因为她想要听得更清楚一些。也就是说，从她想要离音乐更近一些的那一刻开始，她体内的自然情感便转化为自然意志。聂珍钊认为自然意志"是人生存的一种心智能力"，[①] 比如寒冷就要添衣御寒，饥饿就要寻找食物。自然情感上升到了意志力层面就成了自然意志。接着，苔丝听得入了迷，哈代形容："她的心随着那把旧竖琴纤细的曲调上下起伏，和谐悦耳的琴声似微风吹进她的心坎，使她激动得流泪。"（170）虽然，苔丝此时的内心情感表面上似乎不受道德的影响，实际上，从后文她与克莱尔的对话中可以发现，她流泪的原因正是产生了所谓"现代痛苦"（171）。而这种"现代痛苦"则源于她之前的痛苦遭遇。换句话说，当苔丝触景生情联想起自己被诱骗失贞、意外怀胎、孩子夭折的往事时，她体内的自然情感就开始逐渐转化成伦理情感。在它的作用下，此时的竖琴声让她产生了对好与坏、对与错、善与恶的思考。当自然情感上升到理性层面的时候，苔丝的情感便不再完全受到本能的支配。正如被问及为何悄悄走开，是因为害怕什么的时候，苔丝的回答是害怕活着。生与死的问题正是最具代表性的伦理问题之一。因此，苔丝倾听克莱尔演奏竖琴的桥段能够清晰反映出苔丝的情感变化。它经历了由自然情感转化到自然意志，再由自然意志最终上升到伦理情感的转化过程。

里昂纳尔·约翰逊认为"现代焦虑"是一种"对现代思想的关注"。[②] 笔者认为，它可被看作克莱尔演奏的宗教音乐对苔丝产生的某种伦理情感。它和眼前的景物共同影响着苔丝，让她陷入对自身伦理困境的思考，

---

① 《文学伦理学批评及其它——聂珍钊自选集》，华中师范大学出版社，2012，第282页。

② Lionel Johnson, *The Art of Thomas Hardy*, London: Mathews & Lane, 1894.

她一方面为德伯给她制造的命运悲剧痛苦万分，另一方面又对克莱尔是否能给予她等同于圣歌那般的救赎作用产生怀疑。然而，这种由宗教音乐折射到克莱尔身上的救赎感，一再被包裹成一种爱的假象，是一种失败的救赎。"注重精神感受胜过肉体需要"的克莱尔，甚至让苔丝从"对于男人的憎恶转向对于克莱尔的过分崇敬"（*TD*, 265），此处也可说明苔丝对克莱尔的爱本来就极具宗教意味。但事实证明，这种宗教情感逐渐受到了世俗观念的影响，已不纯粹。克莱尔在故事中所制造的救赎感实际上是不牢靠的，它正是苔丝最不愿意承认的"缺陷"（364），特别是当他远赴巴西，置苔丝于弗林科姆岑恶劣的生存环境和受亚历克·德伯再一次赤裸裸的引诱于不顾时。就算那时的苔丝仍然对他心存希望，就算那时她尚且努力维系着对克莱尔演奏竖琴、歌唱圣歌的记忆，其中包括一些圣歌和民谣（此处的民谣不是对母亲歌唱的记忆，救赎作用类似于圣歌），克莱尔也并没有消除生长在他内心的世俗芥蒂。苔丝甚至还想反复练习这些歌，表面上可能表达着对爱人归来的渴念，实则表达她在德伯再度为害时向克莱尔寻求伦理救赎的最后努力。千呼万唤，克莱尔也并没有回来重新扮演起曾经的那个救赎者的身份。走投无路的苔丝，听到家人在绝望时唱起了他们在主日学校学会的圣歌，歌词大意是："在人间我们忍受痛苦和悲伤，在人间我们相逢又分离，在天堂我们永远在一起。"歌词表明，苔丝的家人已经放弃为现世做出努力，上帝已不能在当下拯救他们了。听完之后，苔丝转身投入一片黑暗，"仿佛看透那黑暗深处"并终于不再相信"歌里所唱的"了（*TD*, 490）。也就是说，此时此刻，她对克莱尔圣歌的记忆及其所产生的救赎印象，已不抱任何希望。具体说来，宣布克莱尔伦理救赎彻底失败的因素有两点：第一点表现在她与克莱尔最终邂逅时进行的伦理选择，那时苔丝并没有因为克莱尔的出现，获得圣歌能够给予人们的心灵平静，反而自由意志泛滥，并产生了非理性意志。在这种非理性意志的作用下，她杀死了亚历克·德伯。第二点则反映在故事的最后那场绝望的逃亡中，但是这种表面上的救赎行为无异于饮鸩止渴。那时克莱尔正试图将苔丝从杀死亚历克的伦理犯罪中解救出来。在史前巨石阵里，他们听到"好似一架巨大的单弦竖琴奏出的调子"（539）的风声。它不禁让人联想到此前克莱尔演唱圣歌时弹奏的竖琴。当时纯粹的音乐已走调，即在表现出克莱尔宗教观念世俗化的同时，展现了他最终失败了的伦理救赎。

最后，伦理情感的产生也不完全由自然情感和自然意志转换而来。就音乐书写中的听众而言，在某种约定俗成的伦理语境下，伦理情感是可以直接产生的。哈代小说中涉及宗教歌曲的描写可作为佐证。作为一种中世纪沿袭而来的宗教表现形式，宗教歌曲通过表达教徒们对于上帝的赞美，从而达到心灵净化和向善的目的。因此，宗教歌曲特殊的调性组合以及它的表达特点可激发信教者产生伦理情感。哈代的小说中就有很多这样的例子：《无名的裘德》中，当裘德和苏等待着验尸官到来时，他们听到了《诗篇》第七十章的曲调《上帝真爱以色列清心的人》。这首歌曲以其"沉闷低微的声音"（JO, 341）被苏和裘德听到。在听到了这首歌之后，苏停止了先前"抽搐般的呼吸"（341），进入了一种思考的状态。她认为，歌者正在谈论他们的悲伤。基于第二章对该歌词的分析，我们了解到，这首歌的歌词塑造了一个渴望被神拯救的形象。苏之所以产生"无疑他们是在谈论我们"（341）的感觉，是因为此时的歌唱激发了她的伦理情感。孩子们在裘德与阿拉贝拉的儿子"时光小老头"的带领下集体上吊自杀，让她开始怀疑自己做过的伦理选择：舍弃与费罗生的婚姻，选择同裘德结合。正如她的话："咱们合二为一的结合，现在却沾上了血迹。"（JO, 342）正是这一首赞美诗所产生的伦理情感触发了她一系列伦理思考。也就是说，苏产生的伦理情感，并不完全是此前由丧子之痛带来的自然情感转换而来的。它来自歌词的教诲性以及歌唱行为本身的严肃性。回到房间，她被孩子们的遗物所触发的悲伤情感，已不是丧子之痛的抽搐般的情绪，而是"那种死板而无情的沉默"（342）。这种沉默正是此前伦理情感的延续。因为，这些物件能够让她联想到作为母亲的伦理身份。母亲原本应该保护自己的孩子免遭灾难，但她却未能挽救自己的孩子们。由此看来，她作为母亲的伦理身份与其道德行为并不符合，于是导致丧子的伦理悲剧。前文讨论过的《十字架下》的例子中，裘德正是在听完这首歌曲后，受到了心灵净化，内心更想从他与苏和阿拉贝拉的混乱情感中逃离。类似情况还出现在《德伯家的苔丝》里。苔丝也正是因为听到了兰登调式的诗篇吟咏，才产生对作曲者的仰慕之情。哈代是这样描写苔丝听到歌曲后的情感的："一个从来没有听说过他的名字，也决不会了解他是怎样一个人的这么一个女孩，来体验他独自先体验过了的一系列感情。"（*TD*, 115）也就是说，置身在礼拜仪式歌唱氛围中的苔丝，陷入对此前生活的一系列伦理思考，否则，她将无从对作曲家感同身受。她的伦理思考也正是伴随着歌声所激发的伦理情感产生的。

第三节　音乐书写与伦理选择

哈代常借助音乐元素表达人物的伦理选择。文学伦理学批评认为，"伦理选择是文学作品的核心构成"。[①] 作为构成哈代小说伦理思想的重要因素，人物的伦理选择也常被安排于书写"歌唱"的小说文本中，因为，它们可以展现出人物的伦理两难处境，亦可表现人物对已做出的伦理选择的思考。也就是说，小说中的人物常会因为唱到一首歌曲而引发一系列思考。他们常会想起之前所做的一些伦理选择，由此引发其对选择前后状态的联想以及对伦理选择本身的思考。

一　小说文本中的伦理选择

研究哈代小说中的人物的伦理选择是研究哈代小说伦理思想的关键。伦理情感的产生常伴随着理性意志的出现。在理性意志的影响下，小说人物便会做出种种不同的伦理选择。聂珍钊提出，"伦理选择（ethical choice）具有两方面的意义。一方面，伦理选择指的是人的道德选择，即通过选择达到道德成熟和完善；另一方面，伦理选择指对两个或两个以上的道德选项的选择，选择不同则结果不同，因此不同选择

---

① 聂珍钊：《文学伦理学批评导论》，北京大学出版社，2014，第267页。

有不同的伦理价值"。① 理解人物的伦理选择是什么以及这样选择的原因，是理解文学作品的前提和基础。"就文学批评而言，对伦理选择的分析过程，就是对文学作品的理解和批评的过程。"② 哈代小说中人物的悲剧结果，都是由其接连做出的错误伦理选择促成的。不应该孤立看待人物的每一次伦理选择，而应将其每一次伦理选择当成组成伦理叙事的核心事件来看待，搞清楚该伦理选择过程中的道德选项，人物进行伦理选择的原因以及后果等。例如《德伯家的苔丝》中，当苔丝在小镇埃弗斯亥邂逅亚历克，再次陷入亚历克的纠缠中时，她在等候丈夫克莱尔从巴西回来和接受亚历克的忏悔这两个道德选项中纠结。她最终选择投奔亚历克的原因有二：其一，祖产被收走迫使其家人流离失所；其二，她内心已不对克莱尔的归来抱以希望。在同亚历克重新生活在一起后，她仍然受着煎熬，直到再次见到姗姗来迟的克莱尔，在非理性意志的作用下杀掉亚历克，犯下了不可逆转的罪行。《还乡》中，克莱姆决定留在爱敦荒原进行教育改革，却沦为身患眼疾的收割者。他所做出的伦理选择与尤斯塔西雅的相互矛盾。后者希望他在婚后能将她带去巴黎，带离爱敦荒原。当她听到克莱姆还在歌唱昔日展现巴黎生活的歌谣时，她再也无法忍受，并认为她"生活中的所有机会都因为匆匆忙忙跟一个不幸的男人结合而毁于一旦了"（RN, 299）。随后，她不惜违背自己妻子的伦理身份，而选择再次与有妇之夫怀尔德夫纠缠在一起。她的伦理选择间接导致了约布莱特太太被毒蛇咬死，并最终促成暴风雨中的自我陨灭。哈代小说中的人物正是在伦理两难的情况下做出伦理选择的，也正是这一次次错误的伦理选择，导致最终悲剧的发生。

二　表达伦理选择的音乐书写

音乐元素书写能够展现人物伦理选择的过程，表达人物的伦理选择。其中，人物的歌唱在哈代小说人物的伦理选择中发挥了重要作用。主要

---

①　聂珍钊：《文学伦理学批评导论》，北京大学出版社，2014，第267页。
②　聂珍钊：《文学伦理学批评导论》，北京大学出版社，2014，第268页。

表现为三点：第一，书写"歌唱"的小说文本展现出人物的伦理两难；第二，展现人物错误的伦理选择过程，寻求造成伦理悲剧的原因；第三，书写"歌唱"的小说文本表现出人物对已做出的伦理选择的反思。

第一，书写"歌唱"的小说文本展现出人物的伦理两难处境。"根据现代心理学的研究，人的意识可以分为意识、潜意识和无意识三种。在正常的歌唱表演中存在着大脑对动作的控制，分为有意识控制和潜意识控制两个方面。有意识的控制是指大脑发出指令并主动支配行为的具有目的性的活动……人的潜意识除了本能的表现，大部分都是通过对有意识进行训练。"[1] 而在书写"歌唱"的小说文本中，人物歌唱的歌曲也能反映出其潜意识的一些想法。通过分析这些段落中歌唱的内容及其情感，我们便能揭示不同人物进行伦理选择的过程。例如《还乡》中，克莱姆虽已向尤斯塔西雅表明自己留在爱敦荒原的志向，却在砍荆条时演唱了一首巴黎的老歌谣《破晓的时光》。笔者认为，歌唱这首歌的意图并不像克莱姆说的那样只是一时遐想，而反映了其潜意识里对巴黎生活的怀念。身在爱敦荒原却唱着巴黎求学时学到的歌曲，这本身就表明了他对先前留在爱敦荒原的决定并不坚定。也就是说，他仍然处于伦理两难中：如果回到巴黎，那么他就能彻底获得尤斯塔西雅的芳心；如果留在爱敦荒原，那么他虽能够坚持自己改造荒原的理想，但却会与爱人对立。所以，在爱情的逼迫下，克莱姆仍然急需进行伦理选择。"在文学作品中，伦理选择往往同解决伦理困境联系在一起，因此伦理选择需要解决伦理两难的问题。"[2] 因此，在尤斯塔西雅的一再追问下，克莱姆还是做出留在爱敦荒原的伦理选择。"一旦做出选择，就往往导致悲剧。"[3] 结果，这个伦理选择直接导致尤斯塔西雅幻想破灭，随后又造成一系列的悲剧。由此看来，通过描写克莱姆的歌唱，哈代很自然地表达出人物的伦理两难处境。再如，《卡斯特桥市长》中，我们也可通过描写法夫纳在三水手酒馆里歌唱《怀乡曲》的小说文本，窥析其伦理两难

① 引自百度文库，http://wenku.baidu.com/view/13afdc33580216fc700afd3d.html。
② 聂珍钊：《文学伦理学批评导论》，北京大学出版社，2014，第268页。
③ 聂珍钊：《文学伦理学批评导论》，北京大学出版社，2014，第268页。

处境。那时的他正纠结在回到家乡抑或出国闯荡这两个人生选项中：如果选择回到家乡，他也许就能与自己喜爱的一切朝夕共处；如果选择出去闯荡，也许就能谋取功名。这首歌曲，虽表达了他对家乡的怀念——我们可以从他歌唱时的真挚情感看出，但也表现了他对告别故乡、博取功名的决心。而后，他被亨察德的盛情邀约打动，并最终选择留在卡斯特桥。他做出的伦理选择，为接下来两人从亲密合作到竞争对抗的故事情节埋下伏笔。《德伯家的苔丝》中，结婚前夜，苔丝回忆起民谣《男孩与披风》。这首歌不仅让她想到当地的婚恋禁忌和伦理语境，还生成一个新的伦理困境，即她是否应向克莱尔坦白自己的过去。一旦坦白，她也许会失掉克莱尔的信任；选择隐瞒，则于心不安。不同的选择会带来截然不同的结果。考虑再三后，她还是向他坦白了和亚历克之间的往事，由此带来克莱尔远走他乡、苔丝在弗兰科姆岑隐忍度日的悲剧后果。

第二，展现人物错误的伦理选择过程，寻求伦理悲剧的原因。哈代常在"歌唱"书写中展现人物错误的伦理选择。《德伯家的苔丝》中，苔丝虽通过母亲琼·德比歌唱的民谣产生了对威塞克斯地区恋爱伦理规范和伦理禁忌的正确认识，但伦理悲剧仍旧难以避免。其中主要归咎于亚历克·德伯的引诱。正是在第二章和第六章两度被亚历克·德伯所诱惑，她才一再做出错误的伦理选择。这种诱惑则巧妙地被哈代置于德伯歌唱世俗小调的"歌唱"书写里。世俗小调一直以来被认为是同宗教音乐对立出现的音乐形态，维多利亚时期著名音乐理论家哈维斯将世俗音乐称作"虚假情感、滥用情感、或者说是猥亵情感"。① 它被普遍认为最早发源于酒馆、公共音乐厅等民众聚集的娱乐场所，植根于大众文化土壤中，极易流传。这种"过度的可听性"，在当时被认为拥有"感官取悦的隐忧"。② 回到"歌唱"书写的伦理现场，即维多利亚时期的英国，

---

① 张磊：《肯认与焦虑——乔治·爱略特小说中音乐文化的意识形态研究》，中国国际广播出版社，2012，第 57 页。

② 张磊：《肯认与焦虑——乔治·爱略特小说中音乐文化的意识形态研究》，中国国际广播出版社，2012，第 49 页。

我们发现世俗小调具有感官愉悦的功能，与当时道德教化标榜的歌曲类型矛盾。小说中，希望解决家庭困境的苔丝来到了特兰特里奇德伯家族的庄园。在这个过程中，虽然花言巧语、图谋不轨的亚历克·德伯已经对苔丝表达了赤裸裸的欲望，但这些一开始都被苔丝避开、拒绝了。因为在那些记录着伦理启蒙的歌唱文本中，苔丝已非常明确伦理禁忌。她人性因子中的理性意志能够充分约束兽性因子中的自然意志。然而，来到"坡居"后，她被古怪的德伯太太安排教鸡舍里的鸡唱歌——用吹口哨的方式。起先她"根本吹不出清晰的曲调"（TD, 74），正在心烦意乱之际，德伯出现了并提出教她吹了一句"莫以负心唇"。这首来自莎士比亚喜剧《一报还一报》的咏叹调，歌词大意是："莫以负心唇，婉转弄辞巧；莫以薄幸眼，颠倒迷昏晓；定情密吻乞君还，当日深盟今已寒！"（75）此处歌唱文本中的这首歌曲虽被认为来自喜剧这一相对严肃的体裁，但德伯演唱的实际上是那种"被大大简化，以便在家中演唱"的世俗版本。[1] 特别当他用口哨吹出这个调子时，实际上表达了其对集体伦理规范的一种蔑视。这是一次极不严肃的示范，却被苔丝第一次真心实意地接受，就算"苔丝并不知道这一句引自哪一首曲子"（TD, 75）。通过这首曲调，她学会了吹口哨，并把这首具有明显色情意味的小调吹给家禽们，实际上是吹给德伯听。也就是说，苔丝正在以德伯预期的方式回应他的示爱。通过对这种听觉记忆法的实践，苔丝一方面熟悉了歌曲的旋律和内容，另一方面也逐渐熟悉了德伯的声音。艺术心理学认为，"歌唱记忆是指在头脑中保存和再现歌唱方面的视觉、听觉、逻辑和情感等能力和过程"。[2] 通过这一特殊的心理过程，歌唱的内容能够更长久地影响受众的心理，并通过某件事物再度触发其对之前歌曲的追认。笔者认为，通过苔丝的反复练习和模仿，亚历克歌唱世俗小调的歌喉已经成为那个触发她歌唱记忆的开关。每当听到他的声音，苔丝都会潜移默化地联想起这首世俗小调旋律及其中包含的猥亵意味—— 这在

---

① 张磊:《肯认与焦虑——乔治·爱略特小说中音乐文化的意识形态研究》，中国国际广播出版社，2012，第49页。

② 张婉:《如何提高歌唱者的歌唱记忆》，《中国音乐》2004年第2期，第79页。

故事中出现了两次。随后，亚历克·德伯的诱惑便像毒品一样逐渐在苔丝的身上产生效力，直到将她一步步拖入深渊。

第一次，哈代将两人邂逅的场景安排在蔡斯勃勒的一场私人舞会。在一片混乱甚至具有色情意味的舞蹈后，亚历克的高声尖笑引起了苔丝的注意。然而，在此之前，哈代仍然在强调一种正当的伦理关系，即"在特兰特里奇，相互间有感情的夫妇一起跳舞是很平常的事"（*TD*, 81）。虽然舞会上的舞蹈充斥着色情的意味，但是它们仍旧发生在该地区正当的伦理关系之下，并无触犯伦理禁忌之虞。这种伦理关系也是琼通过民谣让苔丝了解并熟悉的威塞克斯地区的现行集体伦理关系。可是，苔丝此时对民谣的回忆却被花园暗处的高声尖笑所打断。它正是那个曾通过吹奏世俗小调一再训练苔丝自然意志的笑声；同时，它也颇具意味地表达出了亚历克对于集体伦理关系的公开蔑视。由此，苔丝通过聆听母亲的民谣所获得的理性意志，逐渐丧失对被亚历克的世俗小调所激发的自然意志的管控。于当晚，她终于禁不住诱惑触犯了当地的伦理禁忌。苔丝和亚历克·德伯的第二次邂逅仍然发生在对他歌唱的记忆上。那是在苔丝刚刚从克莱尔家无望而归的路上，她在小镇埃弗斯亥碰巧听到一次布道。起初，她并没有认出布道者就是德伯，直到逐渐熟悉了"比讲道者的信条更加使苔丝感到吃惊的他的嗓音"。（413）哈代此处强调"那完完全全是亚历克·德伯的嗓音"，（*TD*, 413）正是他在"特兰特里奇使用过的诱惑"（459）的嗓音，苔丝很快陷入一个新的伦理结中。她一方面无法舍弃那个远在巴西或许已经不爱她的丈夫，另一方面也因德伯的虚假忏悔和诱骗而有所动摇。德伯也恰恰是依靠他"伪装成下等动物来引诱那另一个家伙"（479）的巧舌，使苔丝再次做出举家投靠他的错误伦理选择。整个失足的过程实际上正好应和了那首世俗小调《莫以负心唇》。这段旋律虽然没有出现在后文的歌唱文本中，却出现在德伯无赖式的争辩中。比如他连续两次将他"故态复萌"（443，455）的情欲归咎于苔丝"痴迷的嘴唇"（443）。这正是歌词第一句"莫以负心唇，婉转弄辞巧"所表达的意思——其实德伯才是那个弄辞巧之人。所以，正是通过世俗小调中表达出的对于集体伦理关系的蔑视态度，亚历克·德伯一再破坏苔丝对民谣所歌唱的集体伦理与禁忌的记忆，迫使她转而寻求另外一种歌唱以摆脱此时的伦理困境。

第三，书写"歌唱"的小说文本表现出人物对已做出的伦理选择的反思。小说中的人物常会因为唱了一首歌曲，引发一系列思考。他们常会想起之前所做的一些伦理选择，由此引发对选择前后状态的联想以及对伦理选择本身的思考。《德伯家的苔丝》中，苔丝在来到弗兰科姆岑后，一度天真地认为克莱尔会回心转意。于是，她打听到克莱尔在陶勃赛时喜欢唱的歌谣，并开始整日练习它们，以待他归来时唱给他听。哈代写道："她过去的生活中所发生的一些事情导致了他们的分离，而这些事情并没有改变，而且永远不可改变，永远存在。"（TD，470）也就是说，通过歌唱这些歌曲，苔丝难免想起他们热恋的时候，她更想到了那些悲伤的往事，以及她并未选择及早坦白的事实。哈代特别提到《破晓》这首歌曲，里面所展现的陶勃赛的美好生活，此时"仿佛是对唱歌人的嘲讽"（471）。由此看来，歌唱这些歌曲，让苔丝在反思悲哀的当下时，后悔当时所做出的伦理选择。故事后段，另外一首歌曲再次让苔丝回想起曾经做出的那个伦理选择。那时她和家人已走投无路。流浪前夜，弟弟妹妹们唱起了他们在主日学校学会的圣歌。通过此前对这首歌曲的分析，我们发现它表达出苔丝几近绝望的情感，因为，上帝已不能在当下拯救他们了。歌唱结束后，苔丝转投入一片黑暗，"仿佛看透那黑暗深处"并终于不再相信"歌里所唱的"了（TD，490）。也就是说，此时此刻她已彻底丧失了生活的希望。哈代写道："出世以后遇到的所有事情中没有任何一件让他们觉得自己的降生是有理由的。"（491）在这段话中，作家试图从命定论的角度为苔丝的悲剧进行阐释。苔丝相信一切都是命中注定的，这其中就包括那个促使她陷入悲剧境遇的伦理选择。通过对苔丝与家人合唱的设置，哈代很自然地将人物对已做出的伦理选择的思考展现出来。

第四节　音乐书写中的道德教诲

音乐书写在哈代的小说中具有重大的道德教诲价值。在表达哈代小说的道德教诲意义方面，音乐书写常融入作家的伦理观。虽然，音乐书写中的道德教诲价值与音乐的道德教诲价值有着本质不同，但音乐却构成音乐书写中伦理表达的重要部分。读者除了能够从书写音乐元素的小说文本中的歌词节选或音乐互文性文本里感受音乐的伦理内涵，还能从音乐发生的场景、表演者与聆听者的面部与心理活动、自然音响的情感表达以及故事的情节结构中明晰作家的伦理思想。

一　进行道德教诲的音乐书写

音乐书写在哈代小说中也发挥了重要的道德教诲作用。文学伦理学批评认为，"道德教诲即文学的基本功能。文学的价值通过文学的教诲功能体现"。[①] 作为构成哈代小说文本的重要组成部分，音乐书写亦体现出了重要的教诲功能。具体表现为：第一，音乐书写中的音乐成分常构成人物最初的伦理启蒙教育。音乐元素书写中的"歌词"或歌曲常反映了威塞克斯当地人的伦理环境或伦理语境。在学习歌曲或回忆曾学习过的歌曲的过程中，人物接受伦理规范，意识到触犯禁忌的悲剧性。第二，音乐元素书写亦可直接表达作家的伦理思想。

第一，音乐元素书写中的音乐成分常作为构成人物伦理启蒙教育的学习因素出现。人物通过学习与歌唱歌曲，来吸收所选歌曲的教诲意义。歌曲中美好的部分能够引人向善，而对伦理禁忌的表达以及对触犯伦理禁忌的悲剧后果的明示，则让人引以为戒，学会用道德规范自己的行为。《德伯家的苔丝》书写了大量苔丝歌唱民谣的场景。其中，苔丝除了会通过歌唱民谣来抒发自己内心的情感，还在歌唱的同时强化了其

---

① 聂珍钊：《文学伦理学批评导论》，北京大学出版社，2014，第248页。

伦理自觉。无论是她在陶勃赛之前表达对新生活充满希望的歌唱，还是她在弗兰科姆岑对克莱尔充满思念的歌唱，这些歌唱文本中的歌唱内容都具有强烈的伦理意味。她的这种通过歌唱民谣来表达情感的习惯，可以追溯到苔丝成长阶段母亲的歌唱。琼·德比所歌唱的歌曲并非她即兴编造的，而是她在自己的成长环境中听到的。虽然表现主题上多结合民间虚构传说，民谣却在一定程度上明确反映出民众对人际伦理关系的要求和期待，激发人们对于当地集体伦理的遵守，从而产生一定的伦理教化作用。也就是说，苔丝不仅从母亲琼·德比口中学会了许多民谣歌曲，还在歌唱这些歌曲过程中潜移默化地接受了最初的伦理教诲。文学伦理学批评认为，"所谓'斯芬克斯因子'，其实是由两部分组成的——人性因子与兽性因子"。[①] 其中，兽性因子是人类进化本能的残余，是人的天性，而人性因子即伦理意识则需要后天培养和引导。母亲琼·德比爱好唱歌，"凡是从外面传进布雷克摩谷的歌谣、小曲，苔丝的母亲只要一个星期就能把它的调子学会"（TD, 23）。这本是劳动者在劳动时养成的习惯，却给予了苔丝的伦理意识一定的引导。苔丝对威塞克斯地区人伦关系的认知建立在对琼·德比歌唱民谣的记忆之上。这种认知一方面表现在那些明确恋爱伦理规范的民谣上，另一方面表现在那些展现伦理悲剧的民谣上。

　　一方面，母亲歌唱的民谣表达了威塞克斯人朴素的恋爱伦理规范，即在拥有爱情后，应对爱情忠诚。小说伊始出现的"歌唱"书写如下。刚从五朔节的歌队回来的苔丝，还未进入家门就先听到了母亲"以活泼的加洛佩德舞曲节奏唱着她喜爱的歌谣《花点母牛》"（TD, 21）。笔者认为，这首民谣对苔丝伦理观念的强化源于歌词本身的内容以及乐曲旋律的歌谣体特点。"我看见她——躺了下来——在那边绿树林里，心爱的人，你快来！究竟在哪儿，让我告诉你。"（21）从歌词节选来看，这首抒发主人公渴盼爱情心愿的民谣显然和苔丝当时的心境相合。五朔节的歌队上，情窦初开的苔丝虽同克莱尔一见钟情，却遗憾地错过同他共

---

① 《文学伦理学批评及其它——聂珍钊自选集》，华中师范大学出版社，2012，第21页。

舞的机会。在哈代描写的歌唱文本中，此时她的心情是"哀愁的"。过了好久她才"甩开这一时的哀愁，接受了别人请她跳舞的邀请"（21）。然而，她的心不在焉，让她"此后没有任何想法"（21），并离开欢快的场面独自回家。此处，便可认为苔丝已对克莱尔产生了爱情。随后出现了一个妈妈轻唱《花点母牛》的歌唱文本。哈代在描写苔丝听完这首歌的感受时用了"哀愁的"这个形容词。虽然，此处的哀愁之感看似是面对家徒四壁产生的"悲凉"（22），事实上，这"悲凉"情绪正是其产生爱情的证明。可惜的是，她自己并未意识到这一点，正如她也读不懂母亲在演唱这首歌曲时脸上的情绪一样。

前文提到过整个歌曲采用民谣独特的歌谣体，以叠句与重复来增强音乐效果。歌曲的每个乐段都使用同一个乐句旋律（尽管有稍许小变化）。这段乐曲可以分为两句，第二句为对第一句的原样重复。这种旋律型脱胎于当地口语和发音的特性，不断的叠句与重复强化着歌者或听者对于歌词内容的记忆，加深其对某些伦理观念的理解。由于这首民谣的内容和形式，苔丝时隔一年后仍能联想到母亲歌唱这首民谣的情景。那时，克莱尔已去往巴西，她则在弗兰科姆岑恶劣的劳动环境中，想起了她听过的那些民谣。笔者认为，她此时对以《花点母牛》为代表的一系列民谣的回忆，表现了她对与克莱尔一见钟情场面的记忆。由此，通过歌唱这些歌曲，她不断完成着对爱情忠诚的自我训诫，强化着对当地恋爱伦理规范的认知。

另一方面，琼·德比歌唱的民谣也向苔丝暗示了不符合现行伦理规范，即触犯伦理禁忌的悲剧后果。苔丝所生活的维多利亚时期，女性的贞洁被认为是极为重要的。她当初演唱这些歌曲，也正是希望苔丝约束自己的行为，遵守现行的婚恋制度。可是，在被亚历克诱奸后，苔丝已成为触犯禁忌的人和这些民谣中所塑造的反面例子。因此，在接受克莱尔馈赠的新婚礼服独自一人在楼上试穿时，出现了这样一段"歌唱"书写：苔丝想到一首母亲唱过的名叫《男孩与披风》的民谣，内容讲的是一个男孩送给亚瑟王一件只有贞洁的女人才能穿的披风，亚瑟王命令王后穿上，这披风瞬间变成碎片，"它永远不会适合／那曾经失足的妻子"（*TD*, 283）。此时，伴随着歌曲，苔丝同时还回想起了母亲唱这首歌谣时的模样。虽然在她的幼年记忆中，母亲歌唱时的情感是"轻松活泼"（283）的，但那时这首歌曲就已经将一个有关失贞背德者必不幸福的伦理忠告植入她的脑海。既然"禁忌是古代人类伦理秩序形成的基础，也是伦理秩序的保障"，① 那么，触犯伦理禁忌的苔丝也必然无法苟全于克莱尔的田园牧歌中，因为，她已把自己比作那个背德者格妮维尔王后，她害怕克莱尔送给她的这套衣裙会变成碎片"而把她过去的事情暴露出来"（284）。只可惜，苔丝在想到这首民谣后复萌的理性意志，最终还是没有战胜她因对克莱尔的爱而产生的自然意志和非理性意志。她并没有选择在新婚前向克莱尔坦白自己的过去。也就是说，这首歌曲虽然再次强化了她对伦理制度约束的认识，却并没有让她最终警醒。所以，"歌唱"书写中苔丝在回忆起母亲的民谣时，也会同时想到这些民谣背后所包含的教诲价值。这些民谣一定程度帮助她获得对威塞克斯地区的恋爱伦理规范和伦理约束的认知，也初步建构起她对于当地伦理制度的概念，从而起到培养和强化她的伦理自觉的作用。

第二，音乐元素的设置亦可直接表达作家的伦理思想。哈代常将自己的伦理思想寓于音乐元素之中，读者可通过描写背景音乐的文字受到教诲。所谓书写背景音乐的文字，指出现在构成"歌唱"或"乐器"的小说文本中有关音乐的书写。其中，小说主要人物此时作为音乐的聆听者而非演奏者，听到音乐并接受教诲。实际上，音乐常常直接表达了哈代的伦理思想。例如，得知苏已嫁作人妇的裘德在梅尔彻斯特的教堂听到了赞美诗《十字架下》。这首歌"特别富于情感。大家唱了一遍又一遍，那和声沁入裘德的心灵，使他深受感动"（*JO*, 193）。正是这首宗教音乐缓和了其因伦理困境受到的痛苦。而哈代也正借助这首歌传达出"在灵与肉的永恒内心斗争中，不要让后者占上风"（193）的伦理思想。同样，当裘德在床上奄奄一息时，也听到了从礼堂中传出的为赛船会准备的风琴音乐。"愿白天变成黑夜，愿上帝不往下注视，不让光照

---

① 《文学伦理学批评及其它——聂珍钊自选集》，华中师范大学出版社，2012，第10页。

耀其上。愿那夜晚孤寂，没有欢乐的声音从中传出。"（*JO*，412）这段选自《旧约·约伯记》的歌词除了呼应裘德的死亡之外，还直接表达了作者的伦理观，即一再错误的伦理选择终会将人引入不可挽回的悲剧结局中。在悲剧中惨死不如从未在世上降生，不如"死于母胎"（412）。

二　音乐表达的特色与价值

音乐元素在表达哈代小说伦理思想过程中的作用与音乐的伦理表达不尽相同。我们在音乐元素中涉及书写宗教音乐、民谣或世俗小调的小说文本中，虽然没有直接聆听到乐曲本身，却也能联觉到书写中的音乐，寻求其伦理表达。只有比较音乐书写与音乐两者的道德教诲功能，才能凸显音乐书写的特殊伦理价值。

关于音乐的定义，学界一直存在两种争议：一种观点将作为审美对象的音乐定义为一种缺乏"自足的客体性"[①]活动。其脉络可从赫尔德的"活动性艺术"（Energische Kunst）观、黑格尔有关"音乐的真正存在在其直接的暂时经过中消逝了"[②]的提法延伸到20世纪以来"格式塔心理学派"的"音乐是'时间的格式塔'"。[③]另一种观点认为，音乐具有客观对象性："将音乐固定在文本中，成为一个音乐作品。"[④]依据这种观点，对音乐作品的审美依赖于乐谱呈现出的作品的曲式和结构。

对音乐作品的审美包括对音乐形态脑文本的审美和对音乐文本的审美这两部分。聂珍钊将脑文本定义为"存储在人大脑中的记忆"，它"借助回忆提取，借助发音器官和听觉器官复现，并可借助陶片、纸草、

---

① 〔德〕卡尔·达尔豪斯：《音乐美学观念史引论》（修订版），杨燕迪译，上海音乐学院出版社，2014，第22页。

② 〔德〕卡尔·达尔豪斯：《音乐美学观念史引论》（修订版），杨燕迪译，上海音乐学院出版社，2014，第275页。

③ 〔德〕卡尔·达尔豪斯：《音乐美学观念史引论》（修订版），杨燕迪译，上海音乐学院出版社，2014，第106页。

④ 〔德〕卡尔·达尔豪斯：《音乐美学观念史引论》（修订版），杨燕迪译，上海音乐学院出版社，2014，第22页。

龟甲、青铜、纸张等转化为以物质材料为载体的物质文本"。[①] 当然，并不是所有的音乐作品都最终以物质文本的形式被创作和保存，部分音乐作品（如前面提到的民谣或者游吟歌曲）都是以歌唱或演奏的形式保存下来的。对于以脑文本形态存在的音乐作品，赫尔德使用了"实践"（Praxis）[②] 去界定它们。他认为对于这部分音乐作品审美的关键在于对操作和实践它们的行为进行审视，也就是以对音乐表演本身的审美来替代对其脑文本的审美。虽然，赫尔德提出的这种以某一次音乐表演来代表其文本依托的审美思路有些以偏概全，但它在一定程度上提供了一个正确认识脑文本的角度和方法。正如利斯滕尼乌斯强调的那样，重要的不仅是"如何使音乐运作起来"，[③] 而且是回归到音乐作品本身。对音乐形态的脑文本，即存储在人大脑中的音乐记忆进行审美的过程是，当代审美者通过某一次表演认识该音乐作品的脑文本，将脑文本按照表演呈现的一种形态转化为物质文本（即乐谱），最后再结合音乐表演和音乐文本对该音乐作品进行综合性的理解和评赏。罗曼·英伽登（Roman Ingarden）认为，"鸣响的音乐是一个'真实的'对象，而记谱的音乐则是一个'纯粹意向性的'对象"。[④] 也就是说，音乐表演中的时间是不可逆的，而谱面作品则不会受到时空的制约。让音乐作品获得长久性的办法，就是将它以乐谱形式最终保存下来，这几乎成为古典－浪漫时期音乐家们共同遵循的艺术准则之一。在音乐形态脑文本与音乐文本中，存在着该音乐生成的伦理环境与道德目的。例如，格里高利圣咏被用于传播天主教的宗教思想，古典音乐则用于巩固君主的统治思想。因此，音乐的道德教诲价值则可理解为，人们通过学习音乐形态脑文本或音乐文本中的音乐收获的道德教育意义。而音乐元素的道德教诲价值则被作

---

① 聂珍钊:《文学伦理学批评导论》，北京大学出版社，2014，第17页。

② 〔德〕卡尔·达尔豪斯:《音乐美学观念史引论》（修订版），杨燕迪译，上海音乐学院出版社，2014，第20页。

③ 〔德〕卡尔·达尔豪斯:《音乐美学观念史引论》（修订版），杨燕迪译，上海音乐学院出版社，2014，第21页。

④ 〔德〕卡尔·达尔豪斯:《音乐美学观念史引论》（修订版），杨燕迪译，上海音乐学院出版社，2014，第106页。

家内置于小说文本中。读者需通过阅读文字而非聆听音乐来接受道德教诲。

　　音乐书写的道德教诲价值表现为两点：第一，读者通过阅读音乐书写中的所有要素整体领悟作家的伦理思想；第二，音乐是组成音乐书写伦理表达的重要部分。第一，读者不单可以从音乐元素书写中联想或联觉到存在于叙事中的音乐作品，还可以从音乐发生的场景、表演者与聆听者的面部与心理活动、自然音响的情感表达以及故事的情节结构中综合寻求小说的伦理思想。例如，如果单独聆听或歌唱民谣《埃莉诺王后的忏悔》，我们可能只了解到一个乱伦王后的悲剧故事。在《还乡》描写坎特大爷唱这首歌曲的小说文本中，我们则可通过坎特大爷歌唱的场景，了解到威塞克斯地区人们为新婚夫妻歌唱祝福歌曲的传统；可通过坎特大爷歌唱间隙与其他乡民的议论，了解到威塞克斯地区的集体伦理规范；亦可从听众的反应中了解到怀尔德夫与托马茜婚姻中不符合集体伦理的污点。小说语境中的音乐事件所承载的伦理内涵远远超过一首歌曲所能表达的。例如，我们也可以从风雨声中了解到渴望自由的尤斯塔西雅夹在克莱姆的婚姻与怀尔德夫的爱情虚妄中间的伦理困境，以及苏最终委身费罗生的伦理选择。这些构成"自然音响"的小说文本也具有比音乐更具概括力也更深入的伦理表达功能。

　　第二，音乐是组成音乐书写伦理表达的重要部分。出现在小说文本中的音乐形态，一般是由歌词节选或文字描述组成。读者无法聆听到真正的音乐音响，却可以通过歌词节选或音乐记忆学习歌唱。这些音乐常出现在书写"歌词"、"歌唱"与"乐器"等的小说文本中。作为表演内容的核心，读者可通过阅读组成这些音乐的文学文本受到教诲。例如，读者可通过阅读《友谊地久天长》的歌词节选，领悟哈代关于友谊的伦理思想；也可通过阅读《莫以负心唇》歌词节选，了解亚历克对苔丝的淫欲念头，并随之担心苔丝的命运。

结　语

　　哈代是一位有着鲜明个性特征的小说家。这种个性特征突出地表现在他能够巧妙地运用音乐书写表达自己的艺术观点上。音乐书写特指小说叙述中对音乐内容和形式直接或间接的表述与模仿。其所依赖的媒介本位不是音乐艺术，而体现了一种运用文学语言从内容与形式上直接模仿音乐艺术或者间接激发音乐联想或联觉的跨媒介叙事技巧。在这种美学效果的影响下，读者虽不能通过阅读小说中的音乐书写听到由音响材料构成的真实音乐，却能对叙述语言产生音乐联觉或联想，感受到音乐的叙事效果。

　　其具体体现为三种类型的跨媒介叙事征候：第一类具体表征为，对小说中的音乐内容进行书写，即通过文字语言书写音乐作品，言说音乐，表征音乐媒介形式。第二类为对小说中的音乐形式进行书写，即小说家通过模仿音乐节奏、结构等构成音乐的特定形式，让小说产生如同音乐的跨媒介叙事效果。第三类为对激发音乐联想的音乐元素的书写。对小说的音乐元素书写虽未直接模仿音乐媒介，却可通过对"歌词""歌唱""乐器""自然音响"等音乐元素的书写，让人联想或联觉到音乐，达到间接模仿音乐的效果。哈代小说中的音乐书写主要体现为"音乐元素书写"。其所书写的音乐元素主要包含四类：歌词、歌唱、乐器、自然音响。书写每一种音乐元素的小说文本又由不同的文本要素构成。它们对于小说文本的结构以及修辞等方面都具有重要作用。其在叙事中又具体表现为两种功能：第一，表现出对叙述结构的建构功能；第二，表现出一定的修辞功能，彰显小说文本的鲜明个性。在充分发挥了音乐书写在小说中的这些功能的同时，哈代的小说还体现出音乐书写的两方面特色：其一，书写音乐元素的语言本身就极具音乐性；其二，对音乐元素书写的审美能够产生音乐联想的阅读体验。

小说中的"歌词"书写指小说文本中出现的歌词引用或节选，包括全文引用或部分节选。哈代小说中的歌词节选虽然缺少与之相匹配的歌谱，却对于理解其创作思想具有重要作用。"歌词"书写中歌词的音乐特性从歌词艺术独特的结构形式、语言表现以及节奏韵律中展现出来。这些被引用或节选的歌词能结合不同的歌唱场景表达不同的主题，主要表现了民间故事、风土人情和宗教主题。另外，这些小说中的"歌词"书写对人物的塑造、文本结构的建构以及情境的渲染方面具有重要作用。在互文性方面，"歌词"书写也深化了主题的表达。

哈代小说中的"歌唱"书写，表现为描写歌者的歌唱场景、歌唱内容及听者在欣赏歌唱时的音乐情绪的那部分小说文本。书写"歌唱"的小说文本由歌者、歌唱场景、歌唱内容以及听者的情绪状态构成。其中，主人公通过歌唱表达自我或者他人的遭遇。埃尔纳·西尔曼指出，哈代小说描写人物歌唱桥段的作用包括增强作品的艺术表现，拓展语言表达的想象空间等。[1]本书从哈代小说"歌唱"书写中的歌者、歌唱的表达内容、歌唱的情感表达与歌唱产生的音乐情绪以及书写"歌唱"的小说文本的文本功能这四方面进行了讨论。

书写"歌唱"和"乐器"的小说文本，均涉及对音乐表演或音乐聆听的描述，但从文本中的表演类型和性质上看却不同。其中，书写"乐器"的小说文本，由乐器、演奏者、演奏内容、演奏场景以及聆听者的情状等文本要素构成。例如，英国古典主义小说中之于"钢琴"的相关书写等。表演内容是书写"歌唱"和"乐器"的小说文本中的重要因素。只要读者通过"身份迁移"进入人物在小说中所处的视听环境，就能产生音乐联想或联觉。另外，小说中关于舞蹈场景的书写也属于"乐器"书写的内容。高天认为"舞蹈应被看做是音乐情绪体验的

---

[1] Elna Sherman, "Music in Thomas Hardy's Life and Work," *The Musical Quarterly* 26(4), 1940, pp. 419-445.

外化，它是音乐情绪作为动机而引起的外部躯体行为"。[①]那些舞蹈场景中的人物正是被乐器演奏出的音乐刺激引导着跳舞的。本书分别从书写"乐器"的小说文本中不同场景下的乐器、乐器演奏者、演奏乐器的情感表达机制以及"乐器"书写的文本功能四个部分探讨哈代小说中的"乐器"。

哈代小说中也存在着有关自然音响的大量叙述文本。作为音乐元素的特殊类别之一，其小说中的"自然音响"书写指的正是描写风雨声、鸟声、马声等自然音响的那部分小说文本。它是由各类自然音响的发生语境、自然音响的内容以及自然音响中的人物关系和情感所组成的。哈代描写的自然音响以鸟鸣、风声、马声最具代表性。它们各具特色，单一或复合地作用于小说结构以及人物塑造。在建构小说结构方面，"自然音响"同时起到了推动情节发展、呼应人物情感和烘托环境氛围的作用；在人物塑造方面，"自然音响"也起到了强化人物形象与塑造人物原始性格这两方面作用。"自然音响"还体现出外部环境与人物情感的共生关系，这种共生关系指的是，哈代小说中的"自然音响"反映了外部世界与人物的情感世界的契合。作为哈代小说环境描写的重要部分，"自然音响"除了对小说结构和人物塑造起到重要作用外，也展现出人物内心的情感世界。为了表达人物内心复杂的情感运动，"自然音响"里出现的各类自然音响也绝非单一或者依次出现的，它们具有交响性质，甚至被建构为交响诗。

除了对小说中的音乐元素进行书写之外，哈代还对小说中的音乐形式进行书写。对小说中的音乐形式进行书写，即小说家通过模仿音乐节奏、结构等构成音乐的特定形式，让小说产生如同音乐的跨媒介叙事效果。所谓模仿音乐结构的小说，指的是具备音乐结构特征的小说，即小说家借用音乐创编技巧让语词构成的文本形态具备音乐作品的结构特征。这类跨媒介书写策略的先例可追溯到托马斯·哈代小说中的"音乐之网"。作为跨媒介叙事征候之一的"音乐之网"，正是指通过模仿瓦格

---

① 高天：《音乐治疗基础理论》，世界图书出版公司，2015，第47页。

纳序曲中交响配乐的创编技巧所获得的具备"主导动机""特里斯坦和弦"等音乐结构的文本形态。哈代在进行文本建构时常会模仿音乐作品的结构，其具体表现为对复调艺术、"音乐之网"以及音乐作品曲式结构的有意借鉴。哈代小说中的"音乐书写"在叙事方面也具有一定的音乐特点，具体表现为借鉴了一些音乐体裁的叙事特色、"音乐书写"中的视角变化以及叙事线索的动机化。哈代小说的叙事手法在一定程度上模仿了民谣、歌剧等声歌体裁的叙事艺术。从艺术构思上来说，哈代在叙事手法、情节构思与场景安排方面借鉴了民谣与歌剧艺术。在其"歌唱"、"乐器"以及"自然音响"书写中，叙事视角常由第三人称全知性视角导入歌者内心世界。在他的叙事中常常出现类似音乐主题动机的叙事线索。哈代对音乐元素这些特点的把握以及对它们的准确运用，使得其创作出具有音乐特性的小说。哈代小说的音乐特性指哈代小说以书写音乐元素的小说文本为内容基础，以书写音乐形式的文本形态为艺术形式，从而呈现的一种跨媒介叙事征候。其中，书写音乐元素的小说文本，作为思想内容的重要组成部分，以其自身的语言特点及其所带来的审美体验在小说内容表达与文本建构等方面发挥了重要的作用。艺术形式的音乐化则通过模仿音乐的形式特征，整体上实现文本结构和语言表达上的音乐化，制造联觉效果，让读者在阅读音乐化的小说文本时，产生如同聆听一首交响曲或观看一部歌剧的审美体验。

哈代常在小说的音乐书写中进行道德教诲。这就形成了哈代小说中独特的表达主题。综观哈代的所有小说，音乐元素不仅构成了哈代小说的艺术特色，也构成了哈代小说的伦理表达。通过阅读哈代小说，读者不仅从中获得了音乐元素的审美快感，也获得了更深层次的道德教诲。这种理解和欣赏有时也包括批评在内，主要是感观方面的。当这种对歌唱文本的理解和欣赏转变为对好与坏、对与错、善与恶的思考与评价的时候，则上升到伦理的层面。此时的批评便可称为伦理批评，其目的就是进行教诲。换一种说法，伦理批评需要借助审美的批评以实现教诲的目的。例如，当我们倾听一首美妙的歌曲，我们因其声音的美好及歌词内容被感动，这就是审美。我们被打动，进而理解了歌曲，使我们的情感得到升华，道德修养得到提高，这就进入伦理的层面。哈代小说中的音乐元素，并非只在审美层面影响小说作品的艺术形式及内容表达。它们已直接影响到读者有关好与坏、对与错、善与恶的思考与评价，由此进入伦理层面。也就是说，这些音乐元素除了会引发读者的审美快感之外，还会在一定程度上给予他们道德教诲。因此，哈代小说中的音乐元素也在文本中形成了一种特殊的伦理表达。这为我们理解小说文本的伦理环境和伦理语境提供了参照。因此，音乐元素在构建小说伦理环境、伦理情感与伦理选择的表达以及进行道德教诲方面都发挥了重要作用。

由此可见，音乐书写在哈代小说的艺术特色及其内容建构上都发挥了重要的作用。作为跨媒介叙事范式，其小说独特的音乐特性值得被进一步关注与研究。有关音乐书写的研究尚且处于起步阶段，本书仅在这类研究的研究方法和目的上提供了一定的思路，所依托的文本聚焦于托马斯·哈代这一位作家的小说作品。正如导论所言，音乐元素并非只出现在少数几位作家的作品中，它几乎出现在古往今来全部文学作品之中。这就为未来的相关研究提供了巨大的空间。未来的研究重点应有以下三点：第一，进一步发掘小说中音乐书写的跨媒介特征，从音乐与文学的跨学科研究视域出发，进一步深化对下列问题的阐释：音乐书写是什么？英国现代主义小说中的音乐书写以何种跨媒介形态及特征影响小说的内容与形式？音乐书写如何参与叙事，参与程度有多大，有何意义？促使音乐书写成为现代主义时期跨媒介叙事策略的因素有哪些？第二，进一步凸显音乐在英国小说发展中的阐释价值，进一步将哈代小说中音乐书写的跨媒介价值纳入英国小说发展脉络中予以考察，并阐释以下问题：音乐文化何以影响现代主义小说家的创作？何种美学理论促成音乐书写这类跨媒介叙事策略的生成？它在英国小说的发展中拥有怎样特殊的美学价值及文化地位？它对于英国音乐文化的启示又是什么？第三，深化音乐书写的认知，厘清其研究边界及研究领域，并阐释以下问题：音乐书写研究的研究对象如何确立？该研究的理论基础和批评范式是什么？在同类研究中的研究方法、路径及伦理尺度是什么？由此，开掘英国小说在跨媒介叙事研究中的阐释策略，并建构音乐与文学跨学科研究的理论话语体系，确立音乐与文学主题研究的路径，最终构建批评范式。笔者一直从事外国文学研究，也一直坚持音乐理论的学习和创作实践，这让笔者有机会打开新的研究思路，拓展新的研究路径，寻求新的研究方法，尝试继续完成音乐与文学的"转译"工作。笔者深信，在未来的相关研究中，定将出现更多丰硕的学术成果以及精彩的学术创见！

参考文献

中文参考资料

《2008 文学与环境武汉国际学术研讨会论文集》，2008。

〔古希腊〕埃斯库罗斯：《希腊悲剧之父全集》（Ⅰ），张炽恒译，书林出版社，2008。

〔美〕保罗·亨利·朗：《西方文明中的音乐》，顾连理等译，广西师范大学出版社，2014。

《悲剧的诞生：尼采美学文选》，周国平译，上海人民出版社，2009。

〔美〕彼得·基维：《纯音乐：音乐体验的哲学思考》，徐红媛等译，湖南文艺出版社，2010。

〔英〕布莱恩·马吉：《瓦格纳与哲学：特里斯坦和弦》，郭建英等译，中国友谊出版公司，2018。

陈静：《简论〈德伯家的苔丝〉中的叙事策略》，《芒种》2014 年第 22 期。

陈岭：《从歌词与诗歌的异同及其属性看歌词的本体特征》，《扬州职业大学学报》2012 年第 3 期。

陈庆勋：《吟唱着英国民谣的哈代作品》，《上海师范大学学报》2005 年第 5 期。

陈焘宇编选《哈代创作论集》，中国社会科学出版社，1992。

〔美〕大卫·姚斯：《小说创作谈：重思关于写作技艺的传统观念》，李安译，中国人民大学出版社，2016。

〔英〕戴维·洛奇：《小说的艺术》，卢丽安译，上海译文出版社，2010。

〔英〕戴维德·罗兰编《钢琴》，马英珺译，人民音乐出版社，2008。

〔德〕狄特·波西迈耶尔:《理查德·瓦格纳:作品—生平—时代》,赵
　　蕾莲译,黑龙江教育出版社,2015。

丁世忠:《哈代小说伦理思想研究》,巴蜀书社,2008。

〔德〕费利克斯·玛丽亚·伽茨选编《德奥名人论音乐和音乐美——从
　　康德和早期浪漫派时期到 20 世纪 20 年代末的德国音乐美学资料
　　集》(附导读和解说),金经言译,人民音乐出版社,2015。

〔德〕弗里德里希·尼采:《悲剧的诞生》,周国平译,译林出版社,
　　2014。

傅修延:《听觉叙事研究》,北京大学出版社,2021。

高天编著《音乐治疗学基础理论》,世界图书出版公司,2007。

耿琴瑶:《小提琴艺术的历史流变》,《艺苑》2009 年第 5 期。

郭进:《论歌唱艺术中的情感表现》,《学术论坛》2006 年第 4 期。

〔英〕哈代:《苔丝》,郑大民译,上海译文出版社,2013。

《哈代短篇小说选》,蒋坚松译,湖南文艺出版社,1993。

〔美〕哈罗德·布鲁姆:《小说家与小说》,石平萍、刘戈译,译林出
　　版社,2018。

韩锺恩:《对音乐分析的美学研究——并以"[Brahms Symphony No.1]
　　何以给人美的感受、理解与判断"为个案》,《中央音乐学院学报》
　　1997 年第 2 期。

韩锺恩:《音响诗学——瓦格纳乐剧〈特里斯坦与伊索尔德〉乐谱笔记并
　　相关问题讨论》,《音乐文化研究》2020 年第 1 期。

何宁:《哈代研究史》,译林出版社,2011。

何宁:《论哈代小说创作的转折》,《外国文学研究》2008 年第 6 期。

何宁:《中西哈代研究的比较与思考》,《中国比较文学》2009 年第
　　4 期。

何乾三:《音乐的情感初探——再读汉斯立克的〈论音乐的美〉》,《中国
　　音乐学》1995 年第 3 期。

〔德〕黑格尔:《美学》第 2 卷,朱光潜译,商务印书馆,1979。

胡亚敏:《叙事学》,华中师范大学出版社,1994。

黄汉华:《乐谱文本在音乐符号行为链条中的中介作用》,《华南师范大学学报》(社会科学版)2012年第4期。

〔英〕杰拉尔德·亚伯拉罕:《简明牛津音乐史》,顾犇译,上海音乐出版社,1999。

〔德〕卡尔·达尔豪斯:《古典和浪漫时期的音乐美学》,尹耀勤译,湖南文艺出版社,2006。

〔德〕卡尔·达尔豪斯:《音乐美学观念史引论》(修订版),杨燕迪译,上海音乐学院出版社,2014。

〔美〕卡罗琳·阿巴特、〔英〕罗杰·帕克:《歌剧史:四百年的视听盛宴和西方文化的缩影》,赵越、周慧敏译,中国画报出版社,2020。

〔美〕克里夫顿·威尔著,任恺编译《关于歌唱行为的起源、审美诉求及其价值评判的哲学探讨》(上),《歌唱艺术》2011年第3期。

〔德〕克里斯蒂安·蒂勒曼、克里斯蒂·莱姆克-马特维:《我的瓦格纳人生》,彭茜译,广西师范大学出版社,2019。

〔德〕莱辛:《拉奥孔》,朱光潜译,商务印书馆,2013。

李维屏:《英国小说艺术史》,华东师范大学出版社,2018。

凌宪初:《论近代西方音乐伦理精神的嬗变》,《音乐创作》2012年第1期。

〔美〕刘康:《对话的喧声——巴赫金的文化转型理论》,北京大学出版社,2011。

刘茂生:《近20年国内哈代小说研究述评》,《外国文学研究》2004年第6期。

龙迪勇:《"出位之思":试论西方小说的音乐叙事》,《外国文学研究》2018年第6期。

龙迪勇:《"出位之思"与跨媒介叙事》,《外国文学研究》2018年第6期。

〔法〕卢梭著,吴克峰译《卢梭论音乐》,《人民音乐》2012年第7期。

〔美〕伦纳德·迈尔:《音乐、艺术与观念——二十世纪文化中的模式与指向》，刘丹霓译，华东师范大学出版社，2014。

〔德〕吕迪格尔·萨弗兰斯基：《荣耀与丑闻——反思德国浪漫主义》，卫茂平译，上海人民出版社，2014。

马弦、刘飞兵：《论哈代"性格与环境"小说的民谣艺术》，《外国文学研究》2007年第2期。

马弦：《哈代小说的原型叙事和创作观念研究》，浙江大学出版社，2019。

〔美〕玛丽-劳尔·瑞安编《跨媒介叙事》，张新军等译，四川大学出版社，2019。

〔法〕玛丽莲·亚隆：《老婆的历史》，许德金等译，华龄出版社，2002。

聂海燕、杨光杰：《英国乡村舞蹈》，《世界文化》2009年第10期。

聂珍钊、马弦编选《哈代研究文集》，译林出版社，2014。

聂珍钊：《文学伦理学批评导论》，北京大学出版社，2014。

聂珍钊：《英语诗歌形式导论》，中国社会科学出版社，2007。

聂珍钊等：《哈代学术史研究》，译林出版社，2014。

秦海鹰：《互文性理论的缘起与流变》，《外国文学批评》2004年第3期。

尚必武：《叙事性》，《外国文学》2010年第6期。

申丹、韩加明、王丽亚：《英美小说叙事理论研究》，北京大学出版社，2005。

申丹：《隐性进程》，《外国文学》2019年第1期。

〔德〕叔本华：《作为意志和表象的世界》，石冲白译，商务印书馆，2018。

谭艺民：《16—19世纪欧洲新教管风琴师的身份与地位》，《人民音乐》2008年第8期。

涂晴：《英国文学与影视作品中英格兰乡村舞文化运用探析》，《海外英语》2012年第2期。

〔英〕托马斯·哈代：《贝妲的婚姻》，于树生译，云南人民出版社，1981。

〔英〕托马斯·哈代:《还乡》,孙予译,长江文艺出版社,2006。

〔英〕托马斯·哈代:《卡斯特桥市长》,郭国良等译,上海三联书店,2015。

〔英〕托马斯·哈代:《卡斯特桥市长》,张玲、张扬译,人民文学出版社,2004。

〔英〕托马斯·哈代:《无名的裘德》,耿智、萧立明译,长江文艺出版社,2010。

〔英〕托马斯·哈代:《远离尘嚣》,世界图书出版公司,2010。

〔美〕托马斯·克里斯坦森编《剑桥西方音乐理论发展史》,任达敏译,上海音乐出版社,2011。

王希翀:《"音乐之网":论哈代小说对瓦格纳交响配乐的模仿》,《外国文学研究》2021年第4期。

王希翀:《哈代小说中自然音响书写的隐性叙事功能》,《湖北大学学报》(哲学社会科学版)2022年第4期。

王希翀:《论〈德伯家的苔丝〉中歌唱文本的伦理表达》,《外国文学研究》2016年第4期。

王希翀:《文学叙事中音乐元素及其情感序列构建——以哈代小说为例》,《山东外语教学》2020年第4期。

王小琴:《西方音乐伦理思想的梳理与反思》,《道德与文明》2011年第4期。

王旭青:《分析·叙事·修辞——音乐理论研究论稿》,上海三联书店,2018。

〔美〕维尔纳·沃尔夫:《小说的音乐化:媒介间性的理论与历史研究》,李雪梅译,华东师范大学出版社,2018。

《文学伦理学批评及其它——聂珍钊自选集》,华中师范大学出版社,2012。

〔英〕沃尔特·佩特:《文艺复兴》,李丽译,外语教学与研究出版社,2010。

吴笛:《文学与音乐的奇妙结合——论哈代文学作品中的音乐性》,《浙江大学学报》2001年第1期。

张磊:《肯认与焦虑——乔治·爱略特小说中音乐文化的意识形态研究》,中国国际广播出版社,2012。

张磊:《跨文化视野下的古典音乐与世界文学》,北京联合出版公司,2012。

张立萍:《试论歌唱技巧与歌唱情感》,《呼伦贝尔学院学报》2012年第6期。

张玲编《哈代 乡土小说》,上海文艺出版社,2012。

张婉:《如何提高歌唱者的歌唱记忆》,《中国音乐》2004年第2期。

周海宏:《音乐与其表现的世界——对音乐音响与其表现对象之间关系的心理学与美学研究》,中央音乐学院出版社,2004。

周凌霄:《探寻瓦格纳歌剧"交响化创作思维"在序曲中的体现——对〈罗恩格林〉第一幕前奏曲的分析》,《音乐与表演》2013年第4期。

周宪、陶东风主编《文化研究》第19辑,社会科学文献出版社,2014。

周晓音:《歌唱艺术的多元文化品格》,《人民音乐》2003年第3期。

周映辰:《歌唱与聆听——中西方歌唱技术的历史研究》,人民音乐出版社,2008。

邹本初:《歌唱学:沈湘歌唱学体系研究》,人民音乐出版社,2000。

英文参考资料

Albert. J. Guerard, *Thomas Hardy: The Novels and Stories*, Cambridge: Harvard UP, 1949.

Anne Dewitt, "'The Actual Sky Is a Horror': Thomas Hardy and the Arnoldian Conception of Science," *Nineteenth-Century Literature* 61(4), 2007, pp.479-506.

Arnold Schering, *Musikalische Bildung und Erzirhung zum musikalischen Horen*, Leipzig: Verlag Quelle und Meyer, 1924.

Bruce Johnson, *True Correspondence: A Phenomenology of Thomas Hardy's*

Novels, Tallahassee: Florida State-University Press, 1983.

Bryan Magee, *The Philosophy of Schopenhauer,* Oxford: Clarendon Press, 1983.

Calvin S. Brown, *Music and Literature: A Comparison of the Arts,* U of Georgia P, 1948.

Carl J. Weber, "Thomas Hardy Music: With a Bibliography," *Music & Letters* 21(2), 1940, pp.172-178.

Carl Weber, *Hardy of Wessex: His Life and Literary Career,* New York: Columbia University Press, 1965.

Carol Reed Anderson, "Time, Space, and Perspective in Thomas Hardy, "*Nineteenth-Century Fiction* 9(3), 1954, pp.192-208.

C. M. Jackson-Houlson, "Thomas Hardy's Use of Traditional Songs," *Nineteenth Century Literature* 44(3), 1989, pp.301-334.

David Herman (ed.), *Narrative Theory and the Cognitive Sciences,* CA: CSLI Publications, 2003.

Deacon Loisand and Terry Coleman, *Providence and Mr. Hardy,* London: Hutchinson, 1966.

Douglas Brown, *Thomas Hardy,* London: Longman, 1954.

Douglas Brown, *Thomas Hardy,* London: Longmans Green and Co.,1962.

Elna Sherman, "Thomas Hardy: Lyricist, Symphonist," *Music & Letters* 21(2), 1940, pp.143-171.

Emily Hardy, *The Life of Thomas Hardy,* New York: St. Martin's Press, 1962.

Ernest Newman, "Wagner and Super-Wagner," *The Musical Time,*54(840), 1913, pp.81-89.

Eugene Williamson, "Thomas Hardy and Friedrich Nietzsche: The Reasons," *Comparative Literature Studies* 15(4), 1978, pp.403-413.

Eugen Williamson, "Thomas Hardy's Criticism of the Critics,"*The Journal of English and Germanic Philology* 84(3), 1985, pp.348-363.

F. E. Hardy, *Life of Thomas Hardy,* Hertfordshire: Wordsworth Editions

Limited, 2007.

F. Hadland Davis, "The Music of Thomas Hardy," *The Musical Times* 62(938), 1921, pp.255-258.

Frances Wentworth Knickerbocker, "The Victorianness of Thomas Hardy," *The Sewanee Review* 36(3), 1928, pp.310-325.

Gerry Smyth, *Music in Contemporary British Fiction: Listening to the Novel*, Basingstoke: Palgrave Macmillan, 2008.

Hans Georg Nageli, *Vorlesungen uber Musik, mit Berucksichtigung der Dilettanten*, Stuttgart: Cotta, 1826.

Helen Garwood, *Thomas Hardy: An Illustration of the Philosophy of Schopenhauer,* Obtained at www. ICG testing.com, Printed in the USA, 1923.

Howard Babb, "Setting and Themes in Far from the Madding Crowd," *Journal of English Literary History* 30, 1930, p.147.

H. R. Hawies, *Music and Morals*, New York: Harper and Brothers, 1877.

Ian Gregor, *The Great Web: The Form of Hardy's Major Fiction*, London: Faber and Faber, 1974.

Imogen Holst, *Gustav Holst*, Oxford: Oxford University Press, 1938.

James Granville Southworth, *The Poetry of Thomas Hardy*, New York: Columbia UP, 1947.

Jean-Jacques Nattiez, "Can One Speak of Narrativity in Music?," *Royal Musical Association* 2, 1990, pp.244-260.

J. Hillis Miller, *Thomas Hardy: Distance and Desire,* Cambridge, Mass.: The Belknap Press of Harvard University Press, 1970.

Joan Grundy, *Hardy & the Sister Arts*, New York: Harper & Row Publishers, inc., 1979.

Kettle Arnold, *Tess as a Moral Fable in Tess of the d'Urbervilles*, London: W. W. Norton & Company, 1965.

Lionel Johnson, *The Art of Thomas Hardy*, London: Mathews & Lane, 1894.

Marcel Cobussen and Nanette Nielsen, *Music and Ethics*, UK: Ashgate

Publishing Co., 2012.

Margaraet Elvy, *Thomas Hardy's Jude the Obscure: A Critical Study*, Kent: Crescent Moon Publishing, 2010.

Mark Asquith, *Thomas Hardy, Metaphysics and Music*, London: Palgrave Macmillan, 2005.

Mark Berry, "Richard Wagner and the Politics of Music-Drama," *The Historical Journal* 47(3), 2004, pp.663-683.

Michael Millgate, *Thomas Hardy: A Biography Revisited*, Oxford: Oxford University Press, 2004.

Mieke Bal, *Narratology: Introduction to the Theory of Narrative*, Christine Van Boheemen (trans.), Toronto: University of Toronto Press, 1985.

Monika Fludernik, *An Introduction to Narratology*, New York: Routledge, 2009.

Patricia Ingham, *Thomas Hardy: A Feminist Reading*, New York: Harvester Wheatsheaf, 1989.

Penny BouMelha, *Thomas Hardy and Women: Sexual Ideology and Narrative Form*, Madison: University of Wisconsin Press, 1982.

Richard Wagner, *Opera and Drama*, William Ashton Ellis(trans.), Nebraska: University of Nebraska Press, 1995.

Roland Barthes, *Image Music Text,* Stephen Heath(trans.), London: Fontana Press, 1977.

Rolf Steinberg, "Fantasy, Geography, Wagner, and Opera,"*Geographical Review* 88(3), 1998, pp.327-348.

Ruth Firor, *Folkways in Thomas Hardy*, Pennsylvania: Pennsylvania University Press, 1931.

Shlomith Rimmon-Kena, *Narrative Fiction: Contemporary Poetics*, London: Routledge, 2002.

Stefan Lorenz Sorgner and Oliver Furbeth (eds.), *Music in German Philosophy: An Introduction*, Chicago and London: The University of Chicago Press, 2010.

Thomas Hardy, *A Pair of Blue Eyes*, London: Penguin Group, 2005.

Thomas Hardy and Pamela Dalziel (eds.), *Thomas Hardy's "Studies, Specimens &C."Notebook*, Oxford: Clarendon Press, 1994.

Thomas Hardy, *Desperate Remedies*, London: Penguin Group, 1998.

Thomas Hardy, *The Distracted Preacher and Other Tales*, London: Penguin Group, 1980.

Thomas Hardy, *The Hand of Ethelberta*, London: Penguin Group, 1998.

Thomas Hardy, *The Laodicean*, London: Penguin Group, 1998.

Thomas Hardy, *The Pursuit of the Well-Beloved and the Well-Beloved*, London: Penguin Group, 1998.

Thomas Hardy, *The Works of Thomas Hardy in Prose and Verse,with Prefaces and Notes*, Miami: Hardpress Publishing, 2013.

Thomas Hardy, The-*Trumpet-Major*, Hertfordshire: Wordsworth Editions Limited, 1998.

Thomas Hardy, *Two on a Tower*, London: Penguin Group, 2000.

Thomas Hardy, *Under the Greenwood Tree*, London: Penguin Group, 1999.

Thomas Hardy, *Wessex Tales (Oxford World's Classics)*, Oxford: Oxford University Press, 2009.

Tim Dolin and Peter Widdowson (eds.), *Thomas Hardy and Contemporary Literary Studies,* New York: Palgrave, 2004.

Tim Dolin, "The 'Early Life' and 'Later Years of Thomas Hardy': An Argument for a New Edition, " *The Review of English Studies* 58(237), 2007, pp.698-671.

V. H. Collins, "The Music of Thomas Hardy,"*The Musical Times* 62(940), 1921, p.434.

Walter M. Kendrick, "The Sensationalism of Thomas Hardy," *Texas Studies in Literature and Language* 22(4), 1980, pp.484-503.

William Ashton Ellisand Richard Wagner, *Richard Wagner's Prose Works: The Art-Work of the Future*, La Vergne: Nabu Press, 2010.

William Lyon Phelps, "The Novels of Thomas Hardy, " *The North American Review* 190(647), 1909, pp.502-514.

William W. Morgan, "Mr. Thomas Hardy Composing a Lyric," *The Journal of English and Germanic Philology* 92(3), 1993, pp.342-358.

W. J. Keith, "Thomas Hardy and the Literary Pilgrims," *Nineteenth-Century Fiction* 24(1), 1969, pp.80-92.

后　记

　　未曾想过我会和音乐文学结缘。走入这本书，我第一次收起了那些夸张的譬喻、疲于奔命的想象和诗情画意的赘述，回到了"原形毕露"的思想交谈中，就像总能一语道破玄机的父母一样敏锐，像卸妆水卸下粉饰的爱人一样纯粹。

　　这一次思想突围从博士学习阶段起始，延续了八年时光。这八年里，我经历了学生到教师的职业转变，经历了少年到两个孩子的父亲的责任转变，也经历了思考模式的转变。也可以说，这一切的转变都毫无保留地展现在了这本书里。对应着博士论文初稿和如今的付梓版本看，发现这种转变以问题意识的形态汇聚而成——不是一点点地窥析使得问题逐步明朗化，而是先看到了四面八方，后逐步汇聚于内核的形式。回想一下，我曾多次误判的原因是误把外围的某些焦点，当成了最终解决问题的落点。现在看来前者只是提供了解决问题的场域罢了。于是，我透过一连串学术发问，明确了自己的路径，而那些误走的地方也不晦暗，反倒暗示了什么。学术研究往往如此：分岔的小径花园也可"小园香径独徘徊"。

　　八年里，对哈代的这份研究，成了对哈代的某种执着。我曾在烟台钢琴博物馆看到了哈代曾经演奏的钢琴并想拥有它，还让朋友去多塞特郡专门拍了他的手稿，我还曾试着回到他生活的场景中，思考他写作背后的驱动力是什么。这些"造作"的东西，我知道一定是我体内的创作思想在作祟：以纯粹第三人的目光欣赏他的作品，其实并不是那个体内的"我"能够忍受的。他总要跳出来，非要给这个书本上沉闷的老头画上两笔诗意的胡须，或者总想给他的故事构思一个新的故事，让意义不定型，让它游得尽量远些。因此，这八年，我开始孤独地与另一个自我相处，或者让另一个"我"学会和这个新的"我"共存。这也是我所谓的转变最核心的地方：我不会因为寻找瓦格纳的音乐素材而忘掉与之相关的学术考量；也不会因为哈代小说里的情绪价值，而撒开手去写一篇赏析习作。我知道，对于这些问题，可以尽情去审美，但我更需要去完成学术研究的工作。

八年里，因为哈代的关系，我"骚扰"了不少亲朋好友，让他们帮我去国外的图书馆借阅图书，让他们帮我审阅，给我启发。我也没少让家人操心。因为研究，我少了很多陪伴父母、爱人和孩子的时间。不过，如今这一切都成为可贵的生活印记，也成为小家庭叙述史的一部分。它不能独立于社会历史之外，而是联结了一切可以联结的真相。

八年里尚有些问题没有想透，尚有些问题可以引申为新的问题。这些工作就留待接下来的努力，例如音乐书写的话语构建问题、音乐书写作家的年代画像以及音乐书写的中西方比较研究问题等。这些问题比哈代小说中的音乐书写问题更难以攻克，却都是从这本书的视角出发的。谨以此附言记录这开启思考的个人学术纪元，这浑圆的宇宙奇点。

图书在版编目（CIP）数据

哈代小说中的音乐书写 / 王希翀著 . -- 北京：社
会科学文献出版社，2023.5（2024.1 重印）

ISBN 978-7-5228-1676-0

Ⅰ. ①哈… Ⅱ. ①王… Ⅲ. ①哈代 (Hardy, Thomas
1840-1928) - 小说创作 - 音乐 - 文学研究 Ⅳ.
① I561.074

中国国家版本馆 CIP 数据核字（2023）第 062819 号

哈代小说中的音乐书写

著 者 / 王希翀

出 版 人 / 冀祥德
责任编辑 / 赵晶华
文稿编辑 / 梅怡萍
责任印制 / 王京美

出 版 / 社会科学文献出版社·联合出版中心（010）59367180
地址：北京市北三环中路甲 29 号院华龙大厦 邮编：100029
网址：www.ssap.com.cn
发 行 / 社会科学文献出版社（010）59367028
印 装 / 唐山玺诚印务有限公司

规 格 / 开 本：787mm×1092mm 1/16
印 张：15.25 字 数：225 千字
版 次 / 2023 年 5 月第 1 版 2024 年 1 月第 2 次印刷
书 号 / ISBN 978-7-5228-1676-0
定 价 / 98.00 元

读者服务电话：4008918866